"新春走基层"优秀新闻作品集

2025年

中共中央宣传部新闻局 编

学习出版社

图书在版编目（CIP）数据

2025年"新春走基层"优秀新闻作品集 / 中共中央宣传部新闻局编. -- 北京：学习出版社, 2025. 6.
ISBN 978-7-5147-1331-2

Ⅰ. I253

中国国家版本馆CIP数据核字第2025GW9636号

2025年"新春走基层"优秀新闻作品集
2025NIAN "XINCHUN ZOUJICENG" YOUXIU XINWEN ZUOPINJI

中共中央宣传部新闻局　编

责任编辑：徐　阳　张　曦　黄　悦
技术编辑：朱宝娟
装帧设计：映　谷

出版发行：	学习出版社
	北京市崇外大街11号新成文化大厦B座11层（100062）
	010-66063020　010-66061634　010-66061646
网　　址：	http://www.xuexiph.cn
经　　销：	新华书店
印　　刷：	北京联兴盛业印刷股份有限公司
开　　本：	787毫米×1092毫米　1/16
印　　张：	19.75
字　　数：	255千字
版次印次：	2025年6月第1版　2025年6月第1次印刷
书　　号：	ISBN 978-7-5147-1331-2
定　　价：	83.00元

如有印装错误请与本社联系调换，电话：010-66064915

常走基层　扎根基层

（代　序）

莫高义

开展"新春走基层"活动，是新闻战线的光荣传统，至今已经有15个年头。各新闻单位按照中宣部统一部署，精心组织实施，深入开展采访活动。广大新闻工作者积极践行增强"四力"要求，走遍大江南北、边疆海防，深入厂矿企业、乡村社区，探寻中国发展"活力密码"，感受基层群众生活变迁，充分报道神州大地欣欣向荣、全国人民欢度春节的美好景象，营造了喜乐祥和的浓厚氛围。很多同志放弃与家人团聚的机会，全身心投入采访报道，展现了敬业奉献的精神风貌。新春走基层，不仅收获了好作品，而且锤炼了好作风，虽然我们参与的同志付出了很多，但是也收获了成长，增强了"四力"，更重要的是，体现了主流媒体记者记录时代、讴歌人民的崇高使命，展现了新时代新闻记者深耕基层、能征善战的精神风貌。

2025年的"新春走基层"活动走得深、走得实，推出了一大批文风清新、镇版刷屏的好报道，让这项传统活动展现新气象、迸发新活力，产生热烈社会反响。概括起来，主要有以下几个特点：**一是精心组织、全情投入，形成有力舆论声势**。各新闻单位对今年的活动非常重视。中央主要新闻单位选派2200余名记者、全国性行业类媒体选派3500余名记者参加，报纸头版头条和专版、广播电视重点栏目、网络首页首屏等优质报道资源的投入力度很大，全部报道量达56万余篇、点击量近90亿次、讨论量近1亿次。活动的参与人员规模、网上传播数据均创下近年来新高，得到社会各界积极评价。很多记者不是把走基层当成一项任务，而是怀着感情、带着使命来走基层，这让我们非常振奋。过去记者走基层是常态，以前很多的好报道、新闻名篇，都是好几拨记者、跑好几个月写出来的。进入互联网时代，要求我们既要好又要快。我们面临的一个问题就是可能写一篇文章的时间没有那么从容了，很难有机会一个队伍磨几个月就磨一篇稿子。但是非常重要的一点，是我们要保持跟群众的联系、保持对基层的感情。我们媒体报道的对象、服务的对象、引导的对象始终是广大人民群众。**二是拓展题材、创新形式，改文风取得新进展。**各新闻单位的报道题材更加丰富，在做好常规报道基础上，围绕党和国家中心工作加强策划，推出"见证新动能""巡礼新工程"等系列报道，充分反映"两新"政策落地见效、大国工程振奋人心、新质生产力培育壮大等发展成果，进一步发挥了强信心作用。报道形式更加多元，人物特写、现场直播、短评快评、深度报道等大幅增加，短视频等新媒体产品实现数量质量双提升。报道文风更加清新，大量使用短话、新话、家常话，文字洗练、故事生动、感情真挚的好报道显著增多。**三是践行"四力"、锤炼作风，展现新闻战线昂扬风貌。**广大新闻工作者满怀热忱走基层，采访点位覆盖所有省区市，东起黑龙江黑瞎子岛的"东方第一哨"，西至新疆克州的"最西火车站"，南抵海南三沙的"最南气象站"，北到内蒙古根河的"中国冷极"，都留下了大家奋进的身影、铿锵的足迹。很多同志克服高海拔、超低温、远路途的挑战，风里走、雪中行，与采访对象同吃同住同劳动，开展体验式采访、蹲点式调研，与人民群众建立了深厚感情。总的来说，今年的"新春走基层"活动出新出彩，成为开年报道的一大亮点。

转作风改文风是新闻战线常做常新的重要课题，也是适应全媒体发展形势和媒体系统性变革、塑造主流舆论新格局的内在要求。我们要深入总结和运用这次活动的好经验好做法，深化规律性认识，创新工作方式方法，不断提高新闻舆论传播力、引导力、影响力、公信力。

第一，增强主题宣传贴近性，更好地上接党心、下连民心。 主题宣传是巩固壮大主流舆论的重要抓手，也是新闻战线的看家本领。做好主题宣传，关键是要提高质量和水平，贴近工作实际，贴近群众感受，增强吸引力感染力。这次活动中，各新闻单位在这方面下了很大功夫，组织编辑记者深入一线挖掘鲜活事例，以小见大、由点及面，生动展现习近平新时代中国特色社会主义思想引领中国式现代化的伟大实践，充分反映党中央决策部署贯彻落实的进展成效。比如，一些媒体回访习近平总书记考察过的乡村、社区、园区、街巷，反映广大干部群众牢记嘱托、奋斗实干的新作为新气象。比如，很多媒体聚焦落实中央经济工作会议精神，深入高新技术、装备制造等重点领域和国家重点工程现场调研采访，充分宣传各地区各部门发展新质生产力、推动高质量发展的丰硕成果，反映新兴产业拔节生长的强劲脉动，进一步唱响中国经济光明论。

广大新闻工作者要把宣传习近平新时代中国特色社会主义思想作为首要任务，通过深入扎实的采访，结合在基层的所见所闻所感，生动展现习近平新时代中国特色社会主义思想扎根中国大地、引领时代变革的真理力量，讲清楚伟大成就、幸福生活背后的理论逻辑，充分反映广大人民群众对习近平总书记的衷心爱戴和拥护。要找准中央精神与基层实践的结合点，既从大处着眼又从小处入手，既有宏大叙事又有微观视角，善于用鲜活事例解读政策措施，用群众感受反映发展成就，让主题宣传充满生活气息，增强亲和力说服力，更好推动习近平新时代中国特色社会主义思想在基层落地生根、开花结果。

第二，有效回应社会关切，更好地凝聚共识、提振信心。 引导热点、回应关切，是主流媒体履行职责使命的重要内容，走好群众路线的重要途径。这次"新春走基层"活动之所以取得好效果，一个重要原因就是各新闻单位紧扣舆论关切设置议题，讲人民关心的事，唠百姓爱听的嗑，拉近了与广大群众的心理距离。比如，围绕怎么看当前经济形势推出多个系列报道，充分宣传各地年货市场、文旅消费、冰雪经济的火热行情，近距离观察煤炭、电力、运输等行业生产要素变化，展现我国经济发展的韧性与活力。比如，围绕就业问题，突出反映政府部门提供暖心就业服务的情况，讲述农民工、大学毕业生返乡创业的故事，展现新就业群体拼搏追梦的干劲。比如，围绕城乡居民养老问题，多角度反映我国养老事业从"老有所养"到"老有善养"的发展变化。

新闻舆论工作说到底是凝聚民心的工作。现在互联网很发达，新闻工作者坐在办公室就能知晓天下大事、了解网上热点，但"键对键"永远不能代替"面对面"。广大新闻工作者要走出办公室，多到老乡的炕头坐一坐，多到农户的田里走一走，多到工厂的车间看一看，用心察民情听民声，做到敲得开群众的家门、叩得响群众的心门。要善于在街谈巷议中找到报道选题，找准基层发展面临的实际困难，及时反映人民群众的愿望诉求，充分报道党委政府所做的积极努力，搭建沟通交流平台，推动解决群众急难愁盼问题。要加强和改进新闻评论工作，加大调查报道力度，在纷繁复杂的舆论场中发挥好"定音鼓""风向标"作用，更好地疏导情绪、凝聚共识。

第三，持续改进报道文风，更好地贴近群众、增强感染力。 这次活动中，各新闻单位把改文风摆在更加突出的位置，体现到稿件中、镜头里、图片上，落实到每一位记者、编辑、主持人的工作中，采访报道的内容、形式、语言都有新变化，让人感到新风扑面、眼前一亮。很多媒体对报道篇幅和时长提出明确要求，"长篇大论"少了、"穿靴戴帽"没了，取而代之的是平实质朴、语言生动的好作品。很多文字报道开门见山、短小精悍、内容鲜活，多个短视频产品通过快切快剪的镜头语言和亲切乡音、温暖画面烘托了浓浓的年味儿。很多记者还亲身体验百姓生活，用心捕捉感人细节，从"采访你"到"成为你"，推出了大量富有真情实感、充满人间烟火气的好报道。

文风体现作风，能不能以深厚感情对待人民群众，能不能以高度自觉服务人民群众，是改进文风的根本问题。"人民记者"穆青同志把"勿忘人民"作为座右铭，一生与基层群众血脉相连，长期在河南农村建立调查研究基地，和农民朋友建立深厚感情，采写的很多报道成为中国新闻史上的名篇。广大新闻工作者要向穆青同志学习，树牢以人民为中心的工作导向，经常走进基层、走近群众，善于和群众拉家常、交朋友，多向群众虚心请教学习，在真情融入中感知百姓冷暖，在相互交流中增进群众感情。要把讲故事作为改文风的重要方式，多用来自基层的事实说话，多用群众身边的典型说话，见人见事见精神。要大力提倡"短实新"，克服"假长空"，写短文、讲实话、发有用的报道，做到言之有物、言之有理、言之有情。

第四，着力提升传播效能，更好地触达受众、扩大影响力。 全媒体时代，网上信息浩如烟海，"酒香也怕巷子深"，抓传播和抓内容同等重要、缺一不可。这次活动中，各新闻单位统筹报、台、网、端、号等平台渠道，投放多样化、多形态的新闻报道，制作推出更多直播、动画、海报、短视频、Vlog等新媒体产品，并做好报纸、广播、电视等传统平台报道的二次传播，形成多元立体传播格局。

同时，更加注重设计互动话题，发挥网红记者、新闻主播、知名主持人带动作用，用好弹幕、评论区等载体，加强与受众的互动交流，有效扩大宣传报道影响力、覆盖面。数十个话题登上热搜热榜，多个系列微短剧、直播实现破圈传播，大量网民纷纷跟帖留言，向新闻中的主人公致敬，为采制报道的编辑记者点赞。

当前，舆论生态、媒体格局、传播方式深刻变革，优质内容只有精准触达目标受众、广泛吸引更多受众，才能实现效果最大化。各新闻单位在探索推进主流媒体系统性变革的实践中，要强化互联网思维和用户意识，积极完善传播机制，延长工作链条，拓宽传播渠道，满足多终端传播和多样化体验的需求。要充分运用人工智能等新技术新应用，不断丰富传播手段、创新传播方式、增强用户体验。要大力培养在网上有竞争力的"文章高手""视频能手"，集中资源打造各具特色的网红工作室，更好地在网上传播主流声音、形成聚合效应，让"正能量"有更多的"大流量"。

转作风改文风是创新新闻舆论工作的重要举措，也是新闻工作者成长成才的必由之路。今年的"新春走基层"活动告一段落，但转作风改文风永远在路上。新春走基层，是我们引导记者完成走基层的一种方式，绝对不意味着我们只有新春才走基层，只有走基层才能写出好新闻，只有走基层才能强烈感受到记者的使命担当。所以新春走基层、年初走基层，就是要带动大家一年都要走基层。希望各新闻单位始终将这项工作摆在重要位置，完善工作保障机制和考核激励机制，推动广大编辑记者常走基层、扎根基层，推动转作风改文风取得新的成效。

（本文系中宣部副部长、国务院新闻办公室主任莫高义在2025年"新春走基层"活动座谈会上的讲话摘编）

目录 Contents

山乡新画卷

◎ 花牛苹果更"牛"了
　　　　　　　　　　　　　　　人民日报｜常　钦　王锦涛 /003

◎ 河南汤阴风尚新
　　　　　　　　　　　　　　　　　　　人民日报｜马跃峰 /007

◎ 雪夜再宿新华村
　　　　　　　　　　　　　　　　　　　新华社｜张旭东 /011

◎ 那些像大山一样的"小事"
　　　　　　　　　　　　　　　　　　　新华社｜邹尚伯 /018

◎ 穿行"冰达坂"的护学车队
　　　　　中央广播电视总台｜王春潇　王新宇　刘　菲　阿尔曼　郭培宇 /022

◎ 骆驼湾一下子醒了……
　　　　　　　　　　　　　光明日报｜丰　捷　耿建扩　陈元秋 /024

◎ "种粮大户"年味儿里展望新"丰"景
　　　　　　　　　　　　　　　　　　　中国妇女报｜邵　伟 /029

◎ "新俗"除"旧风" "新风"送"幸福"

中国妇女报 | 姚　建　王丹青 /033

◎ 京西"村晚"：乡情藏在饺子和戏里

新京报 | 周怀宗　王子诚 /037

◎ 祝家新村里热气腾腾的新春

辽宁广播电视台 | 金骁骁　程　拓 /042

◎ 乡村明星"稻香乐队"

江西广播电视台 | 刘守洪　刘兹娟
吉安广播电视台 | 樊远平 /044

◎ 黄之延带着猪羊回新家

湖北日报 | 胡雯洁 /046

◎ 一斤肉钱喝场喜酒

湖南日报 | 廖义刚　刘韵霞 /052

◎ 千户苗寨的乡村振兴曲

广西广播电视台 | 游　芸　梁智威　莫　毅　刘陶霏 /055

◎ "自然村长"的2461份心意请查收

云南广播电视台 | 范　玲　周　楹　梁　芊　朱正波
临沧融媒 /057

◎ 板栗"尖子生"出山记

中国教育报 | 张　欣 /059

见证新动能

◎ 攀登百米高的风机，与海风作伴

新华社 | 吴剑锋　周　义 /065

目录

◎ 深山里的筑坝人

中央广播电视总台 | 张 勤 王 琰 岳 群 朱 江 张丛婧 唐志坚 /070

◎ 实验室里的追"光"者

经济日报 | 向 萌 刘沛恺 李 景 /072

◎ 智慧工厂奏响产业新春曲
——探访国内最大控制阀生产基地

科技日报 | 王迎霞 /077

◎ 众人盼团圆,他们盼发芽
——走近吉林省农科院南繁基地科研工作者

科技日报 | 杨 仑 /081

◎ 38小时:山海运煤路

中央纪委国家监委新闻传播中心 | 瞿 芃 /085

◎ "中国布鞋之都":一双布鞋"闯"世界

中国新闻社 | 韩章云 /090

◎ 离岸两海里 与海共潮汐

工人日报 | 李润钊 /094

◎ 我在云端铸天桥

农民日报 | 刘久锋 刘佳兴 /099

◎ 焊花飞溅岸桥 临沧小伙逐梦

文汇报 | 赵征南 /102

◎ 地下62米的"驭龙高手"

浙江广播电视台 | 苏 韬 陈 旺

北仑广播电视台 /105

◎ 不畏高寒,潍柴人极北锻"心"

大众日报 | 王佳声 张 蓓 /107

◎ 守　穗
　　　　　　　　海南日报 | 黄媛艳　张　洋　陈卓斌　金昌波　邹永晖　蔡　潇 /111

◎ 一颗青花椒的"七十二变"
　　　　　　　　　　　　　　　　　　　重庆日报 | 颜　安 /113

◎ 快！更快！贵州高铁驰骋千山的速度蝶变
　　　　　　　　　贵州广播电视台 | 田婷婷　阮博文　王常星 /118

◎ 1671.6米，超深水探井开钻！钻向怒海更深处
　　　　　　　　　　中国海洋石油报 | 要雪峥　张　正 /120

致敬奋斗者

◎ 零下40摄氏度的坚守
　　　　　　　　　　　　　　　　　　　人民日报 | 李红梅 /125

◎ "一生只做一件事"
　　　　　　　　　　　　　　　　人民日报 | 杨子岩　康　朴 /130

◎ 荒野守护人
　　　　　　　　　　　新华社 | 史卫燕　王金金　杜笑微 /135

◎ 跨越5000公里去见你　祖国"西大门"有我最牵挂的人
　　　中央广播电视总台 | 庄晓莹　翟朝栋　朱永根　韩留德　闫　龙　蔡雪青
　　　　　　　李　丹　孔祥萌　陈　斌　王祥瑞　廖　祥　敬刘威 /144

◎ 我伴航母逐梦深蓝
　　　　　　　中央广播电视总台 | 刘　洁　孙晨旭　刘福建　刘梦浪 /146

◎ 林海雪原有朵浪花白
　　　中国军网 | 郑欣宇　韩金宝　王垣镔　宋鹏飞　何　辉　王　宇　陈　重 /148

目 录

◎ 青藏线上　见证高原汽车兵的坚守与担当
　　　　　　解放军新闻传播中心｜周凯旋　孟　钊　刘煌伟　丁　宁
　　　　　　　　　　　　　　　　池帅辰　李汶轩　董　兴 /150

◎ 一名普通乡村医生的坚守：他的手机号成了村民的"120"
　　　　　　中国青年报｜杨　雷　金　卓 /152

◎ 采冰人
　　　　　　黑龙江广播电视台｜吴　爽　付雨桐　段君凯　魏默宁 /156

◎ 千里夜行路上的"平安约定"
　　　　　　新华日报｜田　梅　吴　俊　魏林娜 /158

◎ 凌晨3点的"大菜篮子"灯火通明
　　　　　　现代快报｜卢河燕 /162

◎ 守护千家万户的年夜饭
　　　　　　浙江日报报业集团｜施　雯 /168

◎ 悬崖之上的索道测绘师
　　　　　　山东广播电视台｜王雷涛　赵丽娜　贾衍杰 /173

◎ 我在戏班抡起祖传鼓槌
　　　　　　红网｜陈雅如　龚子杰　汤芸萱 /175

◎ 沙漠深处守绿人
　　　　　　新疆广播电视台｜马莺歌　努尔买买提·亚生　王中信
　　　　　　　　　　　　　　麦麦斯迪克·白克热　阿迪力江·米吉提 /179

◎ 致敬！骑兵连
　　　　　　新疆生产建设兵团第六师融媒体中心｜张新慧　孙拥军　罗建华
　　　　　　　　　　　　　　　　　　　　　　　李梦飞　李伟豪 /182

温暖进万家

◎ 22年坚守，最暖不过"家"味道

新华社｜沈锡权　赖　星　余贤红 /193

◎ 远方的"亲人"　不变的牵挂

新华社｜沈虹冰 /200

◎ 温暖板房里迎接新年

中央广播电视总台｜白　央　侯　军　张　萍　柴志先　苗毅萌　史非凡 /207

◎ 长江上的网红"背篓渡船"

工人日报｜曹　玥　黄仕强 /209

◎ 震后一年，温暖中前行

工人日报｜吴铎思　马安妮 /214

◎ 给困境儿童一个温暖的家

法治日报｜李　雯 /219

◎ 小面馆的温暖一餐

北京广播电视台｜苏　婉　赵明聪 /223

◎ 病家为啥把家门钥匙交给他？

新民晚报｜左　妍 /225

◎ 长江上的免费"公交"

安徽广播电视台｜宣　琦　金　淦
池州广播电视台｜杨海波　杨　峰
铜陵广播电视台｜王齐璟 /230

◎ 无声的外卖

山东广播电视台｜于兴涛　张衍峰　刘少君 /233

◎ 日行 3 万步　累并快乐着
　　　　　　　广州日报 | 何　超　黄婉华　陈雅诗　吴　多　何钻莹
　　　　　　　　　　　吴子良　王钰舜　滕惠琦　王文宇　严永镇 /235

◎ 感恩社区的"老妈妈"
　　　　　　　四川广播电视台 | 郭雪婷　王茂羽　王　琰　贾晶云　杨　赛
　　　　　　　　　　　　　　　　　　　　　凉山传媒 | 沙玛沙勇
　　　　　　　　　　　　　　　　　　　　　　　　　越西融媒 /243

◎ 一名女村医的蛇年春节
　　　　　　　　　　　　　成都商报红星新闻 | 张　杨 /245

◎ 装不满的背篓　道不尽的乡情
　　　　　　　英大传媒集团 | 刘芳芳　李　毅　尹冀娜　单文忠 /251

情满春运路

◎ 40 秒的团圆　只为多看你一眼
　　　　　　　中央广播电视总台 | 马丽君　张鹏军　李璟慧　张亚伟　陈逸哲　曲建鹏 /259

◎ 绿皮车上，守护乡愁与希望
　　　　　　　　　　　　　人民日报 | 魏哲哲 /261

◎ 跟着"卡友"送年货
　　　　　　　　　　　　　人民日报 | 孟祥夫 /267

◎ 大秦铁路上的温暖与感动
　　　　　　　　　　　　　《求是》杂志 | 刘名美 /274

◎ 春运背后的故事：动车晚上去哪儿了？
　　　　　　　江苏省广播电视总台 | 关玮玮　王　从　周　颖 /279

◎ 归途微光
　　——走进河南"最小高铁站"
　　　　　　　　　　　　　　河南日报｜董　娉　郭北晨　孔　昊 /281

◎ 一杯水温暖回家路
　　　　　　　　　　河南广播电视台｜李　扬　王安琪　薛源源　陈　皓 /283

◎ 夜幕下的海南春运
　　　　　　　　　　　　　　　海南广播电视总台｜吴毓大　秦新波 /285

◎ 我在秦岭"推火车"
　　　　　　　　　　　　陕西广播电视台｜周　杰　单　琳　贾　舒 /288

◎ 寒至极处春可望
　　　　　　　　　　　　　　中国交通报｜阎　语　李　宁　吴世哲 /291

山乡新画卷

花牛苹果更"牛"了

人民日报 ■ 常　钦　王锦涛

不看不知道，甘肃省天水市麦积区花牛镇罗家沟村，海拔1500米的沟沟坡坡里，藏着一条"苹果轻轨"！

6.1公里长的轨道，连通130多块山间台地，串起710亩果园。

2025年1月13日，趁着好天气，天利仁果品农民专业合作社负责人董天恩忙着调度轨道运输车往山上拉肥料，"边整园子，边备农资，就等年后追肥。"

"去年9月，习近平总书记专程来咱南山花牛苹果基地考察，勉励我们'把这个特色产业做得更大'，我当时就在现场。"二十里铺村种果大户武正全记得真。

"今年新年贺词中，总书记又点赞'天水花牛苹果又大又红'，听了甭提多高兴！"武正全信心满满，"有了轻轨，花牛苹果更'牛'了。"

"轻轨去年9月通车，苹果舒坦，咱也舒坦。"董天恩指着轨道说，以前山高路陡、人背车拉，苹果"下山"磕磕碰碰。现在，果子才下枝头，就"乘"轻轨，"零损伤"进冷库。

"3个汽油机头、6节简易车厢，一个班次拉2400斤。"董天恩算账，"下山运苹果，上山拉农资，往返只需一个钟头，经济效益提升了一大截。"

走进花牛苹果基地，新鲜事不止这一桩。

当地果农津津乐道的，还有"一棵苹果树和三位教授"的故事。

"陇原工匠"、天水师范学院教授呼丽萍，手把手教病虫害防控；甘肃农业大学科学技术发展研究院院长陈佰鸿，瞄准果园精细化管理；省农科院果树专家马明，把关水肥调控。

"专家把脉开方，生病的果树缓过了劲，还成了丰产树。"武正全连连点赞。

冬阳下，果园里的防雹网闪着光，埋在地下的滴灌管网，把水分、营养"喂"到果树根系……

科技扎根，果农挑上"金扁担"，花牛苹果驶入提档升级"快车道"。天水市农业农村局提供的数据显示：主栽品种更新到第六代，优质商品果率超过80%，标准化果园种植面积达50万亩。

花牛苹果更"牛"了，离不开金融"活水"。

"果园上规模、提品质，'苹果贷'帮了大忙。"武正全说，利息低、还款灵活，50万元以内，凭信用就能贷。

南山花牛苹果基地种植面积超15万亩。近3年，农业银行天水分行发放贷款2.75亿元，扩种植、购农机、买肥料，基地合作社200余户会员、二十里铺村300余户村民受益。今年还将推广"果园防灾贷"，为苹果产业持续护航。

花牛苹果"牛"起来，新兴业态火起来。

好苹果咋卖好价钱？紧盯需求侧，每年采摘季，合作社派出"信息员"，北上广，主销地，收集消费需求，按果形大小、色泽深浅、糖分含量，分级分类、定向供货。

"让每颗苹果找到最适宜的买家"。线下"私人定制"，带动4万多果农受益。南山花牛苹果基地，年人均果品纯收入超过8700元。

麦积区甘江果蔬保鲜库，一箱箱包装精美的花牛苹果正验单发货。

第1500亿件快件！2024年11月17日，张鹏飞发往重庆的一箱花牛苹果，成为全国快递业务量新纪录的见证者。电商触网卖果，张鹏飞去年光苹果就卖了6万多单，10多户脱贫户跟着他学直播带货，收入翻番。

"牛"起来的花牛苹果香飘海外。"我们现有4个海外仓，销往20多个国家和地区。"天水嘉威商贸有限责任公司总经理闫刚说，2024年销售额增长50%，创汇近亿元，六成销售额来自花牛苹果。

　　丰收账托起新愿望。

　　"建智能防雹网800亩，购置新一代防霜机，安装植保弥雾系统，推广水肥一体化200亩……"武正全的生产计划满满当当。

　　"上马智能分选线，新建一个海外仓，让花牛苹果成为'国际果'。"这是闫刚的新憧憬。

　　麦积区果业发展中心主任高永新，自称"果保姆"。苗木繁育企业2家、苹果分级包装初加工企业73家、重点仓储龙头企业22家、苹果深加工企业2家……依托国家现代农业产业园建设，老高信心足："新时代，攒劲干，让花牛苹果'牛'下去！"

（《人民日报》2025年1月14日）

采访感言 CAI FANG GAN YAN

　　作为《花牛苹果更"牛"了》一文的采写者，这段深入陇原大地的采访经历，让我更加深刻地理解了"脚下沾有多少泥土，心中就沉淀多少真情"的分量。从北京到天水，从田间到云端，这一路既是追寻习近平总书记足迹的使命担当，也是一场与新时代中国乡村的深情对话。

　　走进山地苹果园，泥土的清香裹挟着寒气扑面而来。跟着蜿蜒山间的"苹果轻轨"、听着果农讲述"一棵苹果树和三位教授"的故事时，深刻感受到产业振兴从不是冰冷的数字跃进，而是无数双手托举出的温度。记得走访合作社时，董天恩轻抚轨道运输车的眼神，像注视着希望的新芽；听武正全细数"苹果贷"带来的底气时，他提前备足农资的精明里透着庄稼人特有的实在。正是这些充满生命质感的细节，让新闻报道的"时代答卷"有了落笔的温度。

此行对"新闻常新"4字的理解再深化。乡村振兴的故事每时每刻都在续写新章，从冷库里的智能分拣线到海外仓的全球定位，科技与传统的碰撞永不停歇。新闻工作者只有以始终鲜活的触角感知大地脉动，才能在新时代的田园牧歌中捕捉到更多"春天的故事"。此次采写使我坚定了自己的职业信念：在见证历史的现场当学生，在泥土芬芳中做不老的新人。

（常　钦）

河南汤阴风尚新

人民日报 ■ 马跃峰

适逢春节，时隔两年回到家乡河南汤阴县，深感党风政风更清朗，乡风家风也更好了，一幅文明新图景跃然眼前。

回乡欢聚，见到老同学的"发小"——杜甫。名同诗圣，却是经商高手。干过建筑工程，去年办糕点厂，取名"满谷食品"。

前些年，春节"跑关系"、要欠款，杜甫常忙得脚不沾地。2025年春节前，正逢新厂从审批到落地开工，3个多月，杜甫没张罗一场求人办事的酒。

"都说在县里，亲戚连亲戚、办事靠关系。现在不灵了，越是熟人，越避嫌哩。"杜甫说。

"避嫌，会不会避事？"我禁不住问。

"服务反而更好了。"杜甫讲了一个汤阴县待商的"怪事儿"——两不接触。项目征地时，企业与群众不接触；办审批手续时，企业与职能部门不接触。

"两不接触"，谁来办事？

"专职代办员全程代办。投产后，县、乡、园区还都有分包干部，有事即到、无事不扰。"杜甫说。

风清气正的政治生态，引领形成正气充盈的社会生态。

回儿时生活的镇子，路过任固镇梁儿寨村，见到村支书司有林。谈话间，他非常感慨："村集体有二三百亩机动地，12年没收上承包费。

还有的党员干部超低价、超长期承包，村民咋能没意见？"

2024年，县里集中整治群众身边不正之风和腐败问题，成立"农村集体机动地专项整治"专班，决心根治顽疾。通过大数据建模、卫星图片叠加等方式，摸清全县农村集体土地现状。

"我们村主动申请，先做试点。"司有林说。打开数字地图，情况一目了然——村西北角的大片机动地，由党员司廷保承包，占全村机动地的1/3。

司廷保也委屈：40多年前，村集体发包机动地，谁都怕赔，谁都不接，"是村干部劝我干。换了几茬果树，才结了果，赚到钱。"

司有林一次次登门，终于成功劝说。按照程序，收回土地，公开发包，司廷保承包109.5亩，为期4年，每亩每年600元，继续种苹果。

到2024年年底，全村收回承包款8万多元，待收10万元。"有的外出务工，没来得及交款。"司有林说，趁着春节，村里开了个座谈会，"一来和大家通报村里工作，二来督促签约付款。"

公平办事矛盾少，乡风变正心气顺。

试点见效，全县整治迅速推开。收回的土地重点打造优质小麦、特色杂粮等产业。新增的集体收入，用于移风易俗、帮扶孤寡老人等，密切了干群关系，优化了基层政治生态。

伏道镇南申庄村，大年初一到这里，正赶上热闹场面。

村精神文明建设促进会牵头，用村民捐助的钱，组织65岁以上的老人合影，每人发一袋面、一桶花生油；给全村10岁以下孩子发红包，每人10元钱；组织青壮年参加拔河比赛，胜负均有奖。

"目的只有一个，在活动中增进感情，涵养良好家风，让村里充满崇德向善的气息。"南申庄村精神文明建设促进会会长师学现说。

照相、取面、拿油……上午11点，100多位老人走过戏台。参加拔河比赛的村民拉绳、加油，欢声笑语充盈广场。

嬉笑人群中，突然闪出一个熟悉面孔——开理发店的孙利霞。

孙利霞的百俪美发店，就在我家门口。理发店前台放着一本红彤彤的"志愿服务登记册"。一问方知，县里号召理发店参加志愿服务，每周四上午，为65岁以上老人免费理发，已有20多家店参与。"红本本就是传家宝，要传给下一代。"孙利霞很自豪。

传统文化浸润人心，也润泽家风。汤阴县是岳飞故里，"精忠报国"早已融入汤阴人的血脉。做官做事守"廉"关。距南申庄村6公里远的一处廉政教育基地，展出历代廉吏事迹。

在故乡汤阴，说起这个春节，大家都觉得风气一新，"过年清清爽爽，大家高高兴兴，多好。"杜甫说。

（《人民日报》2025年2月3日）

采访感言 CAI FANG GAN YAN

回望"新春走基层"活动，最大的感受是：采"三风"，要用足"深功"。2025年，报社要求突出"强信心、改文风"，既营造节日"氛围感"，又打造时代"记忆点"；既表现脆生生、水灵灵、热乎乎的百姓话语，又凸显富含思想、独到凝练的观察讲述，要奔着"精品""独家""重磅"发力，不要"大路货"、一般化。

努力实现这个目标，首先要"深采访"，找到典型的"这一个"。回到家乡，采写7天，跑过10多个点位，采访30多人次，最终选定老同学的"发小"杜甫办糕点厂，从企业家的角度观察政风之变，既有个性，又表现"风清气正的政治生态，引领形成正气充盈的社会生态"。

其次要"深思考"，穿透表层看到新貌、新意。通过理清逻辑，找到乡风故事的"新鲜核"——解决承包集体机动地的矛盾，看似与乡风关系不大，但它触及了村民最在乎的公平，而这正是好乡风的根基。

最后要"深锤炼",写出熟悉的"陌生感"。"新春走基层"报道,字数不长,倒逼删繁就简、深度锤炼。讲故事,动波折;关键处,见思想;熟悉中,有陌生,做到深入、深刻、深情。

（马跃峰）

雪夜再宿新华村

新华社 ■ 张旭东

"外面雪莽得很,快进来屋头坐!"新华村村民马芬大姐把家门打开,热情地将我们迎进新家里。2025年1月25日,腊月二十六。午后就开始飘的雪花,在夜幕降临时已越来越密,我们就借宿在马芬家。

◆ 2025年1月26日,雪后的四川省雅安市汉源县马烈乡新华村灾后恢复重建集中安置点　王曦/摄

四川汉源县马烈乡新华村，位于大渡河峡谷旁、崇山峻岭间的山坡上，海拔约1800米。

半年前的2024年7月20日，一场暴雨侵袭，超过10公里的山洪泥石流倾泻而下，造成人员伤亡，损毁了新华村40余间房屋，703名群众受灾，需转移安置。

2024年灾害发生的当天，我们新华社记者一行3人从成都出发，冒雨翻山来到新华村受灾现场；采访当晚，我们就和救灾的武警、消防队员等救援人员一起在村里临时安置点对付了一宿。

春节将至，新华村如今咋样了？2025年1月25日上午，我们再次从成都驱车约300公里赶往新华村。

经过雅西高速，穿越10公里的泥巴山隧道后再途经306省道，我们午后便驶入了数不清有多少道弯的盘山路——前往新华村的山道极其狭窄，不少地方仅容一车通行，海拔从不足600米迅速攀升至1800米。

前行中又遇到堵车。不同的是，上次是为了让行救援车辆，这次却是赶在过年前举办婚礼的几支车队塞满了山路，路上洋溢着喜气。

"上次车也是堵在这儿……当时太困了，我还在这路边摘了一把鲜花椒嚼着提神。"分社司机师傅李柏江热心指挥着来往车辆错车，前后两次和我们一起来到这里，他对当时的情景记忆犹新。

翻山途中，远处可望浩荡的大渡河。汉源，是块红色的土地，90年前的1935年，红军曾在长征路上转战汉源多地。

在山上盘旋了近一个半小时，我们终于在下午4时许抵达新华村。泥石流当时侵袭的痕迹隐约可见，凭着记忆和手机昔日的照片，我们很容易找到了救灾采访时所到的老地点——

一切又是新鲜的，涂着红黄蓝三色标线的四级旅游公路畅通无阻，新的混凝土护岸河堤正在紧张施工。新规划建设的百亩冷水鱼养殖基地初显轮廓，粮食和经济作物种植基地也已有百余亩种上了青菜和当归。

被山洪泥石流冲毁的豆腐石老桥处搭起了钢便桥,过桥后百余米便来到了新华村灾后重建安置点。安置点中,青瓦黄墙的房屋整齐罗列,雪中传来爆竹声声,灾后仅6个月,40户安置户村民陆续搬进宽敞明亮的新居。

52岁的马芬一家,2025年1月16日搬进了新房。"我们家人比较多,原来就住三层的自建楼房,山洪泥石流冲毁了地基,房子不得不拆除。"马芬说,除了政府灾后补助,他们一家自筹13万余元,在这里分了有两层楼、180平方米的大房子。

大山深处,雪落无声,天黑得也格外快。

"家里房子大,多住几个人没问题。明天我女儿、女婿也从外面回来过年,家里就更热闹了!"马芬一面笑着招呼6岁半的外孙女李依诺,一面为我们分好房间。

煮腊肉、萝卜炖牛肉、回锅肉……一道道农家菜摆上桌,香味很快弥漫了整个房间,"来,过年了,一起吃个团圆饭!"

马芬的丈夫邵明成见我们淋了雪,打开了家里的空调和电炉,屋子里一下就暖和了起来。"过去取暖要烤火塘,这次新房子的墙雪白雪白的,不能再烧柴火了,熏黑了可真舍不得。"邵明成实实在在的一番话,引起了大家的敞亮笑声。

一家人里,马芬是村组干部,邵明成找了附近看守砂石场的工作,大女儿在雅安名山区的快递站当分拣员,小儿子是川菜厨师,家中还种了七八亩汉源花椒。

汉源是国内著名的花椒之乡,花椒种植是当地重要的乡村振兴产业,汉源当地农村几乎家家户户都种有花椒。

2024年灾后7月底,正是花椒大量上市的季节,为了解决因道路中断而导致的花椒外运销售难的问题,省里和汉源县专门组织了企业前往马烈乡,以高于市场均价的价格收购花椒。"我们这儿的花椒质量好,去年党和政府组织企业收购，我家卖了3万多元，大家腰包鼓了，心一下就踏实了。"马芬说。

"不信你闻闻看。"马芬从厨房拿出一大袋自用的花椒，记者拣出一粒放入嘴中嚼开，酥麻的感觉顿时混合着花椒的香气从舌尖直冲脑门——"呵，汉源花椒真不愧是川味灵魂！"

晚饭后，雪小了些。

"咱们再看看邻居们，串串门去。"马芬领着外孙女李依诺和我们继续在村里走家串户。夜路上飘着雪花，村民房前的一对对灯笼红彤彤的，村民们正在亮堂的新家里聊家常——

杨平家刚购买的4台家电享受了1000多元国家补贴，2024年家里除了花椒还养了10头牛，为过节前几天卖了一头，挣了8000多元。今年他准备尝试扩大养殖规模，希望能给两个正在上学的女儿更好的生活条件。

最早入住安置点的石琼珍一家，客厅里挂起了女儿刺绣工艺画，画上绣着几匹骏马奔腾向前。石琼珍正盘算着在新的一年里，把刺绣工艺品做成增收的新渠道。

杨芬一家当天办的乔迁宴还没完全收拾完。在这场以烧烤为主的宴席上，汇聚了从亲朋好友家借来的火盆、烤盘、电烤炉，大家围坐一起，好不热闹。见到我们到来，她直接拿了碗筷塞过来："我们家今天买了100多斤小猪儿肉，快来尝尝香不香。"

……

在马芬的带领下，我们还专门来到方云秀的家。2024年山洪泥石流发生时，记者曾在村里的新华村临时安置点见到这位72岁的老人，当时的她正跟亲友通电话说家里受了灾。

坐在新房电炉边，回忆起半年前的情景，方云秀依然心有余悸。"我们不少人当时提前半天收到了村上预警，来到安置点避难，躲过了一劫。"灾后第二天，方云秀还自个儿摸回家附近看到，过去只有三四米宽的山沟被山洪冲至七八十米宽，家里的老宅已经完全被冲毁，"我们家老宅有100多年了，历经7代人，当时觉得家里损失太严重了，还有8个亲戚遇难，真不知道以后怎么活了。"

"在党和政府的关心下，我们才找到了希望和活头。"灾后恢复重建工作很快就启动了，新华村232户需搬迁安置的群众有统规自建、投亲安置等多种安置方式供选择，住惯了村里的方云秀选择了在安置点的一套90平方米住宅，"我们收到了每户7.3万元的重建补助和每人1.12万元的生活补助，这套新房算下来自己基本没掏钱。"

2024年12月21日，冬至，新华村抓阄分房。"我是让孙孙抽的签，得了8号！大家可高兴了，房子的院子都很大，还可以种菜。"安置点建设期间，方云秀经常会来看看房子进度，令她惊喜的是，仅过了5个月，新村子就整体建设完成了。

"没想到修得这么快，还修得这么好。"方云秀的儿子李桂林常年在新疆打工，负责建筑工地管理的他对新房的质量非常满意。作为"业内

◆ 2025年1月26日，新华村村道旁写着"搬新家过新年"的标语　李力可/摄

人士",他向记者分享了如何判断房屋质量是否过硬,"山里湿度大,这个房子却没有一点湿气返上来,说明房屋的地基深,而且回填好。"

雪,一直下。

村头的"幸福马烈,和美新华"几个大字,灯光下格外醒目。感恩石旁的党群活动中心,依然热闹,几个小朋友在家长的陪伴下玩着玩具,迟迟不肯回家睡觉。

"明天起来雪肯定会下得扎(积)起,今年将是个丰收好年。"回到马芬家时,夜已深,漫天雪花铺满了梦乡中的新华村……

2025年1月26日早,雪停了。7点钟就起床的马芬大姐,忙活着准备早饭,切土豆、煮酸菜、下面条,最重要的是滴上两滴花椒油。当地方言称为"洋芋根根"的酸菜土豆面,是外孙女小依诺最爱的早餐。

"外婆家就是好,随时都想回外婆家。"小依诺对外婆的新家特别喜爱。

这几天值班的马烈乡乡长赵珂,每天都要来新华村安置点走访。"县里正在对新华村附近的3A级旅游景区轿顶山进行提升打造,还规划了一条连接省道的旅游公路,这里是游客上下山的必经点之一,未来旅游产业大有可为。"赵珂说。

我们早上离开新华村时,天空逐渐放晴。冬日暖阳正从村旁海子坪山上升起,青松傲雪,风光无限……

(新华社四川汉源2025年1月27日电)

采访感言 CAI FANG GAN YAN

2025年春节前,腊月二十六,记者再次来到四川汉源县马烈乡2024年"7·20"山洪泥石流灾害中灾损最为严重的新华村。报道小分队深入泥石流受灾地区，冒着入冬最大的一场雪，走村串户，借宿村民家中，与受灾群众彻夜长谈。

2024年7月，灾害发生时，新华社四川分社第一时间组成抢险救灾报道小分队赶往新华村采访报道，深夜冒雨采访，在村中住宿。村民们面对灾难时的坚强乐观，以及救援人员的临危不惧、忘我投入，都深深触动了我们。

再次来到新华村，是在除夕前的雪夜。这一次，记者借宿在安置点中的村民新家，与村民畅谈，夜晚淋雪漫步，看到了以往灾后回访看不到的场景：雪夜中的村庄，有的家庭在看电视，有的围着暖炉嗑瓜子聊天，甚至有几家村民在冒雪搬家，准备除夕前正式住进新房。雪夜中，一切都显得安静而祥和。

深夜，记者一行趁热打铁，在村民家的卧室中构思稿件，以"雪夜"意象串起整篇稿件。经过彻夜写作，记者再一次在新华村完成报道，完成了"新春走基层"活动的创新实践。

新华人在新华村，恰好凸显了新闻工作者践行"四力"的真章所在，也真切感受到我们党以人民为中心的发展思想。这一次走基层，文章以大雪为明线、情感为暗线，记者翻山越岭深入村庄，事先不预设场景，与采访对象同吃同住，在村民的日常生活中寻找写作源泉，让稿件更加充满生活气息，让读者切实感受到受灾群众的经历与心声，从而让报道彰显现实意义和时代价值。

（张旭东）

那些像大山一样的"小事"

新华社 ■ 邹尚伯

"秦三桃义务修剪道路两侧绿化树""张庆妮捡到现金主动交到村委会""董银虎帮助张六棒家耕地"……在河北省石家庄市灵寿县砂子洞村,这些看似微不足道的"小事",都被一一记录,汇总在一本本《好人好事汇编》上。

2024年夏,记者在砂子洞村采访时了解到,从2019年起,该村便收集村中好人好事,至今已记录400多件,汇编成册5本。2025年年初,记者再次来到砂子洞村,跟村党支部书记秦慧冬一起,巡村入户,收集最新"线索"。

"你别小看这几本小册子,它让村风民风越来越好。"秦慧冬说,去年有件让他印象非常深刻的事情,村中一位五保户捡到了900块钱,当即挨家挨户询问,最后物归原主。

"把好人好事写在上面,配上一张照片,每户发一本,这对于村民来说是一种荣誉。"记者跟随秦慧冬来到村民袁明义家,提起《好人好事汇编》时,76岁的袁明义激动地打开柜子,"看,每年的册子我都留着呢!"他告诉记者,这些年村民思想变化特别大,从扔完垃圾自觉盖上垃圾桶盖,到谁家遇到急事一呼百应,村民们的公德意识和凝聚力越来越强。

当记者询问袁明义去年做过哪些好事时,他摆摆手,不好意思地笑了笑说:"我也没做什么,都是小事,不值一提。"

"砂子洞村是个典型的太行山村,大山里的百姓都比较淳朴,一般当事人做了好人好事自己不愿说,我们大部分线索都是来自他人讲述。"秦慧冬说。

从袁明义家出来,行走在村里,宽敞的水泥路四通八达,路面干净整洁,村中央的广场和小花园里坐满了闲聊的村民。记者问起这些年村里环境的变化,村民们都竖起了大拇指。

"村容村貌的改变离不开村民们的支持,经常有村民义务清扫垃圾、扫雪除冰。"秦慧冬说,现在拓宽道路、治理河道这种涉及村容村貌的事情需要征地,只要在会上提出来,大部分村民都支持且无偿贡献自己承包的部分土地,这对于村里开展工作有很大帮助。

谈话间,记者路过一处修建水渠的施工现场。村民袁卫山告诉记者,修建水渠需要清理路两侧的树木,这些树木都属于村民所有。但为了解决路面积水问题,村民们都无偿贡献了出来。

凑巧的是,在修建水渠的人群中,有一位当年为了支持村中建设小花园贡献了自己部分承包地的村民。当记者问起,他略带羞涩地说:"为村里大伙儿服务,让村里越建越好。"

"一个点发展,多个点产生效应。"在秦慧冬眼中,乡村治理是推动产业发展的基础,核心是团结,《好人好事汇编》就是村里团结发展的"聚合剂"。

秦慧冬告诉记者,山村山多地少,想要发展必须整合资源。去年村里想要在后山规划发展200亩酸枣树,令他感动的是,村民们非常积极地用自家承包地入股,支持村集体产业发展。

"预计今年盛果期收入不下50万元。"荒山摇身一变成果林,秦慧冬对未来充满希望。

接续走访几家,每每问到做了哪些好人好事,村民们说得最多的依旧是——"你们去那谁家问问，他刚刚又帮着村里做了……"一圈下来，靠着这些"小道消息"，《好人好事汇编》上又多了几件"小事"。但对于这个太行山深处的小山村来说，这些"小事"如同大山一样朴实无华，却掷地有声。

（新华网2025年2月6日）

采访感言 CAI FANG GAN YAN

2024年夏季，我在河北省灵寿县砂子洞村采访林果产业时，同村支书交谈中偶然得知这一线索，当即感到极具新闻价值——在大山深处的乡村中有如此淳朴且真诚的事情，令人动容。

了解到收集"好人好事"多在村里人员较为集中的春节期间，我特地选择"新春走基层"活动时期再次来到砂子洞村进行采访，作为独家线索首次挖掘报道。两天的时间，我住在村中，挨家挨户地跟随村干部走访，作为一位"闯入者"和观察者，我看到了村中百姓最真实的反应——一种极为朴素且善良的情感。在采访过程中，有着许多偶遇，例如在走访时，会在村边修水渠的现场遇到被别人推荐的好人好事主人公，这些巧合让我感受到整个村子都生活在巨大的善意中，大家相互印证，相互传递着友善。

采访快结束时，我仍在苦恼以什么样的主题去展现这个故事，但当我升起无人机，看到被大山包围的村落，看到延绵不断的太行山脉，回想起我访得的无数件"小事"，瞬间有了灵感，事情虽小，但背后蕴含的意义却能够无限放大。

报道发出后，许多人反馈看完心里非常温暖。村支书也给我发了一条微信，里面是全村人的合影，附言："每年一张，今年继续！"照片中村民们身后依旧是高耸的太行山,就好像这群善良的人们最坚实的"靠山"。此刻回想,那些采访本上的记录,是乡村最本真的模样:没有惊天动地,只有细水长流的善意。作为观察者,我有幸见证并记录下这些微光,也更相信:真正的新闻力量,就藏在这些热气腾腾的生活里——平凡中的真诚与善良,永远最动人心。

(邹尚伯)

穿行"冰达坂"的护学车队

中央广播电视总台 ■ 王春潇　王新宇　刘　菲　阿尔曼　郭培宇

本篇为视频报道，限于篇幅，文字稿从略。作品请扫描二维码观看。

（中央广播电视总台《新闻直播间》2025年1月22日）

采访感言 CAI FANG GAN YAN

"走基层"是一堂记者必修课,广袤厚实的大地就是一块硕大的黑板,踩在冰雪覆盖的土地上,就更加理解穆青所说的"脚板底下出新闻"。

参加2025年"新春走基层"活动,我选择了去自然条件比较恶劣并有"鬼门关"之称昆仑山上的冰达坂。虽然那里又远、又冷、又险,但是那些自驾车的朴实的村民,却拼尽力气,给了孩子们一段温暖的回家行程。高原、雪山、200多道"拐子弯"……拍摄路上我们记录下:这个车队,前有交警先导车,后有医疗保障队;出发前一天,县城的教育、交通、公安、气象等十几个部门开了护学路协调会;为保证孩子们平安回家,县里交警提前错峰封了路;村里老乡提前一天铲平可能打滑的路段上的结冰并铺上了土;出发前孩子兴奋得早上5点多就起床了,在新疆这个时间相当于凌晨3点。可是他们并不知道,在前一晚,接力护送他们回家的11辆大巴和80多辆小车车队已经提前集结,后备箱里装好了上百个馕……

哪有什么一路坦途,只不过是有人替你提前"铺好了路"。

这一趟"走基层",让我有了很多深刻的领悟。"走基层"是一堂求真务实的主题党课。总台长期鼓励年轻记者,多下基层,多蹲点,要"经风雨、见世面、壮筋骨、长才干",要用心用情捕捉更多有思想、有温度、沾泥土、带露珠的作品。

(王春潇)

骆驼湾一下子醒了……

光明日报 ■ 丰 捷 耿建扩 陈元秋

儿子的作文震惊了老师，也让任永花瞪大眼睛，"啊"出了声。

"写的啥呀？"

2025年腊八的午后，记者在河北省阜平县骆驼湾村小广场遇见骆驼湾村妇会主任任永花时，她正和几个闺密聊得欢呢。

"这小子不让看啊。老师就说，把骆驼湾写得特美、特好，同学们都想来看看。"

"说明骆驼湾有魔力啊！"

"还真是这样！以前，总觉得家乡穷山恶水。村边上那些山，名字听起来好听，什么骆驼峰，其实又高又陡，种啥啥不成。现在，都成了旅游景点了，城里人可着劲往这里跑，一个劲夸这里生态好呢！"

记者从资料上得知，以前的骆驼湾，戴着一顶"三区合一"（革命老区、深山区、贫困地区）的"帽子"，老百姓戏谑："九山半水半分田，石头缝里难挣钱……"

"你都想象不到，村里10多年没几个新结婚的，没几个育龄妇女，学校没几个孩子，全村没一间新房……"任永花一股脑儿抖搂着，"年轻人都跑了！我在外面待了19年半。"

2012年岁末，习近平总书记来到骆驼湾，坐在百姓炕头拉家常，帮乡亲们理发展思路。习近平总书记指示，要搞好规划，扬长避短，不要眉毛胡子一把抓。

省里随即派出工作队一户不落、一人不少走访调查，理出个《村情调查报告》。

"按照规划清单，要一个个画钩呢。"任永花说。

"咋画钩？"记者追问。

"我带你们去个老辈儿家看看去，他说得明白。"任永花利索地往前走。

任永花说的老辈儿，叫孙振泽，大路边就是他的家。院门是半开放的，半堵灰墙上挂着大小两块牌子："善美阜平　诚信商家""阜平县孙振泽农家院"。

"叔，在家吗？"任永花亮开嗓门，朝院东头的二层小楼走去。玻璃透亮，一楼堂屋里的鲜花、绿植映出了影。

"有客啊！"声音从身后传来，一位老汉和一个中年人进了院。

老汉就是孙振泽。跟他同来的中年汉子，是村支书顾瑞利。

小楼背倚骆驼峰，二楼房檐下，挂着一排大红灯笼。是日，天朗气清，骆驼峰巍峨耸峙，小楼平添了几分气势。

"您这小楼挺有情调。花了不少钱吧？"记者不觉赞道。

"多亏了村里帮衬。有十来年了，我是头几批。"孙振泽双手搓着裤子边。

顾瑞利接了话茬："要说，还是老辈儿有眼光。村里住房改造时，和老辈儿一讲，他二话没说推了石头房。你瞧瞧，现在取暖、做饭都用上了煤气。"

"要是搁以前，我这房檐都挂着冰柱子呢，屋里待不住人！现在家家用上空气源热泵，24小时热水都有了。"孙振泽打开水龙头，让记者去试试。

在记者的赞叹声中，孙振泽谈意更浓："你们夸我有眼光，我也就不谦虚了。那会儿不少人寻思，盖几间房够住得了，弄小二楼干吗？人家瑞利说，盖起小二楼，可以和公司签合同，搞旅游挣钱。大伙儿心里没底呀，旅游？咋挣钱？这穷乡僻壤的。我呢，心里明镜似的，听政府的准没错！"孙振泽话语里透着得意。

"哈哈哈"，几声爽朗大笑后，他接着讲了起来："看我那招牌没？钱真挣下了！房子盖好后，村里就帮我们办起了民宿。我这是自营的，一年能挣5万多元，好多老客户，一住就是几个月；村里还有几十户租给了公司，固定拿租金。"

孙振泽说的公司，是村里与县国企合办的民宿旅游专业合作社。"总书记让因地制宜，咱这山多林多，民风淳朴，城里人来了都觉得稀罕。开发出来，黄土真能变成金。"顾瑞利帮着解释。

就像小朋友要向别人炫耀自己心爱的玩具，顾瑞利执意拉着记者到街上走走。

村子不大，依山而上，足有两车宽的石板路旁各式小院层叠错落，砖木混搭飞檐上挑，红灯笼、红风车正在风中起舞，古朴而热烈。"接待中心""商业街""小食街""豆腐坊""酒坊"……琳琅满目。

"都是俺们住家。自己住加开民宿，村上统一设计。以前全是黄泥石头小屋，山墙裂着大口子，进屋便是炕。'只要有信心，黄土变成金'这话真的一点没错！以前，死气沉沉的骆驼湾，慢慢悠悠的苦日子，现在，到处充满了生机！老乡们走起路来，连衣角都呼呼带着风呢。"

说话间来到了村中央的广场，各种为过年举行的民俗活动正在彩排。"咱这年味儿足，正月村里到处塞得满满当当！白天有扭秧歌、霸王鞭、平阳大鼓、罗峪擎歌、巡游、非遗传统毛掸子会，晚上篝火晚会、打铁花……周边的、外地的，连外国人都有。"

顾瑞利步子迈得很大，一下子把记者撂得老远。他还在自顾自地大声讲解："你看现在咱这村容村貌，不输景区吧？你再看沿河公园，有新建的冰瀑、大溜冰场、嬉雪乐园、休闲渔业，骆驼湾已实现了'四季游'。现在天冷没法带你去山上转，山上正干得热火呢！围着村子的辽道背、藏粮沟、菜树塔、木桥都要开发出来。"

说到这里他突然停下了脚步，转身问记者："你们见多识广，山还是那座山，河还是那条河，人还是这群人，可为啥一切都不一样了呢？"

(《光明日报》2025年2月5日)

采访感言 CAI FANG GAN YAN

每年的"新春走基层"活动都在最冷的季节开始。但是，天越冷，越值得我们去寻访、去观察、去感受。2025年，我们选择了前往"脱贫攻坚号角吹响地"——河北省阜平县骆驼湾村。2012年年底，就是在这处太行山中的小村落，习近平总书记向全党全国发出了脱贫攻坚的动员令。10多年过去了，昔日贫困的小山村如今是何等模样？从脱贫攻坚到乡村振兴，骆驼湾人靠的是什么？这些都值得我们去挖掘。手拉手，心贴心，在村头，在灶头，在床头，在父老乡亲的一声声"心窝子话"里，我们切身感受到骆驼湾村的与众不同。

首先是"景"。青水瓦、木挑梁、石板院、黄泥墙……如今的骆驼湾村，恰似一个典雅的园林景区。远远望去，一座座民居依山而建，错落有致。村民家中也都用上了空气源热泵等过去城里才有的现代化设施。曾经简陋破败的村景早已不见。

其次是"业"。"接待中心""商业街""小食街""豆腐坊""酒坊"等一应俱全，各种商品琳琅满目。冬天是旅游淡季，游客稀少，但仍然可以想象出旅游旺季时的热闹场景。在这里，游客们不仅可以住民宿、观山景、享美食，更可以感受从脱贫攻坚到乡村振兴那波澜壮阔的伟大历程。

最后是"人"。在这里，我们能感受到每一位受访对象身上那挡不住的干劲儿与精气神。年长的孙振泽忙着提升民宿的服务水平，年轻的任永花琢磨着如何带领青年们干事业，村支书顾瑞利思索着进一步开发"四季游"。过去，村民们纷纷往外跑；如今，大家却纷纷"燕归巢"。这片红色土地上正跃动着挡不住的活力。

"只要有信心，黄土变成金。"骆驼湾村的巨变，再一次印证了这一颠扑不破的真理！

（耿建扩）

"种粮大户"年味儿里展望新"丰"景

中国妇女报 ■ 邵 伟

这几天，戴宏家里杀了一头硕大的年猪，准备用来熏制腊肉，备足"年货"，迎接2025年春节。

记者看到，他家的"货架"上，还摆放着不少自家熏制的腊肉和土特产品。"备受游客青睐"，戴宏笑着说。

家住湖南省常德市谢家铺镇港中坪村的戴宏，是当地有名的"种粮大户"。

2024年3月19日，习近平总书记来到港中坪村，走进当地粮食生产万亩综合示范片区，察看秧苗培育和春耕备耕进展，同种粮大户、农技人员、基层干部一笔一笔算投入产出账。习近平总书记强调，我国有14亿多人口，粮食安全必须靠我们自己保证，中国人的饭碗应该主要装中国粮。

随后，习近平总书记又来到戴宏家中，察看他家的农机具和春耕物资准备。

当戴宏告诉习近平总书记自家2023年种田纯收入55万多元、政府还补贴了7万多元时，习近平总书记十分高兴地表示："种粮户不能吃亏，有钱赚，才有种粮积极性。"

"总书记的激励让我干劲儿更足。"戴宏说，他将在精耕细作上下功夫，进一步把粮食单产和品质提上去。

2014年之前，戴宏一直在外打工，之后经人介绍，他与隔壁村的周敏相识，第二年正月，在亲友的见证下，两人携手步入婚姻殿堂。

婚后，夫妻俩都放弃了在外打工的生活，决定留在家乡当"新农人"。2015年，在家里已有50亩水稻种植面积的基础上，戴宏夫妻二人扩大了种植面积，在当地流转了100亩水田。为满足农田耕种需求，戴宏在国家农机购买补贴政策的支持下，花12万元购入一台中小型的旋耕机和一台中小型的收割机，有效解决了150亩水田的耕种问题。

辛勤劳作之下，第一年，戴宏就赚了10多万元。"虽然累点儿，但比在外打工强，还能照顾老人和小孩。"戴宏说。

2024年，戴宏一家的水稻种植面积达到了480亩，稻谷年产量100万斤，成了当地名副其实的"种粮大户"。

除了种水稻，戴宏家里还养殖了1500只谷鸭、100多只土鸡、几头生猪，承包了两亩鱼塘，加上农机出租和土特产出售，这一年下来，戴宏一家的收入超过了60万元。

"农民种粮有钱赚，粮食生产才安全。激发农民种粮的积极性，才能夯实粮食安全的根基。"港中坪村党支部书记段德喜告诉记者，戴宏家在种植粮食方面起到了示范引领作用。在段德喜眼里，戴宏人品好、勤劳。每年春节，戴宏都会捐钱捐物，慰问村里的孤寡老人，让他们都能过上一个欢乐祥和、温暖幸福的春节。

杀猪、宰羊、捕鱼、打糍粑……农历腊月的最后10多天里，村庄里的年味儿越来越浓。戴宏的妻子周敏正在院里忙着和婆婆准备年货，婆媳二人有说有笑，其乐融融。

港中坪村妇联主席刘桂英告诉中国妇女报全媒体记者，戴宏家庭非常和睦，婆媳关系也相处得很好，"婆媳二人是村里'好婆媳'的典范。"

"作为一名共产党员，我要以身作则，从自我做起，以高度的社会责任感，带领广大群众多种粮、种好粮，让农业成为百姓的致富产业。"戴宏坚定地说。

新的一年，戴宏给自己定了一个小目标，"明年再扩大水稻种植面积，并建成300亩的智慧农业示范片区，实现粮食丰产，带动周边的农民增收致富。"

（《中国妇女报》2025年1月15日）

采访感言 CAI FANG GAN YAN

新春时节，深入乡村，走进寻常百姓家，只为捕捉那些不寻常的时代印记。

来到戴宏家里时，一家人正在忙着熏制腊肉、准备年货，热热闹闹迎接春节，浓浓的年味儿扑面而来。望着这对夫妻忙碌的身影，我深切感受到，这升腾的年味儿里，藏着中国农业最动人的希望。

戴宏夫妇的故事像一株扎根土地的稻穗——从打工者到"新农人"，他们用10年光阴将50亩薄田耕耘成480亩稻浪，让传统农具升级为智慧农机，让靠天吃饭的焦虑蜕变为年收入60万元的底气。当听到戴宏的妻子笑着说"在家门口挣钱，老人孩子都团圆"时，我忽然读懂了中国农民对土地最深沉的情感：这不仅是生计的依托，更是血脉的归处。

在村支书段德喜的讲述中，我触摸到乡村振兴更深的肌理。戴宏家门前那条新修的机耕道，不仅是通向稻田的路径，更是连接传统农业与现代农业的桥梁。那些捐赠给孤寡老人的春节慰问品、农机合作社里轰鸣的引擎声，都在诉说着"先富带后富"的朴素担当。当戴宏指着规划图说起"智慧农业示范片区"时，他的眼睛像春天的秧田般闪着光——这让我想起采访时看到的一幕：冬日的稻田虽已收割，但翻新的土地下，分明涌动着新一季的生机。

最动人的画面，是婆媳俩在灶台前说笑备年货的场景。村妇联主席刘桂英说这是村里"好婆媳"的典范，我从中看到了中国乡村家庭幸福的密码：当现代经营理念与传统家风美德相遇，当女性力量在田间灶头绽放，乡村振兴便有了最坚实的根基。这正是新时代农村女性最生动的剪影。

这次采访，不仅让我感受到了乡村的年味儿和普通百姓家的烟火气，更让我看到了年轻人的回归为乡村振兴注入的新活力，这也昭示着中国农业的未来：当越来越多的"戴宏"选择深耕故土，当种粮致富从愿景变成现实，中国人的饭碗必将端得更稳，乡村振兴的画卷定会越绘越精彩。

（邵 伟）

"新俗"除"旧风" "新风"送"幸福"

中国妇女报 ■ 姚 建 王丹青

2025年春节将至，山东省济南市莱芜区大王庄镇大下河村的"积分超市"，变得更加热闹了。

村民老赵笑呵呵地走进"超市"，小到柴米油盐，大到家电器具，老赵站在货架前仔细挑选："这可是我家通过婚事简办'赚'的积分，得好好用起来。"

用积分兑换商品，在山东并不算新鲜事。中国妇女报全媒体记者了解到，山东不少村（社区）的居民都可以通过志愿服务、参与爱心活动等累计积分，但大下河村却把移风易俗写进了积分规则。

"我们把村民在婚俗改革中的表现量化为积分。"大下河村妇联主席赵慧告诉记者，"比如说自觉抵制高额彩礼，依据彩礼降低幅度给予不同分值；举办简约婚礼，从仪式规模、流程简化等方面综合考量给予积分；参与婚俗改革宣传活动，按参与次数与贡献程度累计积分。"

老赵一边挑选商品，一边回忆起村里从前办喜事的场景："以前村里人办婚礼，就想着要大场面，酒席越多越好、彩礼越高越有面子，花费可真不少。现在有了积分超市，大家都感受到了婚事简办的好处，既能响应村里号召，又能得到实惠，大家都乐意。"

而在大下河村，移风易俗为村民带来的"实惠"还远不止于此。

2024年七夕节，村民赵刚和未婚妻报名参加了村里的集体婚礼，还把原本商定的10万元彩礼降到了1万元。"我听家人说，村里能为实行

'零彩礼''低彩礼'的新婚夫妻提供集体婚礼、免费体检、创业担保贷款等服务。"赵刚告诉记者，通过参加集体婚礼、以实际行动践行"低彩礼"的"新婚俗"，他还顺利拿到了一笔35万元的创业担保贷款。"我一直在为创业做准备，没想到在村里举办的这场集体婚礼不仅给我们夫妻俩留下了特别美好的回忆，还有这么好的'惊喜'。"赵刚说。

除了集体婚礼，记者了解到，在莱芜区，还有一种"省心又省钱"的婚礼仪式，那就是由村里"免费承办"。

口镇街道下水河村，是远近闻名的富裕村。村民的腰包鼓了，可由红白喜事衍生出的高价彩礼、拼排场、拼场次的"陈规陋习"，却让不少村民直呼"心累"。

为了解决这一难题，下水河村村"两委"想了个主意——与其让村民攀比婚礼排场，不如由村里出面承办婚礼，保证"有里又有面"。

2015年7月，一座1300平方米的婚庆礼堂建成了，与礼堂同时落地的还有下水河村的《喜事新办八项规定》。

下水河村党委书记、村委会主任郑传尧说，村里还专门成立了爱心车队，全程免费录像、婚礼主持，并补贴600元。"'丧事简办、喜事新办'的推行，让村里的'公事'每场平均节约近万元费用。"

通过内容、载体等多种形式的创新，如今在莱芜，越来越多的乡村正带动广大村民对移风易俗从"要我干"变成"我要干"。文明乡风从家庭中来，又在潜移默化中影响着更多的家庭。

走进大下河村村委办公室，记者看到，这里存放着许多"一户一档"农户家政档案，详细记录着每一户村民村级任务完成情况、邻里关系亲疏、日常奖惩记录以及有无违法行为等内容。

"两家年轻人相亲、谈婚论嫁的时候，来村委查询对方的家政档案，啥都了解了！"赵慧告诉记者，村民小李的婚事就多亏了这份档案。"他的媳妇是个外村姑娘，来村里查询小李家的档案时，发现这家人多年来一直热心公益，与邻里间互帮互助。看完档案，姑娘一下子就对小李有了好感，两人的亲事也就成了。"如今在大下河村，家政档案不仅是家庭信息的"存储器"，更成了移风易俗的"推进器"。

大下河村就这样用一份档案，改变了婚姻中传统的"门第观"，让情感契合、家风相融成为婚姻起始的基石，村里矛盾纠纷减少了，适龄青年婚恋更顺遂。

关注单身青年的婚恋需求，号召广大单身青年成为文明新婚俗的践行者。采访中，记者还注意到，莱芜区政府中心广场的东西两侧正陆续挂起美丽的灯笼。据莱芜区相关工作人员介绍，在春节及元宵节期间，这里将举办一场热闹的灯会。届时，每一盏灯笼下方还会放置"心动卡片"，成为单身青年们展示自我、寻找心仪对象的"道具"。

"期待这场活动能够为年轻人提供一个更加开放、包容的交友平台，在节日期间为他们留下一段美好而温馨的回忆。"莱芜区相关工作人员说。

（《中国妇女报》2025年1月23日）

采访感言 CAI FANG GAN YAN

在山东省济南市莱芜区的乡村走访中，我深刻感受到，一场以"积分超市""集体婚礼""家政档案"为载体的移风易俗实践，正悄然重塑乡村社会的精神面貌。这些看似微小的创新举措，不仅打破了陈规陋习的桎梏，更在乡村振兴的土壤中培育出文明新风尚。

大下河村的"积分超市"令我印象深刻。它跳出了传统物质奖励的框架，将婚俗改革量化为一串串数字：降低彩礼可积分、简办婚礼可积分、参与宣传可积分……这种"以行动换实惠"的机制，巧妙地将政策倡导转化为村民的主动选择。采访中村民用积分兑换商品时的笑容，折射出村民从"被迫改变"到"主动参与"的心态转变。更令人触动的是，积分背后传递的价值观——婚姻的意义不再被彩礼的数额与宴席的排场绑架，而是回归到情感与家风的本质。

而大下河村的"家政档案"，则让我看到乡村社会治理的深层探索。这份记录家庭美德、邻里关系的档案，不仅成为年轻人婚恋的"信用凭证"，更构建起一种以家风为核心的乡村评价体系。小李的婚事因档案促成，恰恰说明文明乡风的培育需要可触可感的载体。当诚信、互助成为婚姻的"加分项"，乡村社会的信任纽带也得以加固。

离开莱芜时，区政府广场上悬挂的灯笼既承载着喜庆的年味儿，也预告着即将在此发生的一场场"浪漫邂逅"。这些即将承载"心动卡片"的灯笼，或许正寄托着对青年婚恋观的引导——让交友回归真诚，让缘分始于共鸣。移风易俗的实践，正在从破除旧习迈向构建新俗。它告诉我们，乡村文明的进步，既需要制度的约束与激励，更需要唤醒人们内心对美好生活的向往。在这里，我看到的不仅是婚俗之变，更是一个传统乡村向现代文明深情迈步的缩影。

（姚　建）

京西"村晚"：乡情藏在饺子和戏里

新京报 ■ 周怀宗　王子诚

山巅刚露出一抹亮色，炊烟就从村里升起了，笔直的一缕，在半空忽然散成一片薄雾。

太阳还没有升起，早起的高万辉穿过蜿蜒的石板路，爬上高高的台阶，走进村里的礼堂，查看头天夜里揉好的面，面团醒了一夜，刚好包饺子。

2025年1月22日农历小年，京西深山里，门头沟区雁翅镇高台村，村民们准备了6000多个饺子，准备了春联和福字，准备了一台晚会，邀请十里八乡的人们一起过年。

山村小年的饺子宴

高台村是一个典型的北方山村，数百年中，人们在山坡上建起村庄，开出农田，种植粮食和蔬菜。过去几十年，村里的人越来越少，146个户籍人口的山村，常住的只有40多人。

但高台村并不凋敝。村支书高连义介绍，2018年以来村里办起合作社，在山林中种植果树，在山沟里打造水景。2024年，这个小山村的集体收入超过50万元。

只是村里年轻人太少。第一书记孙鹏凯和驻村选调生管政豪是村里少有的年轻人，管政豪总是在想，怎么才能让这个小山村更热闹一点儿。

从小年开始，宁静的山村忽然有了热闹气象。

高万辉走进礼堂时，村口漆成朱红色的木廊下，正有人挂上一个个写着灯谜的纸条。骑着三轮车的男人们拉来一捆捆的柴火，有人忙着点燃灶火，架起大锅，火焰毕剥间，锅口就扑出了热气，沾染在人们衣襟上。

上午9点多，太阳照进礼堂宽敞的玻璃窗里，落在长长的条桌上。村里的女人们站成两排，和馅、擀皮、包饺子。皮和馅儿在她们的手里轻轻一转，一个小巧的饺子就出现了，一个接一个，在盖帘上摆成同心圆。

1个多小时的工夫，礼堂里就摆满了饺子。老人们和孩子们渐次到来，有人在一角搭起桌子，摆上笔墨，写出一张张福字、一副副对联。也有人坐在收拾好的长条桌旁，摆上各色凉菜，等待饺子煮熟的那一刻。

礼堂门前的高台上，锅里的水开了。两个柴火灶同时开始下饺子，一

◆2025年1月22日上午，门头沟区雁翅镇高台村，村民手捧刚刚包好的饺子前往灶台　王子诚／摄

锅煮熟，不锈钢的大托盘能装满两三个，流水一般地端进屋里，人们一拨又一拨地进去，吃饱，再出来，站在高台边的矮墙前，聊天、晒太阳。

"吃了15个。"高万福说。这位80岁的老人身体健康，能爬上陡峭的台阶，能干家务，"还能干活儿，比待着不动强。"他说。

戏曲里的故乡

为了小年这一天，大家准备了很久，一场"村晚"也是其中之一。

为了这场"村晚"，村里的老人们走出自家的院子，穿上鲜艳的衣服，在广场上开始排练舞蹈、合唱，一派时尚气息。

这场"村晚"不只是高台村的热闹，也是周边多个村庄共同的事情。

距离高台村不远，苇子水村的村民活动室里，张淑英从中午12点左右就开始化装，她是北京市非遗苇子水秧歌戏的演员。

秧歌戏不是秧歌，是北方大山里传统的戏曲。村民们代代传承，在农闲时节翻出锣鼓铙钹、唢呐二胡，走街串巷，翻山越岭，在一个个村庄里演出。

几十年中，许多事情都在变。比如传统的秧歌戏，最年轻的演员五六十岁了，还有80岁的老人，虽还能做几个简单的动作，可毕竟不似当年。

但也有许多事情没变，那些藏在人们记忆中的旋律，那戏文里的故事，早就熟稔在胸。在锣鼓响起的那一刻，被重新唤醒，回荡在村庄和人们的心里。

张淑英这次准备的是一段"刘秀走国"。台上唱念做打，台下的老人们点着头打着拍子，仿佛又回到了那些翻山越岭去看一场戏的年代。不同的是，如今有宽敞明亮的礼堂，有暖气，有瓜子花生，还有时令水果。

◆ 2025年1月22日中午，门头沟区雁翅镇苇子水村，秧歌戏演员高连怀和张淑英正在商量表演细节 王子诚/摄

  这一天，高台村涌进了许多人，村道上、台沿上到处站着人，有人静静地听戏，也有人三三两两地站在一起，一声好久不见，就能引出说不完的故事……

  下午时分，演出接近尾声，太阳西斜，山间慢慢有了薄薄的雾气。但这场热闹还远没有结束，锅里的水还热，灶下的火未熄，包好的饺子还有很多。年，才刚刚开始。

（《新京报》2025年1月23日）

采访感言 CAI FANG GAN YAN

  现代化的进程里，整个社会一直处在快速而剧烈的变化中，传统的生活方式、观念乃至记忆，不断消退、变迁，被新的生活方式和记忆覆盖。

但依然有一些地方，仍然保留着人们儿时的记忆，在城市里难得一见的文化，被当作非遗的仪式，在那里，只是人们再普通不过的日常生活。

2025年春节，是春节申遗成功之后的第一个中国年，我们在北京门头沟的深山小村里，进行了为期两天的驻村采访，住在冬天的山村里，和村民一起包饺子、排练、看戏、聊天……

走进他们的生活场景，了解他们的所思所想。

这个小山村，在过去几十年的时间里，和中国的绝大多数乡村一样，经历了天翻地覆的变化。却又保留着传统文化强大的生命力，尤其在春节，这个中国人最重要的节日里，在外工作的年轻人，拖家带口地回到村里，卷起袖子、架起灶火、穿上节日的盛装，和从小一起长大的伙伴们，和村里的老人们一起，操办一场热闹的新春聚会。

饺子、灯笼、对联、福字，还有山里乡里流传了数百年的戏曲，这些熟悉而传统的文化元素，在人们的房檐上，在大门的内外，在庭院中的树木上，展现出了传统春节的非凡魅力，但同时，现代化的基础设施，走南闯北的年轻人，又给这些传统文化增添了许多现代化的时尚元素，声光电的技术和传统戏曲结合，现代化的舞台和村民们淳朴的表演融为一体，这个山村里的春节和村晚，既传统又时尚，带着乡愁的韵味，又充满了热情和鼓舞。

（周怀宗）

祝家新村里热气腾腾的新春

辽宁广播电视台　金骁骁　程拓

本篇为视频报道，限于篇幅，文字稿从略。作品请扫描二维码观看。

（辽宁广播电视台《辽宁晚新闻》2025年1月30日）

采访感言 CAI FANG GAN YAN

2024年8月,我和同事在抗洪采访中来到祝家沟村,洪水来临后,村子完全和外界阻隔,我们通过协调爱心企业和水上运输力量,帮助村民抢运8000斤梨,挽回了损失,也和村民们结下了深厚的友谊,分别时他们对我说:"祝家沟以后也是你家乡,别忘了常回家看看。"

接下来的半年中,我的"家人们"不断给我发来好消息,在党和政府的牵挂中,不到两个月的时间,"祝家新村"拔地而起,他们都住进了温暖的新家。2025年春节前夕,习近平总书记冒着严寒来到村里,走进村民家中,问灾情、看重建,细细叮咛、殷殷嘱托。乡亲们告诉习近平总书记:"这条件不比城里楼房差,要把日子过得更红火。"

2025年除夕前夜,我终于回到了分别数月的"家",一排排新房里都是新装修、新家电,年味儿浓浓,采访的过程也更像是和家人一起过年,帮唐凤杰大姐蒸黏豆包,一家人笑逐颜开,"幸福"这个词在这一刻具象化了;听20年来第一次回家乡过年的王东诉说着家的变化与团圆的喜悦,字里行间透着蒸蒸日上的希冀;"人逢盛世千家乐,户沐春阳万事兴",村民家门上的春联有奔向新生活的力量;"不误农时不误春",村支书王丽丽鼓励村民的话语彰显乡村振兴的信心。

"走基层"如果不深入基层,不坐到老乡的炕头,不与他们同吃同行,乡亲们很难敞开心扉。在祝家沟村的除夕夜晚,我找到了家的感觉。这个"家"带来的安全感,不仅源于砖石垒筑平地起的小家,更源于人民至上的国家。

(金骁骁)

乡村明星"稻香乐队"

江西广播电视台 ■ 刘守洪　刘兹娟

吉安广播电视台 ■ 樊远平

本篇为视频报道,限于篇幅,文字稿从略。作品请扫描二维码观看。

(江西广播电视台《江西新闻联播》2025年2月9日)

采访感言 CAI FANG GAN YAN

记者在革命老区江西省吉安县偏远农村采访时，听说当地有一支由农民组成、玩西洋乐器的新潮乐队，很受群众欢迎。带着好奇，我们走进这支被群众称为乡村明星的"稻香乐队"，一路跟踪拍摄，追寻他们的音乐梦想，探寻新时代乡村生活的精彩脉动。

我们一路走基层，一边看变化：在乡村全面振兴背景下，乐队组织者肖永高重拾往昔爱好，圆自己的音乐梦；周边村民从欣赏到参与，纷纷投身其中；党委、政府积极引导，在各地新时代文明实践站（所）巡演，给乐队提供舞台，丰富村民文化生活，更增强乡村的凝聚力与向心力……"稻香乐队"成为乡村文化生活一道亮丽的风景线。

我们一路走基层，一边思亮点："稻香乐队"的故事，是新时代乡村振兴的一个生动缩影。节目中，环境优美的村庄、平坦整洁的公路、家家户户的汽车，还有紧跟时尚的直播场景……这些细节，如同一帧帧画面，勾勒出乡村振兴的壮美画卷。镜头里，乐队成员脸上洋溢着幸福的笑容，那不仅是对美好生活的向往与追求，更是乡村振兴的万千气象。

我们一路走基层，一路感悟："新春走基层"活动，让我们深刻体会到，记者只有深入田间地头，才能捕捉到最鲜活的素材。在办公室里，永远无法见证这支乐队从田间走向舞台的华丽蜕变。

（刘守洪）

黄之延带着猪羊回新家

湖北日报 ■ 胡雯洁

站在乡亲的猪圈旁，黄之延轻柔地抚摸着公猪小白的头，小白亲热地用鼻子拱他的手。

随着猪栏门被打开，小白走出寄养的猪圈，刚到台阶处，却突然止步。

"别怕，我们回家了。"一旁的黄之延拍拍猪背，耐心地等它抬起前蹄，并放开了系在猪身上牵引的绳子。看着小白摇晃着重达100公斤的肥硕身躯昂首走向新家，黄之延咧着嘴一个劲儿地笑。

◆ 黄之延（右一）村民把大白猪接回新家　朱熙勇/摄

2024年7月13日深夜，恩施建始县龙坪乡下棋棚村，一场泥石流从山上呼啸而下，冲垮了黄之延家的房屋，圈舍也受损严重。当时1公斤重的小白被掩埋在了废墟里，黄之延做梦也没想到，有一天还能和它重逢。

2025年1月23日，南方小年，黄之延将劫后余生的一只只猪羊接回新家团圆。他说："一双双援助之手点燃了我灾后重建的希望。"

生死关头，一双双手拉住了他

电闪雷鸣，大雨滂沱。每一次闪电划破天幕，山体就不断地将房屋向前推。那惊险的一幕幕，让黄之延心惊胆战。

51岁的黄之延是位养殖户，家里养了猪、羊。数载光阴，圈舍由两三间扩建到十几间。兄弟姐妹成家后单过，他和92岁的老父亲相依为命，家畜既是生活的来源，也是情感的寄托。

2024年7月13日傍晚，黄狗"小咪咪"拼命吠叫，黄色泥浆水渗进屋里。黄之延录下视频发给最信赖的人——村党支部书记彭钦艳。作为村里的灾害信息员，彭钦艳马上赶到附近观察。不好！山上涌下的黄色水流越来越大，她当机立断："转移，一分钟都不能耽搁！"

老父亲先被转移安置，牵挂着猪羊的黄之延怎么都不愿离开。闻讯而来的乡亲们合力将他拉到四五十米外的开阔地。看着岌岌可危的家，黄之延跪倒在地，号啕大哭，任眼泪和着雨水流淌。

"他多年的心血毁于一旦，怎能不痛心。"乡镇干部周成凤现场也悄悄落泪。紧急时刻，除了家畜，家里的现金也没来得及带走。

当天23时45分，泥石流从山上呼啸而下，碗口大的树瞬间被冲断，房屋被深埋于地下。"完了，我一无所有了。"黄之延的心凉到了冰点，万念俱灰。

灾后重建，新屋安在更安全的地方

临时被安置在村里希望小学的黄之延心里一直紧紧揪着，当晚辗转反侧，难以入眠。第二天，天未完全亮，他又悄悄"潜伏"到家附近。

大山深处，斜坡中段，旧宅处满目疮痍，村干部在现场值守。

看到熟悉的身影，彭钦艳和周成凤赶紧驱车带他去乡镇添置新衣和生活用品。另一支小分队则在希望小学的临时栖息之所帮忙收拾、打扫。

当黄之延回到焕然一新的临时住所时，一个个惊喜接踵而来。灾害发生次日，逃生的"小咪咪"根据气味找来了，看见主人不停地摇着尾巴。热心村民自发送来腊肉和茶叶，各种炊具一应俱全。更让他欣喜的是，灾害发生后，应急部门、民政部门、乡政府前来慰问看望，还带来了一个好消息：房屋因灾损毁，重建可享政策补助。

老宅原址已不适合重建，新家安在哪儿？父子俩紧锁眉头。村里干部和村民张罗起来，四处帮他寻找新的宅基地。跑遍了全村，黄之延看了四五个宅基地，最终相中了村道边一处地势相对平坦的开阔空地，这里避开了灾害隐患区，修建圈舍也有空间。黄之延说："房子主体总共花了近 8 万元钱，政府给的各种补助资金就达 7.2 万余元。"

找到彭钦艳，黄之延说出了他一直未了的心愿，家中存放的现金被埋在地下。灾情稳定后，大家第一时间帮着联系，租用了挖掘机，历经数小时，一个沾满泥土的包裹跃入眼帘。黄之延心中一阵狂喜，那正是自己的血汗钱。他小心翼翼地打开最外层的布，再解开塑料袋上的结，2.2 万元现金失而复得。更让他喜极而泣的是，循着微弱的猪叫声，挖掘机将顽强求生的公猪小白挖了出来。

2024 年 7 月 26 日，选址确定后，新房就开始了紧锣密鼓的建设。不到 3 个月，新家就出现在眼前。家，再也不是深山中孤零零的一户，附近还有邻居相伴，交通出行也更为便利。看着屋后大石头垒砌的山体护坡，黄之延默念着："再也不用担惊受怕了。"

"我想都不敢想还能建新房！"黄之延眼含热泪地说。"小咪咪"一同搬进了新房，圈舍随后也竣工了，接寄养猪羊回家成了他心中的期盼。

拨云见日，猪羊在叫他在笑

2025 年 1 月 23 日下午，铃铛声响起，头羊领着羊群回来了，圈舍里变得热闹起来。一只头部黑色、身体雪白的小羊蹦蹦跳跳，黄之延把它抱在怀里。这只羊叫小黑头，它是数月前"死里逃生"的母羊生下的。

黄之延说，灾情发生次日，在受灾圈舍的残垣断壁中，驻村干部黄信雄带着临时组建的救援小分队，从羊圈排粪区外墙砸洞钻入，把受到

◆ 黄之延与他的羊　朱熙勇/摄

惊吓的羊一只只抱出来，13只羊被送到黄之延亲戚家寄养。后来，羊群里新生了5只小羊，小黑头是其中之一。

当时，猪圈的情况也很糟糕：泥土和砖块冲入圈舍，大黑母猪被困在铁栏边；长白母猪仅有头部露在外面，整个身子被埋在泥里。由于救援及时，它们都幸存了下来。

得知黄之延为圈舍发愁，乡亲们热情出手。长白母猪被黄芝芳接到了家，公猪小白则被寄养在肖太平家，大黑母猪也住进了谭启平家。那时，谭启平家的8只小猪崽刚分栏，大家愣是从紧张的猪圈里挤出了一个单间给大黑母猪。

虽然，曾经的大家庭被灾难击得七零八落，但总算在众人的帮助下，一点点团圆，黄之延的心里也亮堂起来。从那以后，天蒙蒙亮，黄之延就开始忙活起来，驾驶着三轮摩托车，带上"小咪咪"，一人一狗，上山下坡，放羊喂猪。高山缺水，得知黄之延需要水泡发饲料，靠一个小蓄水池接山泉水生活的李莫国老两口，总是特意为他提前准备一桶。

如今，3只猪长得肥头大耳，大难不死的大黑母猪和长白母猪还怀着小猪待产。

"家里不断'添丁进口'，大家庭变得更大。"黄之延充满希望地说，"党和政府的好政策、乡里乡亲的帮助，让我的日子越来越红火。"

（《湖北日报》2025年1月26日）

采访感言 CAI FANG GAN YAN

走进曾经的地质灾害现场，泥石流留下的伤痛迎面而来，黄之延的旧宅被厚厚泥土掩埋。站在被毁坏的猪、羊圈舍里，看着残垣断壁，这名恩施汉子红了眼眶。家畜对农民而言不仅是财产，更是家庭成员，带回它们意味着"家"的完整重建。

受灾群众黄之延带着寄养的猪、羊回新家，看似是一个简单的灾后生活片段，实则折射出多个深刻内涵。猪、羊等家畜是许多农村家庭的重要财产和经济来源，接回它们象征着灾后生产的恢复，新生活的开始。黄之延的猪羊不仅是生产工具，更是测量因灾倒房重建成效的"温度计"——它们的命运，在某种程度上就是灾后民生冷暖的晴雨表。

一到黄之延的新房附近，我便听见铃铛声响起，"死里逃生"的母羊生下的小羊羔欢快地跑来，生生不息的希望就在眼前。站在新房前，黄之延3次落泪，用朴素的话语说着感谢。在他最困难的时候，党和政府是他强大的依靠，帮助他克服困难、重建家园。倒房重建的民生答卷映射出增进人民福祉、实现人民幸福、坚守初心使命的不懈追求。

采访的过程一波三折、险象环生。在建始县一条深山积雪的坡道上，正在上坡的采访车辆突然因路滑失控，向下滑去，直至撞上后车才得以停住。然而，这阻挡不住采访的脚步。

我深深地领悟到，只有沉下心来走进基层，带着感情去触摸百姓的心灵深处，才能写出最鲜活的新闻。

（胡雯洁）

一斤肉钱喝场喜酒

湖南日报 ■ 廖义刚　刘韵霞

2025年1月21日，记者在湖南省株洲市茶陵县龙匣村参加了一场特别的婚礼。

新郎吴代飞家张灯结彩，喜气洋洋。不少村民在随礼，记者掏出200元现金。

记账人问："几个人？"

"就我一个。"

"不用这么多。"记账人只拿了一张100元，随后从一叠10元、20元的钞票里，数出80元给记者。

"村里办喜庆事，除了亲戚，邻里乡亲都是按一斤肉价的标准随礼。"新郎姑父打开礼金簿，李家、吴家、谭家……村里来的数十人都随礼20元，差不多是市面上一斤猪肉的价格。

看到记者吃惊的表情，村民吴利勇笑着说："我10年前结婚时，大家就是按当时肉价随礼15元。"

屋外陆续来了不少宾客，他们提着一小串鞭炮，主人家挨个点燃。在鞭炮声和锣鼓声中，新郎吴代飞和新娘谭玉琴手牵手，打着红伞入场，好不热闹。

帮忙置办酒席的村民把红色塑料桌布一铺，10余个小菜碗端上了桌，菜品丰富，分量适中。

"这样的酒席，既不浪费食物，又减轻主家负担。"吴代飞敬完酒后告诉记者。

吴代飞幼时在河南生活，上初中时，随父母回到家乡茶陵，如今在浙江工作。他说，工作的城市礼金动辄几百上千元，一个月吃几次酒席，压力就很大。家乡办酒虽是"肉价随礼"，但邻居都来帮忙，席面不铺张，主人家负担得起，宾客也其乐融融。

"这口'奥肉'我在外面想好久了！"吴利勇平时在宁波工作，此时夹起一块肥瘦相间的猪肉，大快朵颐。他告诉记者，"奥肉"原名熬肉，是茶陵特色美食。婚礼快结束时，记者这一桌大部分菜都"光盘"了。

龙匣村"肉价随礼"的风俗，始于20世纪80年代末。当时，村里酒席多，常因礼金问题产生不愉快。

"两家人一前一后办喜事，你给一家随5元，下一家随6元，矛盾就产生了。"73岁的李寿元是当时的村党支部书记，他和时任村老年协会会长的李甲喜商议，猪肉是村里宴席上主要的食材，便以1斤猪肉价格作为随礼的标准。

在李甲喜和老年协会的动员下，村民接受了"肉价随礼"。李寿元趁热打铁，推出"红喜事邀请1个村民小组，白事邀请2个村民小组"的规定。

于是，"肉价随礼"、不铺张浪费的习俗便在龙匣村流传下来，2024年被写进村规民约。

良好的乡风、民风是农村干事创业的基础。2024年，龙匣村在祠堂开设合约食堂，60岁以上老年人5元一餐；成立南溪文艺团，举办糍粑节，为老年人举办集体生日庆典。

在"新乡风"中迎新春，茶陵县开展"大年里的好风尚"系列活动，"村晚"、油画展、篮球赛等让茶陵人在家门口感受文明新风。

"女儿带着外孙从上海回来过年，也能体验老家的好习俗。"68岁的陈大姐喜笑颜开地说。

（《湖南日报》2025年1月26日）

采访感言 CAI FANG GAN YAN

乡土中国本真的内涵里，熟人社会是绕不开的，人与人之间因日久经年累积的情感，以及大事小情产生的互助关联，让中国的乡村和乡民千百年来自带纯朴气息。临近春节，驱车约200公里，我们从株洲市区来到茶陵县龙匣村。从记账人手里接过礼金找零的80元时，记者在腊月的寒风里感受到了乡土中国的温度。

踏入张灯结彩的农家小院，"红包焦虑"被轻轻卸下。"肉价随礼"看似质朴简单，却反映出在现代化冲击下，乡村中人情往来的回归。

"礼金负担沉重"是这些年常被提及的一个农村议题，"肉价随礼"这一村规民约，减轻了龙匣村村民的经济压力，主人家无须为高额回礼发愁，宾客也能轻松赴宴，让喜庆之事重新变得纯粹。同时，大家以相同标准随礼，有效化解了因礼金差异产生的矛盾，减少攀比，拉近彼此之间的距离。

通过菜品不铺张、邻居来帮忙、自带一小串鞭炮……将酒席"入不敷出"的问题巧妙解决，将复杂问题简单化，彰显"人情"的可贵本意，这也是乡村文明的体现。

文明的滋生与传承，通常需要借由时间的洗礼来完成。从20世纪80年代末老村支书的倡导，到2024年写入村规民约，龙匣村村民将"肉价随礼"从临时举措内化成了文明自觉。

此次采访让记者认识到，乡村文明建设应该像龙匣村这样，从生活点滴出发，以传统习俗为根基，融入现代文明理念，与时俱进，最终形成可感、可触、可传承的乡村新风尚。

（廖义刚）

千户苗寨的乡村振兴曲

广西广播电视台 ■ 游 芸 梁智威 莫 毅 刘陶霏

本篇为视频报道,限于篇幅,文字稿从略。作品请扫描二维码观看。

(广西广播电视台《新闻在线》2025年1月29日)

采访感言 CAI FANG GAN YAN

这次深入广西壮族自治区柳州市融水苗族自治县红水乡高文村的采访经历，让我再次深刻认识到"新闻是个富矿，需要到基层不断挖掘"。一个地处深山、交通不便、贫困发生率曾经为79.5%的苗山乡村，竟然修起了融水县的第一条环村路……正是对高文村产生的这点小好奇，将我们引向了这场有关乡村振兴的深度观察，而这次采访既是践行"四力"的深度走访，也是一场与新时代中国乡村的深情对话。

还记得初入高文村，在村道上偶遇村民们"找舅舅"的队伍，让我们感受到了苗寨民俗的蓬勃生命力；在木耳基地、罗汉果田和加工车间里，"90后"村副书记滚校带领群众"学技术"的决心掷地有声，村民们"鲜果卖不上价就深加工增产值"的实干精神令人动容；而站在5.6公里长、5.5米宽的"高文村一环"，我们的心情和村民们一样澎湃。乡村振兴，为苗寨百姓筑起了坚实后盾，也让苗寨民俗在新时代焕发光彩。当悠扬的芦笙合鸣响彻群山，那不仅是非遗民俗的现代回响，也是高文村村民在新时代奏响的团结乐章、振兴乐章。

此次采访，也让我们对讲好中国故事的理解再深化。视频制作完成后，我们选择先在网络平台发布，当数万次点击化作播撒在乡村振兴热土上的种子，那些"永远跟党走""想去高文过新年"的温暖留言，也正是新时代中国故事动人的回响。由此可见，乡村振兴的精彩故事，需要记者用脚丈量、用心捕捉，而只有深入了解，才能写出"见人、见事、见思想、见精神"的鲜活篇章，让中国故事既有泥土气息，又具时代温度。

（游 芸）

"自然村长"的2461份心意请查收

云南广播电视台 ■ 范 玲 周 楹 梁 芊 朱正波

临沧融媒

本篇为视频报道，限于篇幅，文字稿从略。作品请扫描二维码观看。

（云南广播电视台《云南新闻联播》2025年2月1日）

采访感言 CAI FANG GAN YAN

2025年春节前夕，我和同事深入防返贫监测重点地区——云南省临沧市，探寻巩固拓展脱贫攻坚成果同乡村振兴有效衔接过渡期最后一年边疆民族地区的治理"密码"。

在凤庆县红塘村，我看到新种植的有机茶园和热情果上挂着晨露，废弃的瓦罐变身为多肉花盆，竹篱笆圈起的小菜园里种着花草和中药材。得益于东西部协作机制，中山大学派驻红塘村的"自然村长"黄鑫把中山大学设计团队的"脑力"与外部企业的"财力"进行有效嫁接，发挥村民的"人力"优势，因地制宜发展产业，就地取材改造"微景点"，村集体经济收入从20多万元增加到50多万元，村民的小庭院变成了小花园、小果园、小菜园，目之所及皆是"微幸福"。在临翔区细嘎新寨，伴随着辣椒酱厂的机器轰鸣声，来自本地的"自然村长"何燕信心满满地给我们介绍"千椒百辣"小镇规划，村民们质朴的点赞，让我明白了边疆民族地区治理和乡村振兴的"密码"，既藏在基层党组织和党员干部沾满泥土的脚步里，更镌刻在群众从"等着帮"到"抢着干"的行动中。

此次采访，我们用脚力跟随"自然村长"的脚步，用眼力和脑力捕捉乡村振兴和基层治理的变化，用笔力呈现"一村一策"实施精准帮扶、确保"不返贫、增收入、美家园、谋振兴"目标实现的生动图景。干部在泥土中淬炼初心，群众在奋斗中收获美好，有幸见证这场双向奔赴，这是独属于新闻工作者的幸福。

（周　楹）

板栗"尖子生"出山记

中国教育报 ■ 张　欣

在哈一口气就能凝结出雾的寒冬，大街小巷时常飘出糖炒板栗的焦香，令人垂涎欲滴。

2025年，青龙板栗又"上新"了：油泼辣子栗泥冰激凌、龙栗茶新茶饮……层出不穷的新产品让人感叹："小小板栗，竟有这么多花样吃法！"

如今，青龙板栗已成为河北省青龙满族自治县最具优势、产业链条最完整的特色农产品深加工典型。小小板栗如何走出大山，实现华丽"转身"？这一切，还要从教育部帮扶说起。

如何让农产品走出大山

"快来尝尝我们的板栗，好吃得很！"刚到青龙，教育部驻祖山镇花厂峪村党支部副书记谢文就迎上前来，热情地邀请记者品尝。

"咬一口，甜香在嘴里散开，就像在舌尖上跳舞。"记者不禁赞叹。

青龙被誉为"京东板栗之乡"，其独特的地理环境塑造出个大皮薄、肉质饱满的板栗"尖子生"。然而，"酒香也怕巷子深"。如何让农产品走出大山？这引发了教育部挂职干部的深入思考。

"每年八九月是板栗采摘的时节，刚摘下来的板栗有一些水分，没有那么甜。在冷库放置三四个月后，到了冬天板栗才会返甜。但存储不当，板栗就可能发霉。因此，有些好板栗还没走出大山就坏掉了。"教育部驻青龙镇五道沟村第一书记郗延强介绍。

怎么办？找专家！

教育部帮扶干部团队迅速联系了中国农业大学国家农业市场研究中心主任韩一军，对现有的两座冷库进行了信息化改造。"现在，我们用手机就可以24小时监控冷库内温度、湿度和空气成分，通过对日常物品出入库进行信息化管理，提高了管理效率，农产品贮存和运输更加科学了。"郗延强说。

"针对青龙特色产业以提供初级农产品为主、农产品附加值低、市场竞争力不强的短板，我们'对症下药'，支持高校开发新产品，推动全县特色农产品精深加工，实现上下游有机衔接，延长农业产业链、提升价值链。"教育部驻青龙满族自治县政府挂职副县长许旭轩说。

近年来，教育部组织实施"百校进青"工程，协调清华大学、中国农业大学等高校发挥科研优势，与青龙县企业开展校地合作，加强产学研对接，目前已有40多所高校与青龙县的企业建立紧密合作关系。

怎么让好板栗"卖得火"

一个山区县，如何让板栗实现破圈？

"对我们山区县来说，让农产品走出去的捷径之一就是电商。"2021年，在教育部引荐支持下，阿里巴巴集团派驻特派员刘琳到青龙助力乡村振兴帮扶工作。与此同时，"80后"大学毕业生韩文亮也返回家乡五指山村做起了电商。

仅靠一根网线、敲敲键盘，就能把家乡的栗子卖出去？一开始，村民们半信半疑。

"两天3万多笔订单、70多万元的销售额！"2021年10月，教育部帮扶的一次专项助农活动让村民一下子开了眼界。自此，"板栗掌柜"成为"电商顾问"，韩文亮带动全村100多户搞起了直播，五指山村也成为青龙首个电商村。

春节临近，板栗又迎来了一波年货"下单潮"。走进青龙电商产业园直播间，大学生直播助农兴家板栗专场活动如火如荼。

"今年的年货预售已经开始了，销路完全不愁。现在是板栗'咧嘴笑'，我们也咧嘴笑啦。"首批电商帮扶对象、卧龙池村村民殷雨晴兴奋地告诉记者。

"新农人"缘何层出不穷

"张教授，可把您给盼来了！大家伙儿都等着您来给讲课呢！"刚进村，河北科技师范学院园林科技学院教授张京政就被热情的村民团团围住。

张京政是一名"科技特派员"。如今，下乡办农业技术培训班已经成了他的"常规动作"，很多果农都是他的"老朋友"。他提出的"板栗树郁闭园的改造方法"新技术，在青龙推广面积达30余万亩，累计增产增效1亿元以上。

"讲得再多，能听到的人也是有限的。"为让更多农民搭上科学种植的"大篷车"，张京政借力互联网，专门制作了"板栗高效栽培技术""板栗郁闭大树抓大放小修剪技术""板栗中庸树更新复壮修剪技术"等视频，开展网络培训。

给农民找"指导老师"，源自青龙针对县域特点实施的乡村振兴人才引领机制。"我们聘请了来自清华大学、中国农业大学、中国人民大学的专家，为我们开展专业培训200余次，成立了电商公共服务中心25个，从专业角度进行全程化、日常性的指导。"青龙满族自治县委常委、县政府常务副县长张德龙表示。

此外，围绕县域经济发展需要，教育部还指导青龙职教中心开设农业机械使用与维护、农村电气技术、电子商务等专业，为县域产业发展培养了一大批实用型技术技能人才。

"在'教育+科技+电商+人才'四轮驱动下，近年来，青龙乡村振兴得到长足发展，走出了青龙特色新型产业振兴道路。"许旭轩说。

（《中国教育报》2025年1月14日）

采访感言 CAI FANG GAN YAN

作为一名基层记者，我始终坚信，新闻的鲜活与力量永远来自大地深处。很荣幸能参与2025年"新春走基层"活动，对我而言，这不仅是一次报道任务，更是一场叩问初心的精神之旅。

当我乘坐大巴穿梭在青龙满族自治县崎岖的山路上，眼前是重重叠叠的大山。从凌晨四五点摸黑分拣板栗的农户、零下十几摄氏度寒风中开直播的驻村帮扶干部到几十年如一日送农下乡的教授……从他们身上，我真切认识到乡村振兴不是抽象的口号，而是无数人用双手在贫瘠中凿出的希望。从他们的故事里，我深受触动，于是离开青龙当天就完成了这篇报道，我迫不及待地想把他们的故事告诉更多人。

报道中每一颗走出大山的板栗，都凝结着教育帮扶从"输血"到"造血"的智慧。这何尝不是中国教育的缩影？作为"90后"党员记者，能亲眼见证教育强国与乡村振兴的双向奔赴，我深感幸运。未来，我仍愿做一株扎根大地的"麦穗"，在田间地头捕捉变革的脉动，用有温度的笔触书写属于新时代的教育故事。因为我相信，最动人的诗篇永远出现在祖国最需要的地方，而记者的荣光，永远在下一段奔赴的路上。

（张　欣）

见证新动能

攀登百米高的风机，与海风作伴

新华社 ■ 吴剑锋　周义

穿行于茫茫大海，攀登百米高的风机，眼前是复杂的电路设备，耳畔是涛声风吟——作为一名海上风电运维工程师，"90后"的黄志明已度过10年"与海风作伴"的日子。

位于福建莆田的平海湾，是福建省重要的海上风电开发区域。如今这里活跃着一批平均年龄28岁的青年，他们的工作内容是确保风机正常运转，为千家万户提供清洁能源。春节期间，记者走近这群海上风电运维工程师，感受万家灯火背后的艰辛与不易。

冬日清晨，东方渐白，渔家响起阵阵鞭炮声。记者和黄志明早早来到渔港，登上作业船。作为土生土长的平海青年，黄志明于2015年回到家乡参与海上风电场建设，并在之后成为一名运维工程师，"可以说，这些风机是我'看着长大'的。"他对此颇为自豪。

平海湾海域风高浪急，暗流涌动，作业条件较为苛刻。只有在"风速小于8级、浪涌小于1.5米"的条件下，人员才能出海。连日来的好天气，正是大家期盼的"出海日"。

船刚驶离码头，海浪便开始拍打船身，记者紧紧抓住栏杆，努力保持平衡。黄志明却如履平地，熟练地检查着工具包，动作干脆利落。约莫1个小时后，作业船抵达存在故障的34号风机，黄志明和同事背上数十斤重的零件和工具，手脚并用爬上20米高的阶梯。

"如果遇到低潮位，海面和平台的落差能有近30米，还得爬上更长

◆ 2025年1月19日，黄志明（中）在运维船上帮助同事穿戴个人防护装备　林善传/摄

时间。"黄志明一面向上攀爬，一面招呼记者跟上，海上天气阴晴不定，一眨眼就可能从风平浪静到狂风四起，需要迅速到达作业平台。

爬上阶梯后，一座百米高的风机赫然矗立，巨大的叶片在阳光下闪耀着银色的光芒。

受海水盐雾影响，海上风机故障并不少见。"风机里头都是大部件，要对照3000多页的图纸一一排查、更换零件，这既是体力活，也是脑力活。"运维工程师郑桂雄说。

记者跟随工程师一路登高，听他们讲述海上工作的点滴日常。"干这份工作，最重要的是要吃苦耐劳、耐得住寂寞。"黄志明说，海上作业首先要克服天气的考验。冬天，寒风凛冽，海上湿冷异常；夏天，塔筒闷热，五六十摄氏度高温持续炙烤，运维工程师一待就是一天，饿了就着海风吃盒饭，困了就在简易集装箱里小憩。

下午两点，记者早已饥肠辘辘。完成初步检修的黄志明从背包里拿出盒饭与记者分享，因天气寒冷，饭菜冻得生冷，大家围坐在微波炉前，望着远处海鸥翱翔，享受这片刻的闲适。

"丰渔期时，平台下鱼虾成群，我们撒一些米粒，它们就扑腾扑腾往上跳。"郑桂雄眉飞色舞道，海上作业虽然辛苦，但是大家擅长"苦中作乐"，"你看，我们集装箱的窗户一打开就是海景房，工作的时候还有海鸥鱼群做伴呢！"

近年来，我国海上风电事业飞速发展，已成为全球最大的海上风电市场。"新能源产业的发展，让我们都有了回家的理由。"黄志明指着一排排海上风机说，如今公司运维工程师大多来自莆田本地，风电事业的发展，让这一代平海青年告别风吹日晒、耕海牧渔的生活，这些"海上大风车"还带动了沿海一带的餐饮、旅游等业态。

夕阳西下，风机的影子在海面上逐渐拉长。经过一天的奋战，34号风机终于完成检修，重新转动的叶片发出有节奏的"呼呼"声，仿佛大海的呼吸。

◆ 2025年1月19日，福建莆田平海湾海上风电场一角（无人机照片） 林善传/摄

"这是我们最有成就感的瞬间。"黄志明告诉记者,检修完毕后往往已是黄昏,正是海上最美的一刻。

船舶缓缓归航,耳畔海风呼啸,此刻家的方向,万家灯火已徐徐亮起。

（新华社福州2025年2月3日电）

采访感言 CAI FANG GAN YAN

年年"新春走基层",今年去哪儿？每到春节前夕,这个问题总会困扰我们。2025年,在分社领导指导下,我们决定将目光对准"海上大风车"——海上风机。

为什么是海上风机？一来"闽在海中",海洋经济是福建的一大特色,近年来福建风电产业加速发展；二来海上风电运维人员常年奔波于深远海,攀爬百米高的风机,身处"既高又远"的基层岗位,他们的故事一定别样精彩。

1月19日,记者一行来到福建莆田平海湾,清晨天刚亮起航,夜幕降临归航,完整体验了风电运维人员工作的一天。

海上追风最大的困难是颠簸。平海湾海域风高浪急,船上十分颠簸,记者多次险些滑倒。为了达到更好的采访效果,我们在船上尝试用无人机航拍,但因工作船在海上漂移,无人机落地时螺旋桨折损,差点坠海。

第二个困难是负重爬梯。海上风电场的风机通常高达100米左右,相当于33层楼高。在乘坐电梯前,要先从船上爬上20多米高的基座,记者携带相机、无人机等工具负重爬梯,需要戴黏性手套,以此增强抓力。虽然身上挂着3条安全绳,但脚下波涛汹涌,难免慌张。

与以往报道不同的是,这次"走基层"我们不是旁观者,而是切身实地和劳动者一起攀高走远,同吃同行,以此走进他们的内心。印象最深刻的是当天下午2点,我们和工程师吃着出海前带的盒饭,尽管饭菜已经凉了,但大家席地而坐狼吞虎咽,十分珍惜这片刻的闲适。工程师还苦中作乐说,他们住的是"海景房",每天有鱼群和海鸥做伴。

最终,我们一行人采写了通稿、图片、短视频,较为圆满地完成了工作任务。虽然只是短短一天的职业体验,但我们真切体会到,只要走到实处、走进被采访对象内心,一定会发现精彩的故事。

(吴剑锋)

深山里的筑坝人

中央广播电视总台 ■ 张 勤　王 琰　岳 群　朱 江　张丛婧　唐志坚

本篇为视频报道，限于篇幅，文字稿从略。作品请扫描二维码观看。

（中央广播电视总台《新闻联播》2025年1月19日）

采访感言 CAI FANG GAN YAN

隆冬时节，金沙江上游险峻的深山腹地，大国工程建设者在默默奉献着。

"空中飞人"在悬崖间喷涂保温层的身影化作移动的星点，当我们的镜头贴近，聚氨酯材料碎片像雪花般落在我们身上，作业完虽腰酸背痛，师傅却很骄傲，"喷到现在的170多米高，混凝土一丝裂缝都没有"。

工人们在寒冷冬夜浇筑大坝的现场点亮深山峡谷，通宵达旦，施工监理给我看了手机里拍摄的上万张大坝照片，这是他退休前干的最后一个工程，"大半辈子都在深山峡谷中，离家远但是离国近，不后悔"。

9年间，近5000名建设者的手机信号在荒谷中织就光网。当大数据还原出从乱石滩到超级工程的蜕变轨迹，我深刻感受到：那些被混凝土覆盖的青春，比任何数据都更有重量。正是无数这样的普通劳动者，使得中国成为当今世界上的水电大国。正是这一个个平凡的鲜活的人物，让大国工程的叙事有了滚烫的体温。"我在现场"，永远是新闻记者不会被改变的本色和初心。作为新闻工作者，唯有将触角深扎大地褶皱，才能见人、见事、见发展，才能传递祖国大地上的真实脉动。

（张丛婧）

实验室里的追"光"者

经济日报 ■ 向 萌 刘沛恺 李 景

2025年春节期间，记者来到浙江省杭州市余杭区、西湖区，深入科研一线，感受这里的创新活力。

春节不打烊

农历正月初五，记者走进中国科学院大学杭州高等研究院高光谱载荷研制项目实验室，两位科研人员正在认真地进行调试，一位研究人员一边操纵仪器，一边观察旁边电脑上的数据变化，另一位则在不断调整仪器旁边的电线与电路板。

"他们正在安装的是光谱仪里最重要的一个部分，要将电子学系统与光学系统进行对接组装，再对专门的测量仪器单色仪进行校准。"高光谱载荷研制项目实验室副主任设计师曲宏松向记者介绍。

测量仪校准工作从除夕就已开始了，为了完成此项实验，项目组成员徐佳皓和郑志欢春节没有回家。该项目要在2025年3月份交付，春节期间整个团队一起追"光"，基本每天都要工作到后半夜。

像这样春节"不打烊"的实验室，在当地还有很多，一个个科研团队的拼搏，汇聚起了创新的澎湃动能。

之江实验室天基计算系统研究中心的总控大屏上，滚动显示着项目实时模拟测试情况。高级研究专员吴佩欣刚进入之江实验室时，从事的是类脑计算相关工作，2024年1月来到天基计算系统研究中心，开展天基分布式操作系统研究。"我们与来自不同领域的人员一起学习摸索，建立起了一套相互配合的机制，探索出了新的研究路径。"吴佩欣说。

同样坚守科研岗位的还有西湖大学的团队。"我们是向西瓜皮学习！"西湖大学副研究员唐堂笑着说。

西湖大学理学院孙立成院士团队的研究方向之一是离子传输膜。有一次，唐堂把西瓜放到了速冻层，想让西瓜凉得快些。结果实验一忙，几天后才想起来。看着取出来解冻后一碰就掉的西瓜皮膜，唐堂突发奇想，这瓜皮不就是天然的膜吗？于是，他把西瓜皮膜剥离下来放进装置中测试，惊喜地发现西瓜皮膜展现出了不亚于商业化离子交换膜的性能。唐堂告诉记者："基于对西瓜皮膜的探究，实验室后续进行了全新的离子传输膜设计。"

政策跟得上

位于浙江杭州未来科技城（海创园）的思看科技（杭州）股份有限公司，一楼大厅陈列着各种类型3D扫描仪器和3D自动化测量系统。"我们从事三维视觉数字化技术与产品的研发，通过高精度和高效率的三维几何数据获取，提高生产过程中的精确度。"公司首席运营官陈尚俭说。

思看科技刚起步时，只有一处毛坯房用来办公，现在已在园区内外有多处办公室、实验室和厂房了。在企业成长过程中，余杭区一直有相应的政策项目支持。"园区的海外高层次人才项目分为3年的研发项目期与3年的产业化项目期，通过研发阶段的项目可以进入产业化阶段。"陈尚俭说，不同发展阶段，对企业有不同的支持政策。

为让企业安心发展，余杭区制定了系统性的扶持政策，将企业分为成长类、创新类、研发类、重大项目类，分别给予支持，对国家产业创新中心、国家制造业创新中心、国家医学中心也都有相应支持政策。

在良渚博物院，游客戴上 AR 眼镜，单手握拳再打开，一幅馆内文物地图便呈现在眼前，走到闪烁着蓝光的小球处，针对这件文物的 AR 讲解视频开始自动播放，虚拟 3D 文物还能跃然于掌心，游客通过缩放、旋转、操控，可以 360 度全方位观察细节。这款 AR 眼镜由杭州灵伴科技有限公司研发生产，国内不少省级博物馆也在使用。

杭州灵伴科技有限公司是一家专注于新一代人机交互技术的产品平台公司，近年来研发生产多款 AR 眼镜。"企业发展过程中，我们在资金上获得了余杭区很大的支持。"公司公共事务总监许诩说，"公司的产品技术先进，概念比较新，2022 年余杭国投给我们投资后，还带动了其他地区的投资。"

政府提供"阳光雨露"，企业负责"茁壮成长"，越来越多的科技企业在余杭生根发芽，汇聚起创新的强大推动力。

产学研融合

2024 年 10 月 29 日，浙江省高能级科创平台推动教育科技人才融合发展大会在杭州召开。会上，5 家科创平台与企业共同建设的联合实验室、联合创新中心正式签约，标志着一种全新的产学研融合模式正式落地。这种模式以企业出题、出资为核心，高校院所配套人才、场地和设备等资源，围绕实际需求开展科研。

"这种合作模式不仅能够有效解决企业的技术难题，还能为高校院所提供实践场景，真正实现产学研深度融合。"西湖区科技局区校中心负责人鲍剑凌告诉记者。这一举措正是余杭区、西湖区在全球化竞争背景下，推动人才、科技与教育融合发展的缩影。

在人才竞争日益激烈的当下，只有构建完善的人才政策体系，才能吸引并留住高端人才。为此，余杭区推出一系列覆盖广泛、针对性强的政策。例如，"高层次人才引进计划"为顶尖人才提供包括住房补贴、科研经费、税收优惠等在内的全方位支持；"青年创新创业扶持计划"为青年人才提供创业资金、办公场地和导师指导，助其快速成长；"技能人才振兴计划"重点培养高技能人才，满足产业转型升级需求。

"这些政策形成了多层次、立体化的人才支持体系，为各类人才提供了发展机会。我们每年都吸引一批应届毕业生入职，为企业发展注入源源不断的人才动力。"陈尚俭说。

"加大产学研融合力度，是留住人才的重要一环。"余杭区委宣传部副部长莫虓威告诉记者。截至目前，余杭区已集聚两院院士和海外院士100余名，累计引进海外高层次人才6800余名，人才资源总量突破45万人。西湖区则汇聚浙江大学、西湖大学等18家高校以及28所科研院所，拥有院士59人，人才总量超40万人，是名副其实的创新策源地。

（《经济日报》2025年2月5日）

采访感言 CAI FANG GAN YAN

2025年春晚上穿着花马甲转手绢的人形机器人、火出圈的国产人工智能大模型DeepSeek，都出自浙江杭州的科技企业。这个春节，记者来到杭州市余杭区、西湖区，探寻这里的科创密码。

春节期间的杭州，湿润的空气中带着丝丝寒意，记者走进这里的科研实验室和科创企业，感受到喷涌的暖意，每一位坚守一线的科研工作者都在为祖国贡献着创新的力量。

农历正月初五，在中国科学院大学杭州高等研究院，一群科研人员正在忙碌着。高光谱载荷研制项目实验室副主任设计师曲宏松告诉我们，他们项目组3个月没休假，过年也没有休息。为确保无菌操作，需要在封闭空间内工作，他们就尽量少喝水，减少进出，最长一待就是十几个小时。

科研道路不是一帆风顺的，其中充满了未知、挑战与不断试错。正因为科研人员日复一日的坚守与努力，才成就了我国的科技进步。每一位科研人员都在为实现一个个"看似不可能"的目标付出不懈努力。面对困难，他们迎难而上，不逃避、不退缩，敢于在失败中总结经验、在困境中寻求突破。

政策与环境的共同作用，是科技与创新不断推进的驱动力。余杭区、西湖区为人才创造了良好的发展环境，尤其是产学研融合模式为区域创新注入了新动能。这里不只提供了完善的服务机制，还有创新的土壤和合作的机会，所以科创企业才会选择在这里扎根、成长。

这次蹲点采访让记者深刻体会到，创新不仅是技术突破，更是一种全方位生态建设，需要政策引导、环境支持、人才聚集，以及持续的资源投入。杭州正是通过多方面协同发力，用强大的创新引擎推动经济蓬勃发展。

这座城市的创新故事还在继续，因为在这片朝向未来的土地上，每一天都是新的开始，每一次突破都在重新定义创新的维度，追光者的脚步永不停歇。

（刘沛恺　向　萌）

智慧工厂奏响产业新春曲

——探访国内最大控制阀生产基地

科技日报 ■ 王迎霞

2025年春节期间的宁夏吴忠市，热闹非凡。

在国内最大的控制阀生产基地——吴忠仪表有限责任公司（简称"吴忠仪表"）的生产车间，机器的轰鸣声却屏蔽了外界的喜庆，将科技日报记者带入一个热火朝天的工业世界。

在这里，每一次的切割和打磨，都仿佛在为新春奏响别样的奋斗乐章。

机器顶呱呱

多级降压调节阀、调压撬用安全切断阀……吴忠仪表的生产车间里，各种类型的控制阀产品让人目不暇接。

"控制阀是工业自动化领域中非常重要的控制元件之一，广泛应用于各种工业流体管道系统，可以对管道内的压力、流量、温度等参数进行精确控制。"吴忠仪表研发部部长赵文宝说，"它直接关系到控制系统的投运和工艺装置的运行。"

工人们身着新订制的工作服，在各自岗位上紧张地忙碌着。在调节阀机械加工区，机床操作工朱正军全神贯注地盯着操作面板，双手熟练地在键盘上敲击，调整着各项参数。

看到记者在拍摄他，朱正军有些不好意思，抽空"接待"了一下记者。"每一个细节都要做到尽善尽美。多年来，我参与了无数次技术革新和产品升级，特别骄傲。"他说。

作为国家高新技术企业、专精特新"小巨人"企业，吴忠仪表具有很强的自主创新能力。近年来，企业开发控制阀新产品60多项，其中24项被评为国家级重点新产品，先后获国家及省部级科技进步奖20多项，取得发明和实用新型专利500多项。

来到数字化无人自动轴杆加工线，只见机器手臂灵活精准地抓取着毛坯材料，一旁整齐排列着高精度数控机床，指示灯在闪烁。

"你目前看到的全部是零件机械加工设备。我们公司的零件都是小批量个性化定制生产，为了降低成本，就升级成自动化加工。"赵文宝说。

"真的完全不需要人工操作？"环顾四周，空无一人，记者疑惑地问。赵文宝笑着说："我们的机器，那可是顶呱呱！"

原来，只要设置好程序，这条生产线就能把毛坯材料自动加工成零件，还能判断零件是不是合格。在合格零件上，会有一个吴忠仪表专属的可追溯性激光标记。

品牌响当当

在待包装区，记者遇到步履匆匆的公司总工程师常占东，突然想起他先前接受采访时所说的"我们通过科技创新和管理创新，实现了转型发展和智能制造"。从制造到"智造"，吴忠仪表靠的就是创新，比如水下阀。

赵文宝在一个模拟深海环境的高压试验舱前停下脚步。这台高压舱内径3.5米、高6米，半埋地式安装，设计压力30兆帕，测试通道20个，可模拟水深 2000 米。

"曾经，咱国家没有深海采油设备，钻井平台把井打好，油却采不出来。公司下定决心自己研制，而且是必须在水下耐用 60 年的设备。"赵文宝感慨道。

两千米的水下，设备要承受来自高压、腐蚀、流速等各方面的影响，一旦出现漏油、井喷等问题，将是严重的生态灾难，而且打捞费远远比产品本身昂贵。

科研无坦途。吴忠仪表组建了研发团队，在整个"十二五""十三五"期间竭力攻关。产品从模拟到试验、落地，前后耗时 15 年，最终达到国家和国际标准。

响当当、硬邦邦！这样的设备在吴忠仪表比比皆是。

在宁夏回族自治区科技厅、吴忠市科技局多个科研项目的支持下，如今，该企业生产的控制阀已被广泛应用于冶金、电力、化工、石油、轻纺、建筑等领域，在我国 2000 万吨 / 年炼油、120 万吨 / 年乙烯、1000 万吨 / 年炼钢、西气东输、核能发电等重大装备制造中都发挥着重要作用，实现了多类产品国产化。

赵文宝说，智能制造的意义就在于提高生产效率、缩短研制周期、提升产品质量。经过春节短暂休整，大家展现出了更加蓬勃的生机与活力。

"作为装备制造业的科研人员，我们有责任和使命打破国外技术封锁，助力我国工业制造迈向更加辉煌的明天。"吴忠仪表总工程师王学朋的话掷地有声。

（《科技日报》2025 年 2 月 10 日）

采访感言 CAI FANG GAN YAN

2025年春节前夕，宁夏被皑皑白雪覆盖。赶在大雪封高速前，我奔赴吴忠仪表有限责任公司，完成了一次难忘的采访。

走进生产车间，机器轰鸣声打破了外界的静谧，与即将到来的春节喜庆氛围交织，奏响了一曲别样的奋斗之歌。工人朱正军专注操作机床的身影，让我深刻体会到工匠精神的内涵。每个细节的尽善尽美，不仅是他对工作的执着追求，更是吴忠仪表对品质的坚守。

吴忠仪表的创新实力令人赞叹。从60多项新产品开发，到24项国家级重点新产品，再到500多项专利，彰显着企业自主创新的决心。设置好程序，机器便能精准完成加工和检测，极大地提高了生产效率。在数字化无人自动轴杆加工线，我看到了智能制造的魅力。

水下阀的研发历程更是让人动容。面对深海采油设备的技术难题，吴忠仪表科研团队耗时15年，历经无数次模拟与试验，最终攻克难关，实现产品国产化，打破国外技术封锁。这种不畏艰难、勇于创新的精神，正是中国制造业崛起的动力源泉。

这次采访，让我深刻感受到了吴忠仪表的奋斗热情，更让我看到中国制造业在科技创新道路上的坚定步伐。他们以实际行动诠释了责任与使命，即使春节临近，也不忘为我国工业制造迈向辉煌明天贡献力量。而我也将带着这份感动，继续讲好中国制造业的故事，传递奋斗者的精神。

（王迎霞）

众人盼团圆，他们盼发芽

——走近吉林省农科院南繁基地科研工作者

科技日报 ■ 杨 仑

凛冬已至，东北黑土地已沉睡于皑皑白雪之下；同一时间的海南，正浸润在暖阳之中。良田万顷，沟垄纵横，在这片暖阳之下，一片土地正勃发着盎然生机。

从长春飞抵三亚凤凰机场需要 5 个小时。下飞机后，再乘 1 小时汽车，便可到达吉林省农业科学院南滨农场南繁育种基地。自 1965 年首次开启南繁育种以来，这里已成为吉林省农业科学院育种专家的第二故乡。为加快育种进程，他们每年如候鸟般南下，奔赴一年中最为繁忙的工作期。

晨曦初露入田间，夜静更深做研究

"庄稼才不管你过年不过年。"吉林省农业科学院玉米所助理研究员周德龙笑着告诉科技日报记者，他已经连续数年在海南的田间过年。作为"90 后"的他，如今已是南繁工作的中坚力量。

"海南的光热条件很适合农作物生长。一年下来，可以种植 2 至 3 季的作物，这在缩短育种所需时长的同时，加快了新品种选育速度。"周德龙手拿记满数据的记录本站在绿油油的试验田边说，"时间是最宝贵的东西，我们一天都不能浪费。"

春节前夕，是海南玉米开花授粉的关键期，也是育种实验最繁忙的时候。从授粉、套袋到数据采集，科研工作者们步履不停。清晨起床，科研人员头戴遮阳帽进入田间，顶着炽热的阳光进行工作；夜静更深，他们还要对数据进行调查分析，并开展实验研究。

南繁试验田面积广阔，为保证灌溉均匀，周德龙时常要对 30 余亩种满试验新品种的土地进行喷灌。授粉季节是玉米籽粒形成的关键时期，为确保籽粒顺利灌浆并提高结实率，科研人员必须精准灌溉。这一过程少则需要六七个小时，多则 10 余个小时，个中辛苦可想而知。

"对我们而言，春节不是团圆，而是对抗时间的赛跑。" 70 多岁的育种专家才卓说。他从事育种研发工作 50 余年，从 1974 年开始，几乎每年都到南繁基地工作。他说，现在的条件可比以前强太多了，20 世纪七八十年代，从吉林到海南仅路途就要花费半个月的时间。"我印象最深刻的就是首先得乘坐绿皮火车到北京。那个时候，我背着行李卷拎着实验设备，一路跑到售票点。如果去晚了没买到票，那我就要多住一宿。" 才卓回忆道。

吉林省农业科学院副院长张伟介绍，随着南繁育种规模不断扩大，吉林省农业科学院每年参加南繁育种工作的科研人员已从最初 10 人次，发展到如今的近 200 人次，"我们育种的骨干几乎都在这里"。

天涯海角六十载，"北雁南飞"育种忙

"南繁，南繁，真的很难。" 这是挂在科研人员嘴边的一句口头禅。

令人欣慰的是，60 年的南繁工作取得了累累硕果。自 1965 年吉林省农业科学院在海南开展南繁工作以来，已累计育成品种数百个。仅玉米一项，年均育成数量便已从 20 世纪 60 年代的不足 1 个，提升至 3.5 个以上。

国以农为本，农以种为先。优良的农作物品种对于提高农作物单产水平、提升粮食综合生产能力具有决定性作用。作为享誉全国的粮仓肉库，吉林省粮食总产量从20世纪60年代的150亿斤，迈上了如今的850亿斤。其中，科技起到了至关重要的作用。主要农作物品种的不断迭代，为吉林省40多年粮食生产实现跨越式发展提供了强有力的技术支撑，为我国粮食安全筑起了坚实保障。

在农作物育种领域，玉米的发展尤为迅速。以杂交诱导单倍体育种为代表的新方法，不仅颠覆了传统育种模式，更引领了作物育种的未来方向。"我们构建了快捷、高效的自交系规模化创制平台，并成功实现工厂化运行。"才卓说，他与国内顶尖专家携手攻关，研发出玉米单倍体育种高效技术体系，只需两个世代即可获得育种所需纯系，让玉米育种跑出"加速度"。2023年，这一成果获得了国家技术发明奖二等奖。

"在过去，育种工作有一句顺口溜流传甚广——'拿牙咬、把眼瞪，一把尺子一杆秤'。"才卓深情地回忆。如今，科研人员采用大数据分析软件、分子育种技术等办法，陆续育成多个优质品种，选育速度、质量均显著提高，为我国农业现代化提供了坚实支撑。

(《科技日报》2025年2月11日)

采访感言 CAI FANG GAN YAN

南繁工作是科技报道中农业口径的常见选题，我亦写过多次，却总觉意犹未尽。如何在"新春走基层"活动中写出新意，是一个挑战。

灵感是在飞机上获得的。从长春龙嘉机场落地海南，全程差不多5小时。吉林省农科院年逾七旬的才卓老师深情而详细地回忆了20世纪七八十年代他们是如何花费半个月时间，才能从东北走到海南；年轻的研究员在一旁听得津津有味。

育种工作有一个显著的特点：慢。过去，能拿出两三个玉米品种的科研人员已经堪称大家。因为植物生长周期有限，筛选方式也是采用"人海战术"；如今则不同，单倍体育种、南繁基地的扩繁、AI分子育种的加入……

伴随技术迭代的，是粮食产量的飙升。这种强烈的对比恰好是绝妙的切入点。老一辈育种人的坚守、年轻一代科研工作者的突破，共同构成了一幅科学家精神火炬传承的画卷，共同汇入祖国伟大发展的历史洪流中。

于是，"对比"成为这次采访的核心。体现在报道中，东北与海南、传统技术与现代育种、粮食产量的"步步高"……最终，报道的题目也选择了对比——众人盼团圆，他们盼发芽。这是实在发生的场景。彼时年终将近，或采买物资或阖家团圆，都为新年做好了准备。科研人员也盼望过年，但必须把育种工作完成才能放心离去，否则"人误地一时，地误人一年"，何况是承载重任、科技含量满满的种子。

总有一天，种子和培育它们的科学家一样，都会离开海南，回到更广阔的土地上去……

（杨　仑）

38 小时：山海运煤路

中央纪委国家监委新闻传播中心 ■ 瞿　芃

"你好，田翠召，叫班 2028 机车，计划 12：20 开车。" 2025 年 1 月 21 日上午 11 时，机车驾驶员田翠召接到出勤通知。

收拾完个人物品，田翠召和搭档曹振翔来到折返站一楼的调度室，依次完成核对慢行揭示、召开小组会、出勤测酒等规定动作，准备接车。

接车地点位于 2 公里外的神池南站。这里是我国西煤东运第二大通道朔黄铁路的起点站，也是神朔、准池、大秦、朔黄 4 条铁路线的交会点。来自上游铁路的运煤列车，在这里完成机车换挂和重新编组后，沿着朔黄铁路，从海拔 1533 米的晋西北高原一路向东，穿越太行山脉，经过华北平原，直抵渤海之滨。

田翠召准时发车。在他的操纵下，全长 1300 米、载重 1.08 万吨的钢铁巨龙在黄土高原上蜿蜒盘旋，翻山坡、穿隧道、过高架，时而首尾相见。

到达西柏坡前，沿途山高坡陡弯急。曹振翔全程站立，用声音和手势提示田翠召注意信号灯和前方来车，并复诵同伴确认的通行信息。

"进路信号，红灯停车，红灯停车！" 18 时 29 分，列车抵达肃宁北站。完成西段驾驶任务的两位乘务员将机车交给东段同事，下车休整备勤，等待下一次出发。

据朔黄铁路机务车队长姚星介绍，目前共有近 1200 名机车乘务员奋战在朔黄线上，平均每趟车的执乘时间近 10 小时，春节期间将随时待命，保障能源供应。

经过 9 个小时的长途运行，列车于 21 时 27 分到达终点站黄骅港站，等待进入翻车机房开展翻卸作业。黄骅港是我国北方煤炭下水的重要港口，翻卸后的煤炭堆存在堆场上，按计划取料、装船，运往沿海码头。

告别乘务员，记者搭乘准备出港的"神华 536"轮，与 23 名船员和 4 万余吨电煤一道，奔赴西煤东运的"下半场"。

"拖 6 慢车拖，拖 5 在后面顶一下。"22 日凌晨 1 点，在船长张朋的指挥和两艘拖船的帮助下，"神华 536"轮缓慢离开码头，沿渤海湾北上。此行目的地，是位于辽宁省绥中县的电厂码头。

上午 8 时，天已大亮。结束值班的大副常成斌告诉记者，"神华 536"轮主要执行北方五港进长江的电煤供应任务，平均每个月要跑两个半到三个航次，有 20 天在海上航行，剩下 10 天也大多在停锚和装卸货。靠港后，不值班的船员可以请假上岸，理发、购物、逛街，他和船长则至少得有一人在船上值守。

常年运煤，安全是头等大事。在常成斌还是二副的时候，有一次从锦州港往丹东港运煤，突然赶上全船失电，驾驶台一片漆黑。就在此时，一个巨大的火球腾空而起，出现在驾驶台的玻璃前。

"我们吓了一跳，从来没见过这种情况，赶紧派人去货舱查看，发现是煤自燃。燃烧释放的气体从通气管道升上来，碰到粉尘发生了爆燃。"常成斌回忆，大家一边采取措施给货舱降温灭火，一边加速往丹东港行驶，靠港后协调码头对过火煤实施了抢卸。

海上的生活很枯燥，但也不乏乐趣。健身、打球、下棋、看电影，是船员们主要的娱乐方式。无线网络的覆盖，更是拉近了海上与岸上的距离。短暂的接触中，喜欢唱歌且当过舞蹈演员的水手老吴，给记者留下了深刻印象。

老吴是辽宁新宾人，年轻时怀揣着武侠梦想加入了当地歌舞团，本想学一身飞檐走壁的功夫，最后练的却是民族舞。由于在演出过程中发生了舞台事故，摔坏了右腿半月板，老吴再也无法从事高难度表演，从此退出了歌舞团。

兜兜转转，老吴从造船厂来到了航运公司，从铜匠干到了值班水手，最近又考取了三副证书。用他的话说，人总得有所追求，不能原地踏步。

舞跳不成了，但唱歌的天赋还在。闲聊中，老吴情不自禁地唱了起来："让我掉下眼泪的，不止昨夜的酒。让我依依不舍的，不止你的温柔……"

在老吴的歌声中，伴随着海上的夕阳，货轮到达绥中电厂码头锚地。凭栏远眺，岸边标志性的烟囱清晰可见。考虑到船舶吃水大而水位尚浅，张朋下令抛锚，待深夜涨潮时靠港。

◆ "神华536" 轮满载电煤破浪前行　瞿苋/摄

自2024年年底上船以来，张朋连续在海上工作了近2个月。这位来自山东滨州的"85后"船长，已是3个孩子的父亲。视频电话的那头，13岁的姐姐带着两个弟弟，轮番叫着爸爸。张朋告诉孩子们，他计划在今年夏天休个假、回趟家，"到时候你们就能见到爸爸了"。

"春节肯定回不了家，我们执行的是能源保供任务，春节期间任务更紧张，作为一线工作人员得坚守岗位。"张朋说，今年除夕，他和船员们将在食堂一起加个餐。

23日1时6分，"神华536"轮成功靠港。1个小时后，完成水尺交接并开始卸货。对于记者而言，这场历时38个小时、翻山越海的运煤体验就此画上句号；而对于张朋、常成斌、老吴、田翠召、曹振翔而言，结束也是新的开始。

（中央纪委国家监委网站2025年1月28日）

采访感言 CAI FANG GAN YAN

"新春走基层"活动是践行"四力"的重要舞台。2025年围绕"西煤东运"主题，记者先后乘坐运煤专列和货轮，体验了38小时山海接力的豪迈。

与1700多字的见报稿件相比，同步推出的7分15秒视频完整记录了从机车驾驶员接到出勤通知，到驾驶专列抵达朔黄铁路终点站，再到记者跟随货轮抵达绥中电厂码头的全过程。38小时的旅程，不算漫长，却很充实。

在夜宿神池南折返站的那一晚，在不打烊的"深夜食堂"里，见到了下班归来和准备上岗的铁路工人，那一口热汤、一碗面条，是对他们日复一日辛勤工作的慰藉；在从神池南站到西柏坡站的那一段，目睹了全长1300米、载重1.08万吨的钢铁巨龙在黄土高原上蜿蜒盘旋，翻山坡、穿隧道、过高架，时而首尾相见；在西煤东运的"下半场"，在沿渤海湾北上的晨昏朝暮里，和船员们拉家常，听大副讲述粉尘爆燃的危险经历，见证船长与3个孩子通话的温馨时刻，仿佛自己也是他们中的一员。

  采访期间，印象最深的是喜欢唱歌且当过舞蹈演员的水手老吴。由于在演出过程中发生了严重的舞台事故，老吴改行当上了值班水手。在他的歌声中，伴随着海上的夕阳，货轮到达绥中电厂码头锚地，采访也行将结束。而对于那些为西煤东运、能源保供忙碌的人来说，结束也是新的开始。

（瞿　芃）

"中国布鞋之都"：
一双布鞋"闯"世界

中国新闻社 ■ 韩章云

中国人过年一直热衷于穿新衣、新鞋。2025年春节前夕，记者走进"中国布鞋之都"河南省洛阳市偃师区探访发现，这里鞋企正在赶制订单，一双双成品鞋从流水线上产出，即将"走"向世界各地。

"从2024年10月就开始忙，先是海外订单，现在临近春节忙着生产国内订单的春款鞋。"偃师区双龙制鞋厂负责人李志刚介绍，2024年其企业八成的产量出口至俄罗斯、韩国、印度等国家。

偃师是"中国布鞋之都"，经过60多年发展，这里汇聚600余家成品鞋生产企业，产业配套企业500余家，从业人员近10万人，是全国最大的布鞋、纺织面料鞋生产基地。

黑鞋面、千层底，外观质朴，穿起来舒适是很多人对传统布鞋的记忆。如今，一双布鞋在偃师实现了"七十二变"，成为时尚、潮流单品，畅销海内外。

"布鞋早已不是'土气'的代名词。"偃师区鞋业协会秘书长张俊介绍，当下，布鞋仅鞋面就包括棉布、平绒、帆布、透气革、网面布、飞织布等多种材料，鞋底则采用橡胶、聚氨酯、复合大底等，既克服传统

◆ 2024年12月20日，河南省洛阳市偃师区，工人忙于生产绣花布鞋　韩章云/摄

布鞋怕水忌湿的缺点，又保留柔软舒适的特性。

官方数据显示，目前，偃师布鞋早已"走"出百亿元（人民币，下同）大产业。2024年偃师生产各类鞋4亿双，产值达120亿元。

当下，国内外鞋业市场竞争激烈。如何创新发展提升产品竞争力，成为当地不少制鞋人的集中发力点。

近两年，汉服、新中式服装出圈走红，偃师制鞋厂家紧随市场变化推陈出新。

偃师布鞋设计师马育文看准时机，结合历史文献，在款式、面料等方面融入中国传统元素与现代审美，为传统产业注入新活力。

"90后"刘航鹰是当地一位"鞋二代"，根据市场需求"下菜"，创新产品很受市场青睐。他介绍，"现在大家很关注传统文化，未来几年，民族风布鞋、绣花布鞋依然有市场"。

付孔勇是偃师一家鞋类工作室的高级设计师，他曾在宁波从事鞋类开发设计工作10余年。他认为，健康、舒适一直是布鞋的两大卖点。

◆ 2024年12月20日，河南省洛阳市偃师区制鞋企业研发的国风汉服鞋　韩章云/摄

随着人们对健康养生愈加重视，偃师一些制鞋厂家在布鞋中添加艾草等中药成分、配置按摩鞋垫，依托自动化生产线，注重原创设计，运用新工艺、新材料，让布鞋更结实耐穿，销量可观。

近年流行的勃肯鞋、德训鞋、老爹鞋以及经典帆布鞋等，同样在偃师被广泛生产，且注重布料、颜色、款式的搭配与变化，兼具时尚与美观大方。

"海外地区对布鞋的需求不尽相同。"李志刚介绍，譬如，欧洲、非洲的消费者更青睐颜色鲜亮的布鞋，东亚地区则喜欢低调、简约的布鞋。

凭借较高的性价比和过硬的制鞋品质，外贸订单已成为偃师鞋产业的重要增长极。2023年偃师出口布鞋超1.6亿双，约占年总产量的40%，畅销美国、日本、韩国以及东南亚、欧洲、非洲、南美洲等50多个国家和地区。

（中新社洛阳2025年1月21日电）

采访感言 CAI FANG GAN YAN

在蛇年春节前夕，我们怀揣着满心热忱与使命，奔赴享有"中国布鞋之都"美誉的河南省洛阳市偃师区，采写报道《"中国布鞋之都"：一双布鞋"闯"世界》。

这次采访经历让我们感受到中国"小城大业"的时代魅力，小小布鞋不仅为乡村振兴打开就业大门，造福一方，更化作地方经济增长的强劲引擎，在国际市场上闯出一条道路，彰显中国县域经济高质量发展的蓬勃活力。

此行，我们将镜头对准县域经济，一头扎进当地布鞋产业，深挖其发展历程，特别是创新突破、焕新升级、勇闯海外市场的秘诀。

工厂里轰隆隆的机器声、展厅里世界各地客商定制的五颜六色的布鞋、归乡设计师骄傲自信的语调……偃师之行，我们对"新"字有更多理解：新，是供应春节市场、春季市场的新产品；新，是满足"汉服热"市场需求而研发的新款式；新，是让布鞋更舒适耐穿而采用的新工艺、新材料；新，是为国际客户进行定制化生产的新服务……

进工厂、访展厅、问"归雁"，此行我们认识到，挖掘县域经济故事，需要新闻工作者践行"四力"，敏锐观察产业发展新路径，细腻笔触讲述企业人的创新精神，深度思考回应社会关注。而对外讲好中国经济故事，从县域经济的小切口入手，也大有可为。

（韩章云）

离岸两海里 与海共潮汐

工人日报 ■ 李润钊

"三通指你好，船号：帆顺168，申请停靠平台。"

"你好'帆顺168'，可以停靠……"

2025年1月17日，夕阳下的福建厦门刘五店港区，阳光伴着猎猎海风和细碎的砂石"洒"在工人梁芝敬的安全帽上，发出"嗒、嗒、嗒"的声响。

在距梁芝敬不到30米的洋面上，"帆顺168"补料船，装载着4000多吨砂石缓缓抵近。作为中交一公局集团厦金大桥（厦门段）项目的海上平台混凝土操作员，梁芝敬手持对讲机与当天在拌和站值班的10名工友通力协作。他们要趁海水退潮带来的作业窗口，为站里补上700吨机制砂和900吨粒径10毫米到20毫米的小石子。

在中交一公局集团厦金大桥（厦门段）项目质检工程师高志玉看来，自从登上这座海上作业平台，梁芝敬和工友们的劳作与生活便与这片大海"共潮汐"。他们正在建设的刘五店航道桥，是厦金大桥（厦门段）关键控制性工程，全长1948米，是福建省内最大跨径桥梁，也是福建省首座全离岸式海中悬索桥。

这座大桥，将成为缔结"厦门金门门对门，鹭岛浯岛桥连桥"的海上纽带。

◆ 2025年1月17日，"帆顺168"补料船缓缓抵近中交一公局集团厦金大桥（厦门段）海上平台。混凝土操作员梁芝敬手持对讲机指挥补料作业　李润钊/摄

潮汐下的坚守

这座总面积5万多平方米、离岸两海里的海上平台，如一座"海上城堡"，与厦门、金门隔海相望。平台呈"干"字形排布在海面上，梁芝敬工作的混凝土拌和站，位于平台的中心位置。

每天从海上混凝土拌和站里，生产出的上千立方米水泥，经由平台运输通道被运往前方沉井和桩基的浇筑施工现场。这些混凝土构成了刘五店航道桥的"血肉"。记者看到，在平台上坚持"海上作业"的有100多名工人。

春节前，项目部要完成沉井系梁6000立方米以及主塔套箱6640立方米封底混凝土浇筑任务。为此，梁芝敬和工友们需要不间断倒班作业，以保障工程任务能够如期完成。梁芝敬上一次离开海上平台，已是57

天前。

"现在仓位不算低，要补的不多。"补料作业现场，梁芝敬穿着救生衣，顶着5级的海风冲着记者大声说道。他要指挥补料船的船员和拌和站控制室里的值班人员密切配合，对不同的砂料进行精准分仓。作业平台上，细砂混着风激起的海水化成了泥点，在梁芝敬的工作服上留下了星星点点的痕迹。

近两个小时补料作业下来，梁芝敬告诉记者，嘴里满是海水的咸味。

混凝土中的"智慧"

今年43岁的梁芝敬已经和混凝土打交道17个年头。他坦言，自己曾经历过尘土漫天飞舞，工人戴着口罩和手套、穿着劳保服，操作震耳欲聋的机器，进行混凝土拌和的年代。

如今，混凝土拌和早已实现智能化。

在操控系统里，由项目实验室根据混凝土施工部位研究制定的混凝土配比方案被转化成了18组数据，一一呈现在屏幕上。操作员只需点按启动生产按钮，集物料储存、计量、搅拌、泵送于一体的大型海上拌和设备便会自动进行生产。

"每一方混凝土中都流淌着智慧的温度。"高志玉说，为确保混凝土质量，工程运用混凝土云工厂平台，实现原材料进料、取料、拌和、出料的全过程自动化控制。

与梁芝敬以往参与的工程项目混凝土浇筑作业不同，厦金大桥（厦门段）是一个全离岸的海上施工项目，大桥主塔施工地点在距离陆地约3公里的海面上，所有原材料都要通过陆运转海运，运送到海上施工平台进行混凝土生产。而海上平台所处海域全年7级以上的大风天数达100多天。

为应对项目 27.5 万立方米的混凝土方量需求，项目部不仅在海上自建了混凝土拌和站，还通过多种方式，让这座混凝土超级工厂能够抵御风力 14 级海风的侵袭。

工人们的"海派生活"

坐轮船上下平台、看海上日升日落……海上工作看起来很诗意。

但大海不只有浪漫的一面。当夜幕四合，远处城市的华灯点亮，潮水的涨落声中，海上平台便如同一座"孤岛"。工人们在海上工作一轮，短则几天，长则数月。

海还有海的"极端"。在梁芝敬看来，夏季的海上平台最熬人，直射的阳光让钢制甲板快速升温，平台如同一个炙热的铁疙瘩，局部温度超过 60 摄氏度，不到 5 分钟便能"烤"出一身汗。冬天，海风给平台上作业的工人又带来刺骨的寒意。

记者看到，在混凝土拌和站的北侧，是项目部为建设者们搭建的约 4000 平方米的生活区。高志玉告诉记者，为解决海上施工船舶来往耗时长、物资运送不便等问题，项目部在临时生活区内设置了海上宿舍、海上食堂、海上超市、海上共享职工之家等服务空间。

"我们甚至借助海上平台原先规划的绿化带，在海上种起了番茄、白菜、地瓜等，有了一个自给自足的'海上农场'。"看着眼前一棵棵绿油油的菜苗在海风中抽芽，梁芝敬感叹道。

记者采访结束前，夕阳给平台上准备下班的工人，披上了一抹油画般的金黄。梁芝敬和工友们漫步在平台上，聊起海对岸的特产。

他们期待着大桥建成的那天，也期待着和家人团聚的那天。

（《工人日报》2025 年 1 月 22 日）

采访感言

2025年1月17日晚，当我跟随中交一公局集团厦金大桥（厦门段）项目的海上平台混凝土操作员梁芝敬，登上距离海面垂直高度30多米的海上混凝土拌和站二层作业平台时，海风混杂着混凝土拌和产生的砂石粉末打在我的脸上。随风而起的还有海水，当海水与砂料混合形成水滴，顺着面颊流入口腔，我第一次尝到了混凝土的滋味。梁芝敬见我背过身去，用衣袖擦拭手中相机的镜头，便打趣地问了我一句："尝到味道了吗？"我冲他点了点头，大声地告诉他："味道是咸的！"从梁芝敬略带笑意、点头肯定的表情中，我知道，从那一刻起，我们拥有了共同的味觉记忆。在这座离岸两海里的海上作业平台上，我与这位和混凝土打了17年交道的工人有了"难得的共情"。

我想这就是"新春走基层"中"走"字的意义，就像树根扎进土壤，对这个时代最好的书写与表达都蕴藏在每一个平凡个体百味杂陈的人生里。新闻工作者要在泥土中寻求滋养，在大地上品味"泥土中散发的芬芳"，唯有如此新闻才能带着土地里那些"酸甜苦辣咸"交织而成的滋味向上生长，传递出烟火滚烫、人间百味的力量。

从"有所看"到"有所感"再"到有所记录"，对于扎根在土地上的新闻人来说，每一刻都是崭新的。这样的采访经历让我坚信，理解的基础是去看见、去感受，当我们能将心比心感受到采访对象的感受的时候，我们的新闻才能照见行进中的中国并"赢得人心"。

（李润钊）

我在云端铸天桥

农民日报 ■ 刘久锋　刘佳兴

从江面到桥面625米,从江面到主塔顶780米,桥梁高度世界第一,主桥为跨径1420米的单跨钢桁梁悬索桥,跨径是山区峡谷桥梁世界第一,这就是正在建设的花江峡谷大桥,被大家称为"横竖都是第一"。大桥自2022年开工以来,已有2300多人参与建设,2025年1月17日,随着最后一块钢桁梁完成对接,大桥正式合龙。原来开车走两小时盘山路才能穿越的峡谷,通车后只需要两分钟。

"嘀……二层呼叫!"随着施工电梯的缓缓上升,在花江峡谷大桥桥面建设工地上,头戴安全帽、身着橘黄色工作服的工人们正在紧张有序地开展施工作业。他们有的手持焊接工具,在火花四溅中精准地完成钢材的拼接;有的则两两一组,合力撬动、精心调整着桥面铺装的模板,动作娴熟而默契。

"我们总拼场目前的生产任务是桥面板的拼装、焊接及涂装。通过自检、互检、专检来控制我们的焊接及油漆涂装质量,其中油漆涂装的作用是让花江峡谷大桥更加美观。"贵州桥梁集团六安高速八标项目副经理王淞钰说。花江峡谷大桥采用的是悬索结构,上部拉长的"M"型钢索——主缆是吊起整个桥梁的主要承重构件。为了施工和桥梁安全,钢桁梁采用从"中间"往"两端"吊装拼接的方式。桥两头还各有一个断点,工人只能走一节"猫道"才能到作业点。所谓"猫道",就是一条连接大桥两端的临时空中走廊,工人借助它行走在高空,小心翼翼,姿态有点儿像猫，因而得名。

"我们每天都要在'猫道'上行走，习惯了就不会害怕。"工人康绍勇一边对大型螺栓进行着检查，一边和记者交流。花江峡谷大桥从勘查到修建经历了5年多时间，而他在桥上工作就超过4年。"虽然想家，但能参与到世界第一高桥的建设中，出一份力，保证工期，能让乡亲们走出大山更方便，我的坚守也值得。这是我们的荣耀，更是我们的责任。"康绍勇说。

"花江峡谷大桥项目在建设过程中融入了旅游观光、民族风情、桥梁文化等元素，配套建设云渡服务区、贵州北盘江流域桥梁展示中心、三叠纪地质主题展览、悬崖民宿酒店、极限运动等桥旅融合项目，着力将其打造成为贵州省桥旅融合示范性项目工程，带动旅游经济发展、推动内陆开放型经济试验区建设提档升级、助力乡村全面振兴。"王淞钰介绍。

（《农民日报》2025年1月21日）

采访感言 CAI FANG GAN YAN

在贵州的群山之巅，一座座凌空飞架的超级桥梁，像大地上的诗行，书写着人类工程奇迹与喀斯特地貌的壮美共生。作为采访者，我深深感受到这些"云端之桥"不仅是交通的纽带，也是人类智慧与自然力量的对话，更见证了奋进中国的发展。

在花江峡谷大桥施工现场采访，站在离河面780米的主塔顶端，脚下是翻滚的云海，耳边是峡谷的私语，心里是上蹿下跳的害怕。当桥面最后一块钢桁梁精准嵌入预定位置，我听见钢铁与钢铁的"亲吻"在群山间荡起金属质感的回声。这座世界级大桥的脊梁里，凝结着比混凝土更坚硬的意志。

在移动模架施工平台上，施工师傅康绍勇告诉我，他每天都要在"猫道"上穿行，遮阳的面罩曾无数次被峡谷横风掀翻，"焊花追着风跑的时候，倒像是给大山绣金线"。云贵高原的罡风教会建设者们用身体丈量力学，他们发明了抗风索具固定装置，让每簇焊花都精准绽放在设计坐标。当北斗卫星定位系统与人工复测双重保险时，我忽然懂得精确至毫米级的执着，是对生命的最高礼敬。

"悬索桥是会呼吸的生命体，我们在和材料对话。"王淞钰说。当智能温控系统让混凝土在峡谷温差中匀速生长，当 BIM 模型预演了 10 万次风振实验，我看见数字时代的工匠正在重新定义"鬼斧神工"。

当地村民告诉我，过去从关岭县到贞丰县要从峡谷盘行，至少要近两个小时的车程，如今走这座桥只需要几分钟了。一位建设者的话让我难忘："我们在悬崖上'绣花'，绣的是让乡亲们走出大山的希望。"

离开施工现场时，云雾中的桥梁若隐若现，如同大地伸向未来的骨骼。这座用混凝土、钢材与智慧浇筑的 1420 米跨径的"空中走廊"，不仅刷新了世界桥梁史的高度，更托举起一个曾经"地无三尺平"的山地省份，走向开放与繁荣的坡度。或许正如当地少数民族歌谣所唱："最高的桥不在天上，在人的心坎坎上。"

（刘久锋）

焊花飞溅岸桥　临沧小伙逐梦

文汇报　赵征南

振华重工长兴分公司总装一号码头，代表着世界先进水平的高大岸桥在长江边傲然矗立。

正月初二早上6时40分，太阳还没露出头，码头上的劳动者们已开启一天的工作。23岁的云南临沧小伙鲁禹祥从蓝色工作间中走出，爬上八九米高的岸桥箱体，一手焊枪、一手遮板，焊火花的"嗞嗞"声和长江水的拍岸声陪着他，进行蛇年的首个焊接作业。

这个国外订单节点很急，最晚2025年2月7日要完成焊接。作为家中的独生子，小鲁还是和2000多公里外的父母请了一个假："工作忙，时间赶，年后再回。"

冷风劲吹，小鲁并没有像老一辈云南焊工那样，在焊装里多塞几件毛衣，或者多贴点暖宝宝。里面只塞了一件毛衣的他乐呵呵地说："来上海3年多，习惯了冬天。待会儿干活时就热了。"

自2019年至今，振华重工长兴分公司共招聘临沧籍职工375人。目前，长兴分公司云南籍在职职工431人，占总人数的7%。其中，"00后"年轻人的数量增长明显。没有丰富的工作经历，也很少下地干农活，但对上海气候、饮食的适应，对上海技术的学习，他们的速度往往更快。

眼前的岸桥装备，焊接探伤合格率以极致的100%为目标，这要求焊工既要有精湛的焊接技艺，还要有丰富的实操经验，能够独立解决现场的疑难杂症。

箱体内的焊接环境较为复杂。首先是黑，哪怕借助探照灯，视野依然受到限制。其次是特殊位置，箱体里面和外面一样也是4条缝，两条短缝和两条长缝都已经开好坡口，上面的焊缝有时手够不到，他就要站在跳板上面焊接。同时，遇到立柱电缆支架这样的特殊位置时板很厚，要特别当心。

从箱体内部向海右出口焊接，一般需要8分钟到10分钟，其中在中段，对"稳"字的考验最大。2021年，跟着带教师父、"上海工匠"马志勇当学徒时，小鲁往往硬撑到5分钟就想把焊枪放下来休息一下。这样做很容易引发"起弧"瑕疵。余光扫到马志勇"不能放"的眼神，小鲁唯有坚持。

上海工匠对徒弟有多严？带教第一天，马志勇就提出了两个要求：第一，工作中不看手机；第二，工作后学习考证，做不到就不收这个徒弟。

坚持就有回报，小鲁不仅赢得独立作业的认可，还成为马志勇二人工作组的固定搭档。

他十分感谢沪滇"校企合作"机制。2019年，振华重工长兴分公司与他所就读的临沧技师学院牵手，建立"崇临校企合作技能人才培训基地"，落地6名高级工程师、高级技师等担任外聘专家。这才让小鲁有了来沪追逐梦想的机会。

学弟学妹们的"幸福"让他更加羡慕。现在，振华重工直接把专业"开"进大山，在学院合作共建工业机器人应用与维护专业，将企业授课内容前置搬入学校授课。

还有其他形式的协作，也让"崇明海洋装备工"劳务品牌进一步放大影响。2023年，临沧市永德县组建云南永沪劳务派遣有限公司，劳务协作深入易地搬迁社区及乡村，村干部带头人等开展，有不少年轻人已经通过运作来到振华重工重燃梦想。

小鲁也有新的梦想。作为中级工的他，每年都攒钱寄回家，已经帮家里购置了一台能够上山的七座二手车。他说："山路太险，我一定要把父母接出大山。"

（《文汇报》2025年1月31日）

采访感言

新春佳节，阖家团圆之时。一大早天还没亮，我驾车驶向50公里外的上海长兴岛，振华重工长兴分公司的总装码头就在那里。步行前往岸桥的一段路，凛冽的江风让我的手冻得几乎拿不起笔，但到了岸桥，焊花映照的现场让我瞬间迸发出更猛烈的采写热情，迫不及待地拿起笔和相机，记录眼前的一个个生动细节。

只见比我小一轮的临沧青年工人小鲁，纵身攀跃上八九米高的岸桥箱体，焊枪在他手中化作书写命运的刻刀，镌刻着新一代大山青年的蜕变轨迹。

小鲁接受着"上海工匠"的严格教导：在跳板上踮脚焊接的瞬间，在电缆支架旁屏息操作的时刻，当焊枪持续举过5分钟的临界点时，师父的凝视如同淬火，将学徒的韧性锻造成钢。而小鲁想接父母走出大山的梦想，简单纯粹又满含深情，这不仅是个人对家庭的担当，更是沪滇协作改变无数家庭的写照。

经过深入一线的采访，我深切感受到东西部协作充分彰显了中国共产党领导和中国特色社会主义制度的优势，充分体现了中华民族大家庭的温暖。如今的校企合作，东部企业更进一步，将专业建在山里，让知识与技能更早地滋养年轻一代；来到沪上的青年奋斗者，身份实现从"临沧海装工"到"崇明海装工"的转变……这些鲜活的画面，预示着新发展格局下东西部地区正走向"开放协同"与"双向赋能"的新图景。

（赵征南）

地下 62 米的"驭龙高手"

浙江广播电视台　苏　韬　陈　旺
北仑广播电视台

本篇为视频报道，限于篇幅，文字稿从略。作品请扫描二维码观看。

（浙江广播电视台《浙江新闻联播》2025 年 2 月 1 日）

采访感言 CAI FANG GAN YAN

面对大自然，人力能积聚并发挥到什么地步？对这个问题最直观的回应之一，就是各种重大项目和工程现场。位于浙江宁波和舟山之间的金塘海底隧道，是甬舟铁路项目的控制性工程，也是"千岛之城"舟山迈向高铁时代的关键一步。这条全长16.18公里的隧道，是目前世界上最长的海底高铁隧道。2025年春节，一群年轻建设者坚守在地下60多米的深处，驾驶着"百米巨龙"——"甬舟号"盾构机，日夜不停地向前掘进。

采访中让人印象最深刻的，是这个庞然大物的施工难度和其"掌舵人"之间的"不对称"。金塘海底隧道要经历28次软硬地层变换，每一次变换，意味着盾构机刀片就会经受不同压力，容易损坏，其难度堪称世界级。但作为"掌舵人"，盾构机长张嘎出生于1999年，甚至队伍里还有几位"00后"，以至整个盾构团队的平均年龄，算下来也只有26岁。在地下62米，这群年轻的小伙子要承受听力、视力、体力等全方位的考验，在管道内爬上爬下，盯牢上百个数据，同时以毫米级精度应对百吨级构件的旋转和掘进。由于身在地底，24小时轮班，"不辨日月"成了常态。

所幸，这些难度，年轻的"驭龙高手"们都已经能驾驭。在被问到是否会有压力时，他们的回答是："工作，不开心才是最累的，我们年轻人在一起工作，就是开心。"往小了讲，这是一群能用具体对抗琐碎的乐观主义者；往大了讲，这或许就是新时代建设者的技术素养与精神风貌。

（苏　韬）

不畏高寒，潍柴人极北锻"心"

大众日报 ■ 王佳声　张　蓓

2025年正月初六，内蒙古海拉尔被零下28摄氏度的寒气紧紧包裹。天边才泛起鱼肚白，潍柴动力"三高"试验队队员张培植便开工了。他弓着身子在雪地里迎风前行，记者眯着眼紧随其后，跟他一起上工，给潍柴发动机挑挑毛病。凛冽的寒风犹如锋利的刀片，卷着小雪粒割在脸上生疼，记者戴着口罩，呼出的热气很快在眼睫毛上凝结成霜。

海拉尔冬季持续低温的特殊条件是汽车的心脏——发动机耐冷性测试的理想场地。潍柴动力"三高"试验队就是活跃在这里的一支"反候鸟"队伍，他们春节假期在岗，极北锻"心"，不畏高寒，只为极致。

"还是不够冷啊，再冷点儿就更好了！"张培植裹紧身上的棉衣，望着眼前的冰天雪地，竟嘟囔着"嫌热"。"三高"试验是发动机研发的最后一道关卡，即通过高温、高原及高寒等极端环境条件下的测试，确保发动机的高可靠性。对于"三高"试验来说，越冷越有利于检测发动机的性能。

张培植这次试验的对象，是潍柴紧跟国家低碳战略新研发的13升甲醇发动机。为模拟真实工况，他们在13米长的挂车里装了35吨沙子，让车辆满负荷运行。

低温之下，车辆启动是个挑战。这款发动机通常依靠汽油启动，现在则是结合潍柴自主开发的低温启动技术方案。"可别小瞧这技术改进，看着简单，实际上是大突破，把冷启动温度又降低了十几度。"张培植告诉记者，前些天零下40摄氏度的时候，就是用这法子启动成功的。话音刚落，试验车辆打火发动声划破了清晨的寂静。

重卡朝着呼伦贝尔S202省道驶去，一天的试验开始了。"现在做超越加速试验，得把暖风关了，车速提到45公里/小时。""挂11挡，油门踩到底。"张培植有条不紊地指挥着他身旁的老梁。老梁换挡娴熟，两人配合默契。张培植把笔记本电脑放在腿上，用数据线连接发动机ECU，眼睛紧盯着屏幕上的车速、油门开度和发动机实时状态，不放过任何细微跳动。

车窗很快结满霜花，像一层厚厚的毛玻璃。张培植伸手在车窗上抹出一块巴掌大的地方，可没一会儿，霜花又迅速蔓延回来。在张培植的指挥下，车辆次高挡和最高挡超越加速各重复3遍。一系列试验紧凑忙碌，不知不觉就到了中午。张培植在回试验基地简单吃过午饭后，抓紧在车里眯了一会儿。

试验基地有一个20平方米的板房，不少队员中午在这里休整。记者看到，"00后"张玉良专注地沉浸在数据里，复盘着上午的试验。同为"00后"的高天淇则在一旁做记录，他2024年刚参加工作，现在已能独自开着重卡跑试验了。

板房内电暖器、电暖扇都用上了也驱不散寒意。"车辆出了故障、冻趴窝了就该我们上了。"34岁的技师队长刘磊在电暖器旁，边搓手取暖边向记者讲述，前几天一辆试验车的气路被严寒"封印"，怎么也挂不上挡，他和两名技师轮流上阵，在零下30多摄氏度的室外修了18个小时，谁冻得受不了了就回车里暖和一会儿。"那天就在车里过了夜，感觉那一夜特别漫长。"刘磊话锋一转，"早出问题是好事，在试验过程中把暴露出的问题解决了，产品投放市场就多一分保障。"

这时，试验队副队长史祥东推门走进板房，抖了抖帽子和身上的雪。他之前3年都在海拉尔过年，除夕夜跟孩子视频时，孩子问"爸爸什么时候回来"，他总是那句"再过两天就回"。等时隔1个多月才回到家时，孩子哭着说他是"大骗子"。好在他提前买了俄罗斯巧克力和东北坚果，这才哄得孩子破涕为笑。

这样的故事还有很多，在祖国北疆的数九寒天里，"三高"试验队的队员们用自己的坚守和付出，为大国重器锻"心"。

在记者跟车的这一路，不时看到潍柴动力测试车辆从旁边驶过，车轮扬起的雪渣四处飞溅。这些车用的都是甲醇和天然气清洁能源动力，并且每辆车都搭载着诸多新技术，代表行业新高度：突破高制动性技术瓶颈的16升天然气发动机、解决燃气载货车动力不足问题的8升机、工程机械领域取消文丘里管的新技术等。

这背后是技术研发自立自强的生动体现。20年来，潍柴动力"三高"试验队采集、标定了几百万组数据，让潍柴发动机的各项指标达到世界一流水平，曾经的"卡脖子"清单逐一变为科创成绩单。

重卡发动机的轰鸣声在广袤雪地上回荡，从清晨8点到傍晚5点半，除了回试验基地短暂午休，张培植一直跟车在这条省道上折返。小到火花塞、密封圈、传感器等零部件的表现，他都挨个仔细把关。

"今天对发动机的冷启动以及动力性、经济性进行了测试，发动机性能表现优越，完全符合我们的预期。"测试结束，张培植使劲伸了个懒腰，由于副驾靠背意外损坏，他不得不挺着腰板坐了一整天。此刻，他的脸上虽写满疲惫，可眼神里却透着满足。

（《大众日报》2025年2月4日）

采访感言 CAI FANG GAN YAN

零下 28 摄氏度冰天雪地的蹲点采访，既是追寻中国高端制造业奋进足迹的探索，也是一场与大国工匠精神的共鸣。这段跨越山海、深入极北之地海拉尔的采访经历，让记者对"深耕基层、蹲点记录"有了更为具象的体悟。

踏入极寒试验场，凛冽寒风裹挟着雪花扑面而来，睫毛布满冰凌，拍摄设备在低温下"掉链子"——镜头模糊难辨、电池快速掉电。严酷环境让记者真切体会到科技工作者在此坚守的不易。

在蹲点采访的过程中，记者听到了队员那句"还是不够冷啊，再冷点儿就更好了"的豪情壮语；看到了"00后"小伙放弃午休复盘试验的执着精神；观察到了工程师在副驾靠背损坏后挺着腰板坐一整天的坚韧不拔；还目睹了代表行业新高度的装有潍柴"芯"的试验车辆在雪地驰骋；而试验队副队长史祥东谈及因工作无法回家被孩子说是"大骗子"时，他睫毛上的冰晶折射出的，是科研人特有的坚韧光芒。这些鲜活的素材，只有去到现场才能真切捕捉到，也让记者深刻体会到了只有脚踏实地、俯下身子去，才能收获冒着热气的新闻。正是这些被冰雪淬炼过的细节，让新闻报道中的"中国智造"篇章有了穿透寒冬的温度与力量。

此行让记者对"新闻生命力"有了全新认知。中国制造业的突破永无止境，新闻工作者唯有以永不停歇的探索姿态，将笔触延伸至科技前沿的"神经末梢"，方能在时代浪潮中捕捉到更多"破冰"的瞬间。

（王佳声　张　蓓）

守 穗

海南日报 ■ 黄媛艳　张　洋　陈卓斌　金昌波　邹永晖　蔡　潇

本篇为视频报道，限于篇幅，文字稿从略。作品请扫描二维码观看。

（海南日报客户端2025年2月20日）

采访感言

2025年是南繁基地规划及"十四五"规划的收官之年，借此我们围绕"南繁硅谷"建设的宏大主题，聚焦将人生一甲子的时间奉献给种业的89岁育种专家程相文，巧妙以除夕为切入点，以平凡视角讲述种业科学家忘我奉献、矢志端牢中国饭碗的精彩故事，体现海南自贸港勇担"国之大者"的重任。

在拍摄过程中，报道团队从大年二十九开始连续4天跟拍程相文在南繁玉米地里的第58个春节，零距离感受种业科研人员长期躬耕田野、箪食瓢饮、执着坚守、探索创新的动人情怀。程老干一行爱一行，坚守"不考虑地位、不考虑待遇、不考虑名誉"的"三不"原则，让年轻一代的我们深受教育，他让我们懂得，干事创业有了高尚的精神境界，有了良好的工作态度，有了科学的方法思路，才能攻坚克难、创造辉煌，才能把事业向前推进。好的新闻一定是记者"蹲下去""深下去""融进去"的产物，团队多次与程老的交流，多方寻找与程老南繁工作有交集的人员，多日与程老的共同生活，获得了大量第一手材料和鲜活的报道细节，让典型人物的故事讲述更加生动、更为打动人。

（黄媛艳）

一颗青花椒的"七十二变"

重庆日报 ■ 颜　安

"老板，再来几瓶。"

"好咧！"

2025年1月31日晚，正值新春佳节，重庆两江新区的一家火锅馆挤满了食客，一款绿色包装的青花椒啤酒成了他们的心头好，"喝下去仿佛有一种花椒的原始椒香，口感醇厚。"一位"好吃狗"举杯点赞。

这款啤酒来自江津，巧妙地将江津九叶青花椒的独特风味与精酿工艺相结合，让小小的青花椒有了更多应用场景和更高身价，推动了江津花椒产业链的拓展与升级。

事实上，江津对青花椒的深加工还远不止于此。连日来的采访，让重庆日报记者感到有些惊讶的是，一颗小小的青花椒，竟然已衍生出了三大品类70多个品种，并且仍在不断地开枝散叶。

"椒虑"下的应对之策

"去年上市半年多来，我们就卖出了30多吨啤酒，产值近百万元。"重庆零九度电子商务有限公司负责人王波介绍。他是"江津花椒"中式小麦精酿啤酒（简称"青花椒啤酒"）的主要生产和销售商，还是开发花椒面膜等护肤品的合伙人之一。

"别看现在卖得不错，但开发这个产品却是不得已而为之。"来自江津区花椒种植大镇李市镇的他，向记者道出实情，"这几年，青花椒的行情每况愈下，卖保鲜椒和干椒都挣不到多少钱了，所以才想通过深加工的方式来缓解'椒虑'。"

李市镇黄桷村椒农王大全印证了他的说法。王大全已经种了九叶青花椒近10年，前些年青花椒的价格持续上涨，干花椒（一般每5斤鲜花椒晒制1斤干花椒）甚至一度达到60元/斤的历史高位，让他不断扩大种植规模，目前已发展到15亩。

但形势很快急转直下，从头几年开始花椒价格就持续走低，鲜花椒的单价甚至下探至3元内，干花椒的价格也始终在16—17元徘徊，王大全感觉有些"骑虎难下"：15亩的青花椒，光靠他和老伴两人是种不下来的，但请人来种又十分不划算。他甚至还动过把花椒树铲掉的念头，但挥在空中的铲子终是没有铲下去。

花椒价格的震荡，与供求有直接关系。江津区花椒首席专家团队成员、高级农艺师苏家奎告诉记者，全国花椒主产区产量已有近60万吨，大大超过国内年市场消费量，造成了价格低迷。"解决办法不是没有，一是出口，二是加工，尤其是后者。"苏家奎说，"花椒全身都是宝，果皮、籽、芽、叶、枝都有利用价值。"

从"食在花椒"到"美在花椒"的跨界

思路既定，江津开始谋篇布局。

较为常规的方式是将花椒加工为花椒油、花椒酱。花椒仍然在这类产品中唱主角，尽管实现了从农产品到调味品的转换，但附加值并没有得到根本提高，"毕竟一瓶花椒油，够许多家庭吃个小半年了。"苏家奎说。

另一种方式是使花椒转为配角，比如花椒鸡、花椒鱼、花椒兔等产品，在青花椒 IP 的加持下，这些美食有了更独特的记忆点，从而取得了更高的销量，也宣告青花椒开始进军美食赛道，并通过自身品牌效应为地方风味美食赋能。

随着这些初级产品的成功，江津开始探索更高附加值的产品，啤酒就是其一。"去年，我们在国外看到了一款哈瓦那辣椒啤酒，那既然辣椒能做啤酒，花椒当然也可以。"来自江津区德感工业园的重庆渝津精酿啤酒有限公司负责人说，回来后他们就抓紧研发，最终采用超临界二氧化碳萃取技术对花椒成分成功进行了分类，只取其香不取其麻，于 2024 年 4 月推出了"独椒 show 青花椒啤酒"。

王波是青花椒啤酒的另一位开路先锋。他告诉记者，花椒啤酒的原料主要是小麦种子、大麦种子、啤酒花和花椒，一瓶啤酒大概只需要用 10 颗花椒，但售价达到了 28 元 / 升，让花椒实现了身价倍增，"当然，花椒成品的选择、花椒和精酿啤酒融合过程的时机都十分讲究，同时要在生产和灌装过程中做到 100% 隔氧，才能确保花椒风味不流失。"

护肤品则是另一个故事。2024 年，在入驻江津的露珠生物科技（重庆）有限公司的技术支持下，九叶青花椒中富含的山椒素被成功提取，这是一种可以减轻光损伤的修复因子，在护肤品应用中具有重要价值。利用这个发现，2024 年上半年江津研发出"木叙"系列沐浴露、面膜、护手霜产品，试销售一个月就卖出 1000 多套，在小红书、视频号、抖音等平台上线售卖后，每天的成交量有上千单，花椒的价值增长了十几倍。

至此，江津青花椒深加工已横跨调味品、休闲食品、护肤品三大应用领域，加上保鲜花椒，其小品类达 70 多种，真正实现了"七十二变"。

2025 年有望实现"医在花椒"

尝到精深加工的甜头后，江津进行了相关部署。比如，由政府出资，在多个花椒种植基地建设了村级加工中心，为的就是在源头就把鲜花椒进行初级处理，以便进一步加工。

记者在李市镇黄桷村的加工中心看到了一整套干花椒加工设备，"村民们把鲜花椒采摘下来后就送到这里烘干，既节省了时间又节约了成本，种植的利润相应提高。"该村党委书记、主任王刚介绍，村里还配套建设了3200立方米的冻库，花椒就地储存，以便加工企业取用。

苏家奎说，随着对花椒的研究越来越深入，他们又发现了花椒的其他价值。"医用领域，就是我们下一个突破口。"他告诉记者，通过与山东第一医科大学的合作发现，青花椒的提取物可以加工成为皮肤消毒剂，在一定程度上代替酒精，另外由青花椒做成的风湿药膏，也有望成为江津区中医院的院内制剂，仅此两项每年的产值就能达到3亿元。

精深加工还能实现对花椒的"吃干榨净"。记者了解到，过去花椒的枝干没有一丁点用途，但如今却可以将其打碎后成为食用菌菌包。"尤其是作为金针菇的菌包，发出来的金针菇是金黄色的，每斤能多卖1—3元。连带着菌包的价格也水涨船高，目前达到了800元／吨，真正实现了变废为宝。"苏家奎说。

而花椒叶的价值更显著——江津正探索将叶子打成粉作为饲料添加剂，可以充分发挥花椒叶蛋白含量高的优势，从而代替豆粕，根据测算这个新产品的价格可达到2800元／吨，而江津全区花椒叶粉的价值高达10亿元。

"据说，韩国人很喜欢吃花椒籽油，在那边50毫升就能卖到130元。"苏家奎拿起一颗青花椒，若有所思道，"找机会，我们弄点花椒籽油过去。"

（新重庆客户端2025年2月1日）

采访感言 CAI FANG GAN YAN

踏入郁郁葱葱的青花椒林，浓郁椒香瞬间将我包围，也由此开启了一场对做好土特产文章的深度探寻。

2025年"新春走基层"活动的通知发出后，我就开始思索做什么文章。恰好此时，江津发来了一条信息：青花椒啤酒大卖！

我眼前一亮：2025年的经济宣传报道，消费是重点，"两节"恰是消费旺季，以江津青花椒的跨界之旅来串联这篇稿件，契合了做好土特产文章、提振消费、食品及农产品加工等多个主题！

当我有意询问，并得到江津青花椒已衍生出了"三大品类70多个品种"的答案后，"一颗青花椒的七十二变"的主题便跃然纸上。

在这次采访过程中，我深切感知到新闻工作者践行"四力"的重要性。能在敏锐捕捉新闻事实时，于信息洪流中精准筛选、去芜存菁，此谓脑力。

再加上脚力、眼力、笔力的"辅佐"——在田间，我与种植户王大全并肩而立，倾听他讲述花椒价格跌宕时的艰难与坚守；在观察繁杂新闻事实时，青花椒产业拓展的创新浪花格外耀眼；我选择了用故事化、口语化的表达和叙述——一篇青花椒产业的精彩蜕变便呈现在读者眼前。

新闻人的笔触应始终对准那些"有生命、能共情"的基层故事。一颗青花椒的蜕变，不仅是产业的升级，更是一曲关于创新、勇气与希望的时代赞歌。

（颜　安）

快！更快！贵州高铁驰骋千山的速度蝶变

贵州广播电视台 ■ 田婷婷　阮博文　王常星

本篇为视频报道，限于篇幅，文字稿从略。作品请扫描二维码观看。

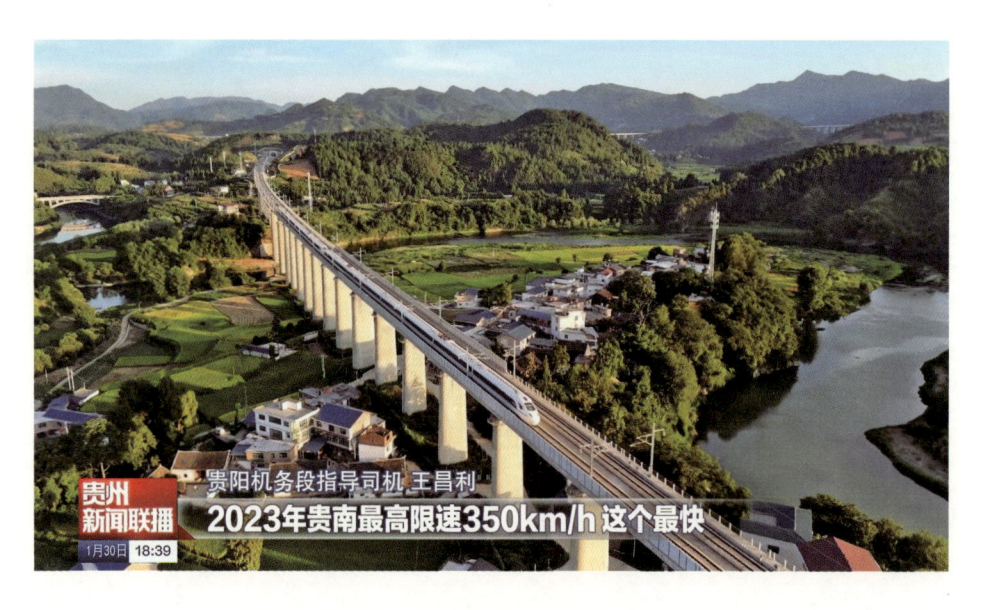

（贵州广播电视台《贵州新闻联播》2025年1月30日）

采访感言 CAI FANG GAN YAN

作为《快！更快！贵州高铁驰骋千山的速度蝶变》这条新闻报道的采编记者，在与贵广高铁首发司机王昌利交流的过程中，我深切感受到了他对这份职业的热爱与执着。从王昌利的成长轨迹中，我看到了贵州铁路事业的巨大变迁。他从驾驶时速仅20—30公里的内燃机车，到后来体验到时速310公里高铁的震撼，再到参与贵州多条高铁线路的首发，这不仅是他个人职业生涯的辉煌，更是贵州高铁飞速发展的生动写照。

在贵阳机务段的采访，同样令我印象深刻。车间里展示的贵州高铁发展的重要时刻照片，每一张都承载着一段奋斗的历史。而王昌利作为亲历者，对每一张照片背后的故事都如数家珍。如今，他虽已临近退休，但依然坚守在岗位上，将自己多年积累的经验毫无保留地传授给年轻司机。在"110"信息台，我看到他面对司机求助时的沉稳与专业，那迅速且准确的指导，体现出他扎实的业务能力和强烈的责任感。他带出的众多徒弟，如今已成为贵州高铁司机队伍中的中坚力量，他们共同续写着贵州高铁的安全运行篇章。

此次采访让我深刻认识到，贵州高铁的发展，不仅是交通基础设施的完善，更是贵州实现跨越发展的重要引擎。它见证了贵州从相对封闭走向开放，从山窝窝逐步崛起成为西部陆路交通枢纽的伟大历程。

（田婷婷）

1671.6米，超深水探井开钻！
钻向怒海更深处

中国海洋石油报 ■ 要雪峥　张　正

早上5点多，钻井监测系统定格在1671.6米。

钻头到海底了。

数据直接刷新"海洋石油982"钻井平台有史以来的钻井水深纪录。经测算距离目标井位仅有1米多，满足开钻条件。

钻井总监刘保波发出指令："开钻！"钻头穿过冬季汹涌冰冷的海水，直扑地层。

这是2025年1月13日，距离"海洋石油982"抵达荔湾4-1区块才刚刚过去18小时。

4个月前，中国海油在珠江口盆地荔湾4-1构造超深水海域钻获一口天然气井，标志着中国超深水碳酸盐岩领域勘探首次取得重大突破。

突破之后，能否乘胜追击锁定产量？此次布下的两口探井就是答案。记者一行登上"海洋石油982"钻井平台已经是下午4点。平台在六七级大风以及高达3米的浪涌共同作用下，先是左右摇，再转圈晃，失重感明显。

钻台上已拉开钻前准备的大幕。36英寸导管一根接一根被吊车从甲板运送至钻台，吊装扶正、丝扣连接、电焊加固、平稳下入，一套操作一气呵成。

为什么这么赶？拥有多年深水作业经验的刘保波告诉记者，这里夏季有台风、冬季刮季风，一年到头适合深水作业的绝佳窗口掰着手指头就能数出来。"从春节前一直到来年夏天，是我们南海东部打井的高峰期。"

晚上10点，随着钻头在导管构建的水下通道中露头，工作人员的注意力转至水面之下。叶森林眉头紧皱盯着工位上方的小小屏幕，和对讲机那头的ROV领航员不断沟通："近点，低点，再近点……"这位刚刚而立之年的江西小伙，将与平台上140多名兄弟一道完成两口超深水探井的批钻作业。

怒海汹涌，灯火通明。钻头在钻杆的接续递送下不断深入海底。天刚破晓，钻台的对讲机里传来大家期待的声音："钻头即将抵达海床泥面。"

清晨的司钻房寂静无声，所有人盯着画面，钻头带着导管不断缓缓向下深入，管壁上的数字刻度在扬起的泥沙中时隐时现。

"是不是有点儿月球登陆的感觉？"刘保波说道。

作为油气勘探开发的第一道关卡，探井往往背负着万众期待和试错成本。做万全打算，往最好处用尽全力。这是钻井人在深海留下的足印，也是专属于他们的怒海深钻的故事。

（《中国海洋石油报》2025年1月24日）

采访感言 CAI FANG GAN YAN

2025年"新春走基层"活动，我和同事奔赴南海东部超深水海域的荔湾区块，"海洋石油982"钻井平台要在这里打两口深水天然气探井。

去之前我们有心理准备，"海洋石油982"是海洋石油领域的深水旗舰装备，代表了我国海上钻井一路目前最先进的技术、设备、团队，但真的上去了还是觉得现场钻井作业进展"快得离谱"。

有多快？

平台是中午 12 点航行到目的井位开始做钻前准备工作，我们下午 3 点飞抵平台，现场已经在下套管，一刻没停干了一个通宵，我们就一直跟着拍摄到第二天清晨 6 点，钻头已经抵达海床泥面准备开钻。满打满算 18 个小时，钻井监测系统定格在 1671.6 米，直接刷新了"海洋石油 982"钻井平台有史以来的钻井水深纪录。

正确的时间出现在正确的地点，不代表就是个好记者了。好记者还要能问出正确的问题，能发现、挖掘出表象背后真正的问题，"新春走基层"报道更是如此。我们抓住"快"这个点，讲这座大国重器如何在 7 级季风中钻向怒海更深处，用不到 24 小时刷新纪录。

"快"已经成为海上钻井的常态。2024 年，我国海上钻井总数首次突破 1000 口大关。"十四五"以来，国内海上年平均钻井数相比"十三五"增长 60% 以上。这背后是一整套工作理念、设备和技术的赋能，包括后方研究人员做实做优产能设计等。

我们也会继续聚焦基层普通海油人的壮丽日常，展现他们在加快海洋能源开发，助力海洋强国和能源强国建设的过程中，在超深水勘探领域实现的技术突破，展现海油人挺进深海"为祖国献石油"的豪情，于大海中央坚守岗位、舍小家为大家的温情，传递出新时代奋斗者的精神力量。

（要雪峥）

致敬奋斗者

零下 40 摄氏度的坚守

人民日报 ■ 李红梅

这里是北纬 53 度，中国的最北端——黑龙江省漠河市北极村，极光、极寒都出现在这里，我国有记录的极寒温度零下 52.3 摄氏度就由北极村国家基本气象站测得。北极村气象站位于北极村，建站 68 年来，一代代气象工作者在这个全国最寒冷的地方值守，保障着我国气象数据的连续性和完整性，为人们"知天而作"提供重要支撑。

2025 年春节到来，记者走进中国最北气象站，实地探访坚守在这里的气象工作者。

零下 40 摄氏度也要外出测量

早上 7 时 45 分，太阳还没升起，温度零下 40 摄氏度。

北极村气象观测员王长春拿起雪深桶走到室外。他踏进齐膝盖深的雪里，连续选了 3 个没人踩过的点，把雪深桶牢牢插进雪里，量得雪深 33 厘米，赶紧拿铅笔记下来。

之后，王长春又走到气象站观测场里，逐个检查气象设备的运行情况。上面盖了雪的，赶紧把雪扫下来，不能让雪影响设备运行。测雪温的设备就在地面上，被厚厚的雪覆盖，王长春跪在地上，把雪拨开，露出地面上的仪器。"冬天测雪温，夏天测草温，就靠它了，每天都得维护好。"王长春说。

百叶箱、日照仪、辐射监测仪、测风塔……王长春逐个检查一遍。这一遍检查下来，花费了十几分钟，脸已经冻僵了，开始发红。

回到屋里，王长春开始检查运行系统。"有红点表示设备有问题，必须马上解决。没有红点，表示一切正常。"接下来，王长春开始上报监测数据。

整个冬季室外测量时温度一般达到零下30摄氏度以下。去屋外必须穿上大厚外套，戴上帽子、围巾、手套。"在屋外不能长时间露出皮肤，否则待久了会被冻伤。"王长春说。

王长春今年54岁，在北极村气象站已经干了15年。

1956年，北极村气象站建站，成为我国最北的气象站。2023年，北极村气象站升级为国家基本气象站。气象站目前共有4名职工，全部都是北极村村民，家都安在了村里。

365天24小时不间断监测

每两小时巡查一次设备，24小时紧盯设备运行情况，8次上报数据……这样的工作每天都要进行，365天全年无休，春节也不例外。

"无论是刮风下雨，还是极寒的零下50摄氏度，我们都要去观测场测量、巡查，按时把数据报上去，一个数据都不能断档。"北极村气象站站长冯显华告诉记者，有一年村边的黑龙江开江产生冰凌灾害，洪水挟带冰块、木头冲进村里，大家顾不上自己家，而是第一时间来到站内，把纸质资料安置在高处，把设备往高处搬。

"对于气象人来说，第一手观测资料是最重要的工作基础，克服一切困难也要确保数据按时保质报上去。"冯显华说。

在工作中，气象观测员最担心的是仪器和网络故障，影响观测数据。"值班的时候心里会绷着一根弦，必须随时注意设备的运行，按时记录、上报数据，保证数据连续性、完整性。"气象观测员郭大勇说。

2025年春节怎么过？冯显华说，气象站实行轮班制，每天1人值班，值班时长为24小时。今年春节，正好轮到气象观测员曲波值班。"到时我也会来的，平时也是这样，不值班也会过来，习惯了。"冯显华说。郭大勇和王长春也表示，到时也会来气象站，"只有亲眼看到观测设备正常运行，心里才会更踏实。"就像记者采访这天，即使值班表上是王长春值班，冯显华和郭大勇也会来站里。

过年值班跟平时有啥不同？"都一样，所有工作一样不能落。"冯显华说，每到过年，单位还会慰问气象站工作人员，送来年货，"心里感到很温暖。"

连续记录68年气象资料

北极村全年平均气温为零下4.4摄氏度，是我国冬季最冷的地方。在北极村，只有冬夏，没有春秋，冬季长达8个月。

北极村气象站周围人烟稀少。一眼望去，只有白茫茫的雪地和寂静无声的树林。

值班时，每个人要值守24小时。漫长的冬季里，天黑得早，周围鲜少有人，值班人员要靠意志战胜孤独。

冯显华对此已经习以为常。"以前没有手机、没有网络，值班的时候确实非常寂寞。那时也没有暖气，没有通电，自己烧炉子、用发电机发电，很多时候还要自己修设备，熬一熬也就过来了。"他说。

每个人有战胜寂寞的办法。在极寒的深夜里，独自值班的郭大勇会时不时出门吼两嗓子。曲波会唱歌，这些年越唱越好。王长春研究各种设备，越来越精通。

冯显华、郭大勇都是1991年参加工作就到了北极村气象站，一干就是 34 年。

2016 年之前，北极村气象站靠人工开展观测。寒冷的冬天里，观测员每天要更换设备上的自记纸，并且不能戴手套，手指难免碰到机器，每一名观测员都曾冻伤过。2016 年，气象观测设备全部实现自动化，除了个别项目外，基本实现了自动记录，观测员的工作强度得以大幅减轻。

气象站连续记录的 68 年气象资料，为当地修建桥梁、机场，发展冰雪经济、寒地试车、文旅活动等提供了重要支撑，也为记录国家气候变迁、全球气候变化提供了科学依据。

"每一份气象资料都有自己的心血，这让我感到很骄傲，这些年的付出都是值得的。"郭大勇说。

2024 年，漠河市被国家气候中心等机构评定为中国"极寒之都"；2023 年开始，漠河市气象局和国家空间天气监测预警中心合作开展极光预报。极寒、极光、最北之地，这些特点吸引了大量游客前往漠河、北极村旅游。当地有关部门预计，春节期间游客人数将接近 1 万人次。

"正是一个个像北极村气象站一样的基层艰苦台站，保证了气象监测资料的完整性、连续性，有力支撑了精细化的气象预报预警、专业化的气象服务产品和重点区域气象保障服务。"漠河市气象局局长陈永山说。目前，依托气象站观测资料，漠河市开展了农业、供暖、电力、交通、煤矿、森林防火、重大活动、通航等气象服务，全方位助力漠河市经济社会实现高质量发展。

（《人民日报》2025 年 1 月 30 日）

采访感言 CAI FANG GAN YAN

早上快 8 点，室外零下 40 摄氏度，泼水成冰；

积雪深度将近 40 厘米，踏进雪里，膝盖都要没在雪堆里；

室外待 10 分钟，裸露的皮肤被冻红冻僵……

2025 年"新春走基层"活动，我选择去我国最北极寒之地——黑龙江省漠河市北极村，探访中国最北气象站——北极村国家基本气象站。漠河的寒冷超乎想象，虽然我已经裹了两件羽绒服、穿了羽绒裤，但依然能感受到极寒之地非同一般的寒冷。

然而，在如此寒冷的地方，依然有一群气象观测员几十年来坚守在气象站，忍受寒冷和孤独，一年 365 天、每天 24 小时值守，连续观测记录气象数据，为国家提供了重要的气象资料，为全球应对气候变化提供了重要参考。他们执着认真、热爱工作、严谨细致、克服困难、坚守岗位的精神，通过采访他们的一桩桩事件、一个个细节，不断撞击着我的心灵。这也许就是"走基层"的魅力，总能让你触摸到新闻中的"奇"和"伟"。

（李红梅）

"一生只做一件事"

人民日报 ■ 杨子岩　康　朴

1377 级台阶。

放在内地,攀爬起来也不轻松。置身海拔 4000 米的高原区域,倾斜坡度达 70 多度,更是成了名副其实的"天梯"。

在新疆阿克苏地区乌什县,中国与吉尔吉斯斯坦边境,3 号界碑位于海拔 4200 多米的山顶,看界碑,需登"天梯"。

对驻守天山南麓的别迭里边防连战士来说,这里是巡逻必至点。防区山体高大密集,沟谷纵横,平均海拔都在 4000 米以上,山体呈脉状分布,山顶常年"戴"雪帽。

到这 1377 级台阶脚下,如果没有大雪,战士们可以从海拔 3100 多米的连队出发,驱车翻越"九道弯",再步行几百米。

但乘车巡逻是"奢侈品"。一年中,半年以上的时间都有降雪。"若遇大雪,我们就沿着这条路徒步上山。"战士付勇介绍。

路是布满砾石的土路,一边是峭壁,一边是深渊。遇上大雪覆盖道路、填平沟壑,如果不熟悉地形,一不小心就会面临危险,让人惊心动魄。

2022 年 1 月,入伍几个月的新兵付勇,终于盼来了第一次登"天梯"、巡界碑的机会。那年冬天,积雪很厚,到距离"天梯"2 公里处,工程车也过不去了。雪齐腰深,战士们只能爬着前进。弓身,压平身前的雪,前进一步。身上还背着巡逻装备,几步下来精疲力竭。

2 公里的路，战士们爬了 4 小时。回到连队，付勇耳朵上早已冻出水疱。敷上药膏，一个月才好起来。

记者运气不错，来时天气晴好，乘坐的巡逻车在山路上肆意颠簸。转过"九道弯"，车就不能再前行。积雪挡住了前路，需要徒步几百米到达"天梯"。

就这几百米路，海拔 3700 多米，走起来呼哧带喘，普通人几步一停，才能有些许缓解，必要时还要吸几口氧。

沿台阶拾级而上，海拔逐渐升高，呼吸越来越沉，腿也开始发软。风带着"刺儿"，直往骨头里钻，割得脸生疼，嘴唇也变成了紫黑色。

台阶上每隔 100 级有个标记。刚开始时，上 100 级台阶驻足休息一会儿，到后来，迈几步就喘不过气。看到 1300 级台阶时，记者再也顾不得头痛和腿软，奋力爬到山顶。

中吉边境 3 号界碑，静静矗立在这里。这是记者第一次见到界碑：水泥柱上方镌刻着"中国"二字，中间是阿拉伯数字"3"，最下面一行是"2001"——水泥柱界碑修筑的时间。

2025 年新年伊始，连队官兵刚为界碑描了红。在皑皑白雪的映衬下，界碑显得分外鲜艳。

战士张嘉星 2023 年 3 月入伍，新兵下连后分到别迭里边防连。他坦言，刚来时"心还是挺凉的"。毕竟，南方娃子哪儿见过这么荒凉的地方。

2023 年 8 月第一次巡逻，张嘉星是跑上去的，"因为是第一次爬界碑，特别兴奋。"站在山顶，完成擦拭界碑的仪式，他的心彻底驻扎在了别迭里。

同年兵吕梦帆也在仪式现场。那一刻，他明白了"家国"的含义。"那边是邻国土地，这边是中国国土，知道自己守护的是什么。"

在新疆军区别迭里边防连的营区内，矗立着一面"好汉墙"，长

36.6 米、高 6.2 米，由 119 块大理石组成，镌刻着 143 名官兵的姓名。

20 世纪 90 年代，为抵御泥石流，全连官兵用 1 年多时间建了这面墙。有位荣立三等功的老兵退伍前将自己的名字刻在墙上，"好汉墙"由此诞生。

30 多年来，"好汉墙"孕育出"坚如磐石、傲似劲松、锋若利剑"的"好汉"精神。连队每年都开展"好汉墙上留英名"活动，激励更多官兵安心守边、建功立业。

对于"好汉"精神，战士们有自己的理解。来自贵州的陈军喜欢"傲似劲松"，"就像在哨位放哨一样，无论刮风下雨，还是极寒暴雪，我们都纹丝不动，站好自己的每一班哨。"

战士朱凯灿对"锋若利剑"理解颇深。连队有规定：只有作出突出贡献、立功受奖的个人，才能将名字和事迹刻在"好汉墙"上。别迭里边防连先后荣膺一等功 1 次、二等功 3 次、三等功 8 次。"老班长们总是在平凡的岗位上做出不平凡的事，在比武中也总能像利刃一样脱颖而出，展现自己的风采。"

吕梦帆喜欢"坚如磐石"，"老班长们每个人都在这儿驻扎了 10 多年，像磐石一样，守护着祖国的边防线。这句话既是边防官兵的工作常态，也是我们的信念和精神支柱。"

在这里守边，不仅要跟恶劣的自然环境作斗争，跟突发状况作斗争，还要跟孤独作战。付勇说："夏天看乌鸦，冬天数黄羊，夜间执勤时还能看到野狼绿幽幽的眼睛。看到个动物，兴奋半天。"

长期驻扎在荒无人烟的边地高原，战士们生活咋样？

连队想了很多办法。营房里，阅览室、电竞房、VR 体验设备、台球桌、篮球场一应俱全，娱乐生活挺丰富。

吃得也不赖。羊肉炖萝卜、红烧肉、大盘鸡、肉末粉条，炊事员变着花样做，糕点酸奶水果天天有，物资保障充足。

连队还跟浙江瑞安红旗实验小学开展共建，小学生用稚嫩的笔触写信向战士们表达敬意，战士们回信勉励孩子们健康成长，报效祖国。

战士严杰喜欢画画。一有时间，他就给石头绘上"彩妆"：升国旗、巡逻、训练、界碑……画的都是战士们巡边护边的日常生活，还会挑一些给孩子们寄去。"孩子们都很喜欢。"严杰说。

战士邱天伦来这里8年了。"很想家，家人也想让我早点回去，但就是舍不得这里的山川草木。"

"一生只做一件事，我为祖国守边防"，鲜红大字立在营房前的山脚下，这句话也是这群驻扎雪域高原战士们的铮铮誓言。"想到这句话、看到界碑，就觉得浑身热血翻涌，回家的念头也就没了踪影。"邱天伦说。

"祝全国人民新春快乐！边防有我，请祖国放心！"邱天伦和几位战士带记者爬上"天梯"，在3号界碑向全国人民送上祝福。

有这样一群可爱的战士在，我们放心！

（《人民日报海外版》2025年1月17日）

采访感言 CAI FANG GAN YAN

这是我们第一次来到边境线采访一线戍边官兵。一片漆黑中，采访车早早开始赶路了。车转过一道弯，远处圆月低垂，夹在两山之间，恰似"明月出天山"的壮阔景象。长风吹度别迭里，承平年代的边防战士过着怎样的生活？一路颠簸，一路思索。

天色渐渐亮起，已能看到公路边的砾石、低矮的骆驼刺。中午时分，终于抵达边防连驻地。再往里，就没有公路了，只有砾石路，甚至没有路——那才是战士们日常巡逻的地方。

亲身体验一把战士们的日常，对记者来说是新鲜的，但是对于长年累月驻守这里的戍边官兵来说，难免枯燥。这是对一个人精神世界的彻底磨砺。别迭里边防连有面"好汉墙"，铭记的是驻守官兵的决心，彰显的是为国献身的豪情，带给我们的是万家灯火的安宁。只有亲至这高海拔无人区，才能切身体会"哪有什么岁月静好，不过是有人替你负重前行"这句话的分量。

（康　朴）

荒野守护人

新华社 ■ 史卫燕　王金金　杜笑微

新春佳节临近，忙碌了一年的人们急切地踏上回家的归途，期盼阖家团聚。但有这样一群人，偏要往无人区去，不舍昼夜。

他们的名字是可可西里巡山队，他们守护的地方是生命禁区——可可西里。

地处青海省玉树藏族自治州的可可西里，平均海拔接近4900米。1994年1月18日，为保护可可西里藏羚羊，杰桑·索南达杰牺牲在这片无人荒野，年仅40岁。

从一个人到一群人，30多年后，亘古荒野复宁静，背后是用生命和热血铺就的生态之路，在这里人与自然和谐共生的美丽中国画卷正徐徐展开。

人间净土恢复宁静

2025年1月13日清晨6点，可可西里森林公安局一级警长普措才仁带领巡山队，进入可可西里无人区。这次巡护的目的地是普措才仁的舅舅杰桑·索南达杰牺牲的地方——太阳湖。

可可西里蒙语意为"青色的山梁"，这片荒野是昆仑山古老褶皱和喜马拉雅造山运动隆起的结合，仿佛高原山梁的"山梁"，"世界屋脊"的"屋脊"。

海拔高度让可可西里"拒绝"了人类的涉足，却为青藏高原的生灵创造了一片自在安居的乐土。

可可西里孕育了雪豹、藏羚羊、黑颈鹤、金雕、胡兀鹫等国家一级保护动物，被誉为"青藏高原珍稀野生动植物基因库"。2017年被联合国教科文组织列为世界自然遗产。

然而丰厚的自然遗产曾给这片净土带来过惨痛的杀戮。

20世纪80年代，大批金农涌入可可西里无人区采挖黄金，后来他们发现了比黄金更值钱的东西——藏羚羊皮。

当时，一种售价高达5万美元的"沙图什"披肩在欧美市场走俏，制作一条"沙图什"需要用3只到5只藏羚羊的皮。带血的披肩是人们炫耀的奢侈品，也让无人区逐渐沦为无法区。

杂乱无章的车辙印、成群被剥了皮的藏羚羊……满目疮痍的可可西里让时任青海省玉树藏族自治州治多县委副书记的杰桑·索南达杰感到痛心。

◆ 2024年7月8日，在可可西里无人区腹地卓乃湖附近，巡山队队员尼玛扎西（左）、秋松多杰（右）给刚救助的小藏羚羊喂奶　杜笑微／摄

为挽救可可西里，索南达杰组织了一支反盗猎队伍，抓获了多个非法持枪盗猎团伙。

1994年1月18日，索南达杰在和队员押送盗猎分子行至太阳湖时不幸遇难，牺牲在他第12次巡山的路上。

人们发现他的时候，他仍保持着推弹夹的姿势，被零下30多摄氏度的风雪塑成了一尊冰雕。

那一年春节，治多县城没有听到一声鞭炮响，玉树州的干部回忆，那时了解可可西里的人还不多，但几乎没有人不知道治多县有一名干部为保护藏羚羊牺牲了。

"每次要去太阳湖巡山，我的心都会隐隐作痛，很难想象在苍茫雪原，舅舅中枪倒在血泊中，离世时经历了怎样的痛苦。"普措才仁说。

曾与索南达杰共事的亲友回忆，让可可西里成为自然保护区是他的梦想，如今光亮照进现实——可可西里成为三江源国家公园的重要组成部分，也是青藏高原首个世界自然遗产地。

30多年斗转星移，可可西里寒风依旧。普措才仁作为新一代守护人，驾驶巡山车辆行驶在父辈走过的巡山路上。

如今，可可西里境内藏羚羊种群数量已逐步恢复至7万余只，2009年至今未闻盗猎枪声。普措才仁说，净土重回宁静、藏羚羊自由奔跑是对自己、家人、队友最大的安慰，"再苦再累都值得"。

英雄精神代代传承

可可西里是一片面积4.5万平方公里的孤独荒野。巡山车队由可可西里东缘依可可西里山走向深处，穿行于高山之间，显得格外渺小。

2025年1月14日上午9点半，经历超过27个小时的行程，巡山队到达太阳湖。

太阳湖毗邻青海省第一高峰布喀达坂峰，被称为"无人区中的无人区"，索南达杰的墓碑就伫立在太阳湖畔。

在舅舅的墓碑前，普措才仁注目、敬礼。2002年，从警校毕业的普措才仁放弃了在外地就职的机会，毅然回到了父辈用生命守护的可可西里。

如今，他就职于可可西里森林公安局，他的弟弟秋培扎西在可可西里管理处工作。兄弟二人接过父辈的枪，在可可西里坚守了20多年。

索南达杰牺牲后的30多年里，大自然带给人类的挑战从未改变，百余名巡山队员组成的三代可可西里巡山队坚持每3天一次小规模巡线，每年至少12次大规模巡山。

"上学的时候就听说过索书记的事迹，很感动，这是我来可可西里工作的原因。"参加这次巡山的可可西里森林公安局辅警钦饶南江说。

队员们常说，踏在可可西里的每一步可能就是人类在这里迈出的第一步。因此，驻守无人区的巡山队员们有一项"特权"，就是为这里的山川河湖起名。红水河、幸福沟、平顶山……一个个形象生动的名字，是他们在这片无人区独有的浪漫。

钦饶南江最喜欢的地方是科考湖边的幸福沟。"虽然那里海拔有5000米，却是可可西里少有的有淡水的地方，不用担心断水，我就觉得很幸福。"钦饶南江说。

提起科考湖，同行的巡山队员松森郎宝说，一次历时40天的巡山令他终身难忘。

2016年8月1日，松森郎宝和5名巡山队员进入可可西里腹地执行巡护任务。在返程的途中，他们遭遇了暴雨，一辆巡山车坏在了科考湖附近。

1辆车、6个人，往前走是数不完的烂泥滩，车辆反复陷进泥里，陷了挖、挖了陷。"战斗"了24天后，巡山队干粮告罄、两名队员出现严重的高原反应。

无奈之下，松森郎宝向管理部门拨打了求助电话，首批由 5 名巡山队员组成的救援队，带着干粮、药品立刻前往无人区。

4 天车程后，救援队与巡山队在卓乃湖会合，激动之余，眼前的烂泥路又让大家犯了难。

更可怕的是，没过几天与外界联系的卫星电话也出了故障，这 11 人彻底与大后方失联了。

"当时我只有一个想法，无论用什么办法我们都要出去。"看着眼前发烧到意识迷糊的队员，松森郎宝和队员们一天只吃一顿饭，渴了就喝河水，硬着头皮挖泥、修车，一路走，一路挪。

在一道河附近，失联的 11 人碰到了前来救援的第二支队伍，但大河拦道，他们还是出不去。

9 月 4 日，第三批救援队再次进入无人区。

9 月 9 日，25 名巡山队员终于一起走出无人区。所有人相拥而泣，只剩 3 辆巡山车被留在了无人区的烂泥中。

生态高地不朽丰碑

如今，藏羚羊成为人类参与动物保护的成功案例之一。2016 年，世界自然保护联盟更新名录时，将藏羚羊的受威胁程度由濒危降为近危。国家林业和草原局的数据显示，我国藏羚羊种群数量已从 20 世纪八九十年代的不足 2 万只，增加至目前约 30 万只。

距离唐古拉山口 300 多公里的索南达杰保护站，是可可西里的第一个保护站。1997 年，在爱心人士捐助等支持之下，四川省绿色江河环境保护促进会会长杨欣在距离进入可可西里盗猎、盗采主要路口 7 公里的地方，建立了这个以索南达杰命名的自然保护站。

◆ 2023年5月29日，一群待产雌性藏羚羊通过青藏公路前往可可西里卓乃湖产崽　张宏祥/摄

　　这是我国首个为保护藏羚羊建立的反盗猎前沿站点。

　　如今索南达杰保护站已经成为可可西里对外宣传的窗口，设立的展览中心为过往游客介绍可可西里，驻守在这里的队员们也承担着救助野生动物的职责。

　　在索南达杰保护站驻站的巡山队员江措告诉记者，在保护站后面的网围栏内，有队员们从卓乃湖救助回来的小藏羚羊。

　　作为第三代队员，22岁的江措来可可西里工作的时间并不长。他的主要"对手"已不是盗猎分子，而是那些设备先进、无知无畏的非法穿

越者。可可西里地域广袤，与新疆阿尔金无人区、西藏羌塘无人区相连，对于不少户外爱好者来说，这里具有致命的吸引力。江措面对的不再是子弹横飞的危险，而是去找那些被困在无人区的非法穿越者时失去方向、陷车被困的风险。

2023年，可可西里腹地建立了5G基站，远程监控、实时监测为无人区的保护工作创造了更多可能。

有人说，以后科技发达了，保护可可西里可能就不需要人力巡护了。

三江源国家公园管理局副局长孙立军说，科技手段再发达，人工巡护可可西里的作用也不会被替代，有很多情况需要现场处置。

目前，可可西里的坚守精神已成一座丰碑，那是高原人民对自然的热爱与敬畏，对人与自然和谐共生的追求。

在治多县民族中学，生态教育是同学们入学的第一课。

"他出生在治多，是牧民的孩子，和我们一样""他做了一件很了不起的事，为了保护藏羚羊牺牲了，他是英雄"……听完索南达杰的事迹，孩子们都非常感动，他们决心成为他那样正直勇敢、不畏艰险的人。

可可西里所在的三江源国家公园是中国第一个国家公园体制试点，2021年10月12日正式设立。园区内超过1.7万名牧民放下牧鞭成为生态管护员，日夜守护在赖以生存的草原，记录野生动物变化。

巡山队员说，让荒野归于荒野，真正的可可西里就应该是现在的样子。

（新华社西宁 2025 年 1 月 18 日电）

采访感言 CAI FANG GAN YAN

2025 年"新春走基层"活动，我们跟随长期在青藏高原工作的青海荒原巡山队员去可可西里最深处的太阳湖。出发前，内心有些忐忑又有点激动。

这片"生命禁区"，冬季温度低至零下 40 摄氏度，氧气稀薄、环境恶劣。深入可可西里腹地，对这里的巡山队员来说是日常，对较少去高海拔荒野地区的记者而言却是"极限挑战"，甚至面临生命危险。

不少人将抵达青藏公路的索南达杰保护站视为进入可可西里，但实际上，这只是穿越可可西里的起点。

从青藏公路向西转入一个不起眼的路口，道路消失，眼前只剩一望无际的荒芜。十几分钟后，手机彻底没了信号。

这是一个和人类文明完全隔绝的世界——没有人烟，没有道路，没有建筑。冬季的可可西里，地面只有坑洼不平的冻土，不见一丝植被。在数百公里的长途奔袭中，一具保持向前奔跑姿势的野牦牛骨和一具匍匐在地的狼骨，让我们感受到这片"全世界最伟大的荒原"中生命的惨烈与顽强。硕大的太阳紧贴地平线，阳光直射冰湖，刺入眼帘。

与平时出差不同，大家话少了许多。一方面是因为身体不适，另一方面是因为大家都心弦紧绷，不知能否坚持到太阳湖。

深夜，恍惚间听到此次巡山的领队普措才仁喊道："到了！"脚下如踩棉花般虚浮,下车一看,眼前是一座覆满积雪的小山。山上雪花轻盈,一阵风吹来,几缕冰凉轻拂脸颊。这座小山正是海拔6860米的布喀达坂峰,而我们所在地的海拔已近6000米。

对记者来说,严酷的环境恰恰是珍贵的现场。仍记得,报道结束后,远远看到青藏公路上的车灯,所有人忍不住流泪……

来到可可西里,是为了寻访英雄的足迹;离开可可西里,我们懂得,英雄守护自然,是在替人类进行救赎。

用生命守护生命,让荒野永远荒野。

(史卫燕)

跨越 5000 公里去见你
祖国"西大门"有我最牵挂的人

中央广播电视总台 ■ 庄晓莹　翟朝栋　朱永根　韩留德　闫　龙　蔡雪青
李　丹　孔祥萌　陈　斌　王祥瑞　廖　祥　敬刘威

本篇为视频报道，限于篇幅，文字稿从略。作品请扫描二维码观看。

（中央广播电视总台国防军事频道《正午国防军事》2025 年 2 月 4 日）

采访感言 CAI FANG GAN YAN

春节期间，我们从北京出发，辗转河南开封，到达祖国最西边的边防哨所斯姆哈纳边防连，一路跋涉5000多公里。全程纪实拍摄在"西陲第一哨"，体验边境线巡逻、炊事班日常等，通过孩子的视角，展现爸爸在岗位的坚守和西部卫国戍边军人的无私奉献。

作为一名军事记者，我曾多次参与边防题材的报道，但这次的创作经历尤为特殊，是一次全新的挑战。这一路可以用"新奇""艰难""值得"3个词来概括。

首先是新奇。2025年，军事中心打破常规，推出《爸爸的哨所》系列报道，通过孩子和家属的视角，看军人、看军营、看军队，是走基层报道的一次全新尝试，也是我作为军事记者第一次用这样的方式打开报道之旅。如何以孩子的视角讲好故事，是我们在创作中需要重点把握的，通过这样的采访方式，我们发现了更多真实的细节，更加质朴的表达，更加感人的故事。

其次是艰难。为了不错过任何一个细节，我们在零下30摄氏度的巡逻任务中全程不关机拍摄，也随时准备抓拍。高寒缺氧确实艰难，但我们坚持下来了，也因此捕捉到了军娃和军嫂第一次参与巡逻任务路途中生动的细节，动人的表达。

最后是值得。通过这次采访报道，戍边16年即将退伍的主人公张纪龙说，"这是我和战友军旅生涯难得的纪念"；军嫂说，"更加理解了他的工作"；军娃说，"我为自己的爸爸感到自豪"；战士们说，"谢谢你们让更多的人看到守在祖国最西边的我们"。看到这些，我们对能够通过多样的视角把每一位祖国忠诚卫士书写的强军故事讲给更多人听而获得感满满。我们将一直在路上。

（庄晓莹）

我伴航母逐梦深蓝

中央广播电视总台 ■ 刘　洁　孙晨旭　刘福建　刘梦浪

本篇为视频报道，限于篇幅，文字稿从略。作品请扫描二维码观看。

（中央广播电视总台《新闻联播》2025年2月3日）

采访感言 CAI FANG GAN YAN

作为《我伴航母逐梦深蓝》的采写者，我登上了我国首艘国产航母——山东舰，真实记录了山东舰官兵们在2025年新春佳节期间坚守岗位、逐梦深蓝的场景，展现了他们不畏艰难、勇往直前的精神风貌。这篇报道向全国人民传递了我国海军的雄心壮志和强大实力，增强了民族自信心和自豪感。

在采访过程中，我被山东舰官兵们的精神深深打动。他们远离家人，在浩瀚的大海上守护着国家的安宁。他们的脸上洋溢着坚毅和自信，他们的言语中透露出对国家的忠诚和对职业的热爱。还记得"00后"女领航员陈欣萌在塔台挑战战机性能极限的果敢；曾文辉在甲板上"凌空一指"手势背后的上万次训练痕迹；曾小祥在高温的深舱里50天的无声坚守。正是有了这些默默奉献的海军官兵，我们的国家才能拥有强大的海军力量，我们的民族才能在世界舞台上挺起脊梁。

作为新闻工作者，我们有责任将这些感人至深的故事、这些振奋人心的瞬间记录下来，呈现给广大观众。只要我们用心去感受、去记录，时刻保持敏锐的观察力和深刻的思考力，我们的新闻报道就一定能够深入人心、打动人心。这次"新春走基层"活动采访经历，将是我职业生涯中一段难忘的回忆，也将成为我不断前行的动力源泉。

（刘　洁）

林海雪原有朵浪花白

中国军网 ■ 郑欣宇 韩金宝 王垣镔 宋鹏飞 何辉 王宇 陈重

本篇为视频报道，限于篇幅，文字稿从略。作品请扫描二维码观看。

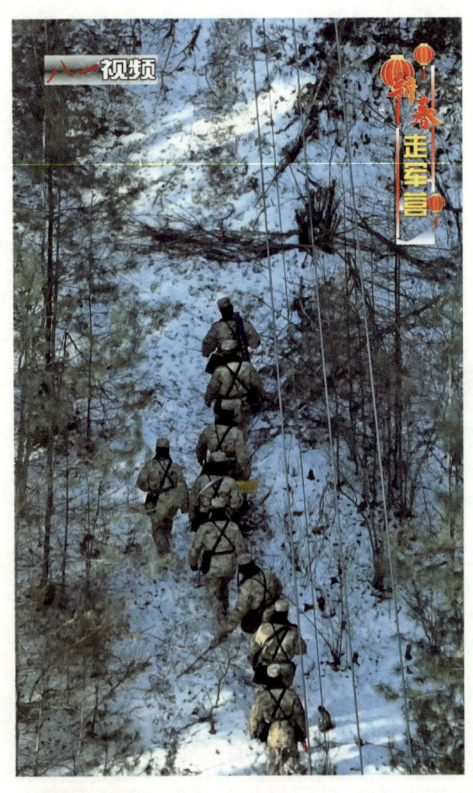

（中国军网 2025 年 1 月 24 日）

采访感言 CAI FANG GAN YAN

蛇年新春，我来到了海军某部，踏上了林海雪原的采访之旅。这次经历，让我深刻体会到了"四力"对于军事记者的重要性。

采访所在地位于长白山脉脚下，极寒天气和复杂地形对我们的体能是极大考验，一阵阵寒风卷着雪粒像刀子一样刮在脸上，每走一步都很艰难。巡线路上，官兵们唱起了《我爱这蓝色的海洋》，高昂的士气深深感染着我。只有这样亲身经历，才能真正感受和体会到这群大山水兵的热血与担当。

在严寒中巡线，官兵们呼出的热气很快就在面罩上结成了冰霜，睫毛上也挂满了冰珠。检修时，他们摘掉手套，双手被冻得通红。这些真实的细节，既平凡又伟大，让我真切感受到，要善于发现动人的新闻素材，用镜头捕捉动人瞬间。

在与官兵们的交谈中，我了解到他们很多人最初的梦想是驾驶战舰、劈波斩浪。虽然事与愿违，但战舰因为他们的坚守永不迷航，这份责任与担当，在此刻变得具象化。这让我意识到，军事新闻不仅要报道新闻事件，更要挖掘背后的内涵，要善于思考，用镜头和笔触展现新时代官兵们的风采风貌。

我将自己的所见所闻、所思所感记录下来，融入报道中，运用视听语言，从官兵坚守的战位切入，层层递进。我希望用我的镜头和笔触，讲好新时代革命军人的故事，让更多的人了解到他们的坚守和奉献。

（郑欣宇）

青藏线上
见证高原汽车兵的坚守与担当

解放军新闻传播中心 ■ 周凯旋　孟　钊　刘煌伟　丁　宁
　　　　　　　　　　　池帅辰　李汶轩　董　兴

本篇为视频报道，限于篇幅，文字稿从略。作品请扫描二维码观看。

（中央广播电视总台国防军事频道《军事报道》2025年2月3日）

采访感言 CAI FANG GAN YAN

"上山",这个常挂在高原汽车兵嘴边的词语,隐藏着常人难以体悟的高风险。2025年春节,我和摄制组同高原汽车兵一起走上了青藏线,完成了两天一夜的驾驶训练。行驶在美丽的天路之上,让我感到意外的是,汽车兵们从未觉得路太危险、太漫长,而是一路为我介绍着蔚蓝的天空、裹上银装的雪山……这些都是汽车兵眼中祖国的山河美景,但他们没有意识到,奔波在这条通往世界屋脊的天路上,自己早已成为青藏线上最动人的风景。

在采访过程中,我偶然发现,老兵和涛随身携带的日记本上,贴满了他珍藏的照片,其中最珍贵的就是儿时与母亲的合照,他对我说因为春节战备值班,已经有很多年没有回家陪伴母亲过节,心里十分想念。我这才意识到,眼前这些坚守在战位的老兵,并非不留恋亲人、不渴望团圆,而是在他们心里还有比团聚更为崇高的守护,那就是军人的责任与担当。为了弥补和涛心中的遗憾,团里把和涛的母亲接到了营区,那天下起了鹅毛大雪,我记录下了一位饱经风霜的母亲带着孩子最爱吃的饺子来到车场寻找儿子,母子俩相拥而泣,军营可以让男孩成长蜕变为一名钢铁战士,但在妈妈眼中,他永远是自己的孩子。正是因为心中有了牵挂,再长、再苦、再险的路也有了坚持的意义。

(周凯旋)

一名普通乡村医生的坚守：
他的手机号成了村民的"120"

中国青年报 ■ 杨 雷 金 卓

在黑龙江省佳木斯市桦川县四马架镇，乡村医生梁存有家喻户晓。村里老人叫他"小有子"，与他年龄相仿的叫他"老梁"，同事称他"梁院长"，从外地慕名而来的患者则喊他"梁神医"。"我还是喜欢大家喊我梁大夫。"他说。

近日，中青报·中青网记者在四马架镇卫生院全科诊室见到了梁存有。他眼睛发红，斜靠在椅子上，满脸疲惫。这天凌晨1时许，四马架村的杨明录老人突然上不来气，家人急忙给梁存有打电话。还在睡梦中的梁存有听到手机振动，立马起来，拿着药箱，开车前往杨明录家。此时室外气温已逼近零下25摄氏度。

针灸、按摩、输液，忙到凌晨4点多，看到杨明录逐渐好转，梁存有才背起药箱回家。他坦言，类似这样的急诊已经少多了，前些年很多，"有时候一宿得出去两三趟"。

他已经记不清从什么时候开始，除白天门诊外，自己还要出夜间急诊，也说不清是从哪年开始晚上不关手机了。

1995年，梁存有在黑龙江中医药大学中医专业进修后，回到老家四马架镇。进修期间，每次考试都是前3名的他，被佳木斯市一家精神病院看中，但他最终没有去。他觉得自己是学中医的，精神病院的治疗多数还是用西医的方法。

老家的工作虽安稳，但当时的他曾经不止一次想离开。起初，梁存有在永胜乡（后并入四马架镇——记者注）卫生院工作。包括梁存有在内，门诊医生只有3人，其中两人即将退休。全院的门诊工作基本由他负责，还要处理一些突发情况。一个月忙下来，工资只有198元。

1999年，梁存有结婚了，妻子是本地的一名教师。他彻底放弃了离开的想法。

2000年，永胜乡卫生院并入四马架镇卫生院。梁存有来到这里，工作至今。放弃离开的想法后，他全身心投入工作。他接诊的一名患者，更坚定了他要留下的想法。

这名患者患有石骨症，"打个哈欠都可能骨折"。梁存有在西药基础上，为他配制了中药，"一年365天，我感觉有300天都得去他家"。

梁存有清楚地记得这名患者对他说的一句话："我这辈子就指着你了，你要是走了，我就得死。"他慢慢意识到了自己的重要性，"我不仅能治感冒发烧，还能做更多"。

2018年9月12日，这名患者去世。这个日子梁存有清楚地记得，因为他没能赶上葬礼，后悔不已，"我想送送这个治了快20年的老朋友"。

多年行医，梁存有的名气越来越大。四马架村村民王营刚告诉记者，周一、周二上午来找梁存有看病的人非常多，"走廊里全是排队的"。王营刚患有严重的痛风，走路不便，目前正在吃梁存有配制的中药，"他看病不贵，'三免'"。

王营刚口中的"三免"是梁存有多年坚持的免挂号费、免诊疗费、免处方费。据统计，累计减免金额已超80万元。

梁存有已经记不清他是从何时开始实行"三免"的了。起初，领导和同事跟他说应该收费，"付出劳动，收钱很正常"。但他认为，"我只出了一个药枕、一只手，举手之劳而已。我费点力气和精力，医院也不搭什么东西"。

很多老百姓找梁存有看病，他号脉后直接在白纸上开方。记者看到几张他开好的药方，字迹十分工整。梁存有解释，有的患者会去药店买药，如果不写清楚，抓药的人可能看不懂，抓错就麻烦了。

日常工作中，他常常接到各地药店的电话，"他们有时会跟我确认药方上的药量，或其他问题。时间长了，很多药店都知道白纸上的药方基本都是我开的"。

2020年，梁存有升任四马架镇卫生院院长。除了日常看病，他更关注如何留住年轻医生。原来四马架镇卫生院有9名医生，后来走了两名年轻医生，现在只剩7人。离开的两名年轻医生中，有1人大学毕业后就考到了四马架镇卫生院，离开后当了法医。梁存有清楚地记得这个年轻人当年跟他说的话，"没有逛街的地方，甚至连洗澡的地方都没有，我只能去县里洗澡"。

梁存有理解年轻医生的选择，毕竟他当年也曾想过离开。"年轻人有冲劲，学习能力强，基层卫生院离不开他们"。为了留住年轻人，梁存有从2023年开始，陆续推荐5名年轻医生到佳木斯市中医院、佳木斯市中心医院进修，希望大家多学本领、开阔眼界。

梁存有说，他从没想过这5人能不能回来，"年轻人如果有好前程，我支持"。

1988年出生的于敬一，2014年考入四马架镇卫生院，2024年8月到佳木斯市中医院进修。已在乡镇工作10年的她，的确考虑过进修后去更大的平台。但几个月学习下来，她放弃了这个想法，她说不想辜负老百姓的信任。进修期间，很多患者明知她不在四马架镇卫生院，仍给她打电话，"乡亲们很朴实，你能感受到自己的价值所在"。

"想留住年轻人不能光讲情怀，你得拿出实实在在的东西，待遇留人嘛。"梁存有说。他计划等这些年轻医生进修回来，把医院改造成以中医为特色的小型综合医院，设康复、针灸、理疗等科室，增加医院收入。

(《中国青年报》2025年1月21日)

采访感言 CAI FANG GAN YAN

在采访乡村医生梁存有之前，我看了一些报道。在这些报道中，梁存有被塑造成了一个从不退缩的先进典型：他自愿回到农村为乡亲们治病，从未想过离开……

这不是"新闻"。如果我是读者，我也不愿意看这样的文章，因为这个人仿佛"不食人间烟火"，离我太远。所以，我在列采访提纲时，就想挖掘一些人物身上的徘徊、迷茫，让这个人物变得立体起来，让读者以一种平视的目光看待他。

果然，我挖掘到了不一样的点。梁存有入职以来一直想逃离农村，直到他结婚了，才放弃这个想法。此后，再不想"出逃"的他，把全部心思放到了精进医术上，将中西医结合疗法带到一线。有个朋友看完文章后告诉我，"这才是一个'人'做的事、说的话"。

这次采访也让我看到，基层想留住医生确实存在不小挑战。因为这里没有大平台，也没有高收入。梁存有也知道，靠他一个人根本无法顾及全镇。为了留住年轻人，他把大家一批批送到上级医院进修，还计划增设中医科室，增加大家收入。梁存有是个有想法的人，他竭尽所能留住大家。这确实也是正向解决思路，要留住基层医疗人才，就必须直面现实问题，解决年轻人的后顾之忧。

(杨 雷)

采冰人

黑龙江广播电视台 ■ 吴　爽　付雨桐　段君凯　魏默宁

本篇为视频报道，限于篇幅，文字稿从略。作品请扫描二维码观看。

（极光新闻客户端2025年1月24日）

采访感言 CAI FANG GAN YAN

2025年的冰雪季，哈尔滨仍是"顶流"。哈尔滨冰雪大世界游客量创历史新高，但媒体报道多聚焦冰雕艺术和冰雪经济。采访团队逆向思考，追溯冰灯建造初始的幕后英雄，选择松花江畔的老采冰人，呼应"新春走基层"活动"致敬平凡奉献者"的主旨。

为了还原采冰人最真实的工作状态，采访团队从凌晨3点到下午5点蹲点拍摄松花江上的采冰人，全程记录他们的工作日常。凌晨的松花江冰面寒风刺骨，我们裹着两层羽绒服仍止不住打战，拍摄设备在极端低温中频频罢工，而采冰人却像永动的机器，在冰面上切割出规整的矩阵，要么一下一下砸向冰面，要么一步一步拖动着冰块，从不停歇。当第一缕阳光照亮冰面时，几千块晶莹剔透的冰块已经整装待发，这些即将蜕变为艺术品的冰块，此刻还带着采冰人手掌的温度。采冰人热气腾腾的工作场景感染着我们，感动之余内心暗暗下定决心：一定要讲好冰雪大世界背后的无名英雄——采冰人的故事。

视频播出后深受广大用户喜爱，我们最高兴的就是让观众看到：在冰雪美景呈现的背后，是一个个如采冰人一样的工作者风餐露宿、默默付出的结果。而十几年的老采冰人，今年却是首次以游客身份踏入冰雪大世界看冰雕，他们为自己骄傲的同时也让人泪目。当镜头扫过他们在冰面上冒着热气的模样，我们终于理解：那些惊艳世界的冰雪奇观，实则是无数双皲裂手掌托举起的微光。他们用勤劳的双手，夯实了这片盛世繁华的基底，也让冰雪景观成为游客心中不可磨灭的城市记忆，他们正在用最朴实的中国式奋斗，将"冰天雪地也是金山银山"的壁画，浇筑成北国大地上最壮观的现实图景。

（吴 爽）

千里夜行路上的"平安约定"

新华日报　田　梅　吴　俊　魏林娜

2025年1月18日22点,记者乘坐江苏顺丰速运有限公司干线司机王猛的货车,从位于南京江宁的顺丰丰泰产业园出发,体验"南京—郑州—常州—南京"4天3夜、1580公里的夜行路。

夜间驾驶是物流司机们的工作常态。王猛主要负责南京至河南郑州段,每周至少有4夜他都行驶在高速公路上。从南京抵达郑州中转场全程670公里,行驶时间一般为9小时50分钟。一路北上,次日凌晨2点,记者已经撑不住,在副驾驶位置上酣然入睡。待到睁开眼,已是凌晨5点。王猛说,凌晨3点到5点,人最容易犯困。虽然自己白天有充足的睡眠,但每到这个时间点,他会吃一些梅子,开窗透透气。驾驶室内再冷,他也不开空调,保证自己头脑时刻清醒。

王猛家在南京禄口,母亲在安徽阜阳老家随哥嫂生活。他说,开车4小时必须休息20分钟,夜间过境,每次他都习惯选择在阜阳境内服务区休息。脚一踏上阜阳地界,就仿佛回到了家。在服务区,王猛拿起手电检查轮胎、车厢的铅封、大锁,然后用冷水狠狠地冲脸,抬头若有所思地朝着母亲所在的方位眺望。

清晨6点30分,王猛的手机响起微信电话铃声,他随后按键挂断。跨入物流行业近8年的他,和妻子有一个约定:清晨妻子的微信电话响

3声后他挂断，就证明自己一路平安、正驾车前行。

19日8点40分，王猛的货车安全抵达郑州卸货区。记者随即改变线路，跟随王猛的同事陶先明师傅从郑州返程。

陶师傅的货车发车时间是20日凌晨2点，要在中转场等待17个小时，其间主要任务是睡好觉。陶师傅说，凌晨驾驶容易分神，加上用时长，白天休息好尤为重要。货车车身长，方向盘有一点偏差，就可能发生事故。公司后台特别关注凌晨驾驶人员的一举一动，只要发现司机连续多次打哈欠，就会通过车载设备提醒驾驶员停车到最近的服务区休息。

为保证睡在上铺的陶师傅有充足的睡眠，记者躺在下铺连翻身都不敢，面对上铺的木条发呆。好不容易熬到20日凌晨1点，提前20分钟叫醒陶师傅，出门到中转场发车。

20日凌晨2点，陶师傅驾驶货车驶出中转场，行驶6公里后进入高速公路。郑州中转场到常州的行程为760公里。陶师傅说，货车最好能在中午12点20分抵达常州，保证下午1点的分发。货车限速为每小时90公里，正常行驶速度是每小时85公里。驾驶员全程必须全神贯注，

◆ 抵达郑州的中转场，驾驶员王猛通过后视镜了解卸货情况　吴俊/摄

◆ 2025年1月20日凌晨，经过3个多小时的行驶，陶先明在服务区活动身体提神　吴俊／摄

不能有一丝懈怠。说话间，陶师傅发现前方不远处隔离带有一段反光板不亮，立即变道，经过瞬间，记者才看到那是一辆爆胎货车的车祸现场。如果陶师傅不及时处置，后果不堪设想。待到记者与陶师傅从常州夜行150公里回到南京江宁区中转场，已是21日零点。

夜幕下，物流车穿梭于城市间，无声地诉说着快递行业的繁忙与高效。在沪蓉高速常州武进段，记者随机数了数过境的货车——1分钟内竟有25辆！无数王猛、陶先明等货运司机的辛劳付出，托起了车轮上活力满满、热气腾腾的"流动中国"。

（交汇点新闻客户端2025年1月26日）

采访感言 CAI FANG GAN YAN

白天休整、深夜启程，一车两人，4天3夜。你用冷水冲脸驱散困意，我寻找心头一震的感动。2025年"新春走基层"报道，我们选择与顺丰速运跨省干线司机星夜同行。

"走"，触达内"心"。司机王猛，性格内向。驾驶室不宜聊天，走入他的内心多靠观察。清晨6点30分，看他挂断手机上的微信来电，一问才知这是他和妻子每天的"平安约定"。这是家庭对夜行者的牵挂，细碎的生活切片，让驾驶室有了温度。

"走"，建构"新"场景。我们在驾驶室内设置固定机位，用运动相机第一视角跟踪记录，构建"驾驶室—高速公路"的立体场景。白天和司机分睡上下铺，我不敢翻身，怕影响他的睡眠。货运司机与时间赛跑，后台系统监管"严苛"，体现的不仅是对效率的追求，更是对生命的敬畏。

"走"，赋能"新"叙事。部门精心谋划，选择与物流司机同行；前后方密切联动，展现流动的中国故事。在沪蓉高速公路，我们运用延时摄影拍摄2小时，将1分钟来回25辆货车的车流密度，转化为可视化的"物流脉搏"图谱，让"致敬奋斗者"的主题主线更加鲜明。

1580公里的夜行路，对司机们来说，只是寻常的工作场景，于我而言，不啻一次心灵的洗礼：灯火里的流动中国，充满了繁荣发展的活力。正是无数普通劳动者，用孤独的夜路，勾勒出奋进的中国速度。

（吴　俊）

凌晨 3 点的"大菜篮子"灯火通明

现代快报 ■ 卢河燕

"吴姐,我的菜还装好啦?""好了,已经装好了。"2025 年 1 月 26 日凌晨 3 点,受寒潮天气的影响,南京户外气温直逼冰点,天空下着雨、刮着风,此时大多数人正在睡梦中。但在南京人的"菜篮子"——南京农副物流中心(简称"众彩市场"),灯火通明,车来人往。不论是蔬菜批发商户,还是市场工作人员,都在为春节"菜篮子"不断档、做好保供工作而不停地忙碌着。

寒潮下,他们每天搬上万斤莴苣

冬天的凌晨寒气逼人,在寒潮和雨水下,人们呼出的热气形成了水汽。

凌晨的街道格外安静,众彩市场的场景截然不同,各种卡车、面包车、三轮车进进出出,为市场送来新鲜的果蔬,或载着货物驶出市场大门。

卖莲藕的摊位上,摊主正在清洗莲藕;卖大葱的摊位旁,工人正从货车上卸下一捆捆新鲜的蔬菜;摊位后面的仓库里,码着比人还高的蔬菜筐,一派壮观的景象……

"早啊,吴姐,来 200 斤莴笋。"在蔬菜区大棚里,今年 50 多岁的吴守敏正娴熟地从货车上搬下一捆捆莴苣，装到小拖车上称重。"从凌晨1点多到现在，我们已经搬了两三千斤的莴苣了。"吴守敏说，春节快到了，很多客户要囤货，所以出货量大，要提前把莴苣从货车上卸下来，让客户把这些新鲜的莴苣及时拉回去。

看到商户们忙得热火朝天，现代快报记者也跟着帮忙，撸起袖子说干就干，谁知抱起一捆40多斤的莴苣后，人走起路来就十分吃力，只坚持搬了几分钟。而吴守敏和工人每天要陆陆续续将一两万斤的莴苣搬下来，"这些菜很重，搬起来也累，还要用点巧劲儿，一般两个人配合着搬。"

吴守敏告诉现代快报记者，他们冬天卖安徽的莴笋，夏天卖豇豆、毛豆。"做蔬菜批发生意，黑白颠倒的作息是非常辛苦的，每天要从凌晨一两点，忙到晚上六七点。有客户要货，立刻就要赶回来装车。"谈到一年来的收获，她说，"明天（1月27日）就要回家过年了，想到要和两个孩子、家里的老人团聚，心里头还是喜滋滋的，很有奔头。"

◆ 2025年1月26日凌晨3点的众彩市场　赵杰／摄

节前芦蒿走俏，一天卖出 5000 斤

询价还价、搬运货物、清点存货……各种各样的声音在众彩市场的各个角落此起彼伏。绿油油的芹菜、韭菜，水灵灵的大白菜、生菜，带着泥土的香菜、萝卜……散发着清香。

"春节前是青菜销售的旺季，我们得备足货源，满足大家的需求。"来自句容的曹晓阳今年 36 岁，寒风凛冽中，他戴着一顶遮耳朵的帽子，脸上始终洋溢着笑容。"这些大青菜都是自家种植的，我们准备了 3000 多斤大青菜，26 日已经卖了 1000 多斤，其他的大概可以卖到 27 日的中午。等全部卖完了，我就可以回句容老家和老婆团聚了。"

曹晓阳说，青菜每天的出货价格会根据整个市场的行情变化，"做蔬菜生意七八年了，我们每天的价格都公开透明，往年这个时候青菜批发价格要 2 元多一公斤，今年产地丰收，加上整体天气偏暖，青菜批发价只要 1 元一公斤。回头客多了，客源就稳定。"

来进货的菜贩子穿梭在摊位之间，挑选着心仪的蔬菜；蔬菜商户们或蹲或站，在摊位前后忙碌着，遇见采买的人热情地打招呼……浓浓的烟火气渐渐驱散了凌晨的寒意。

"蒌蒿满地芦芽短。"作为南京人餐桌上的"常客"，眼下正是芦蒿采摘上市的时节。今年 56 岁的竺永顺和爱人正在将新收割的芦蒿去叶、捆扎、打包。车上、地上堆放的都是芦蒿，仿佛一层厚厚的碧绿毯子，青翠欲滴。

"这几天八卦洲本地的芦蒿新鲜上市，我们又忙起来了。"竺永顺说，每年春节期间芦蒿最火热，今年的价格能卖到 12 元一斤，最近一天能卖出 5000 多斤。一边说着，两人手中仍然不停地挑拣，"我们家离得近，准备忙到除夕歇两天，如果客户需求量大，我们也要尽快出摊。"

◆2025 年 1 月 26 日凌晨，雨中的蔬菜市场忙忙碌碌　赵杰/摄

过年"菜篮子"稳稳的，1.3 万吨蔬菜在田在库

在采访中，现代快报记者见到了众彩蔬菜市场管理人员张科。自众彩市场开业以来，今年是他在这里工作的第 15 个年头。

"每天凌晨是蔬菜市场最繁忙的时候，订单配送、商超备货都主要集中在这时。"张科说，今年农历春节比较早，众彩市场早就进入了年前的交易旺季。市场成立了值班小组，他们每天日行一两万步巡查，维持市场秩序，确保交易公平公正，全力保障春节期间物丰价稳。

现代快报记者了解到，众彩市场承担着南京及周边地区的鲜菜保供任务，以 2025 年 1 月 25 日为例，蔬菜市场的到货量 2878 吨，果品市场到货量 2623 吨，供应充足。来自天南海北的新鲜蔬菜每天大多深夜抵达，再从这里运到南京及周边地区市民的餐桌。

现代快报记者了解到，众彩市场已落实了蔬菜保供物资 1.3 万吨，其中在库实物储备3000吨，在田储备1万吨，品种涉及大白菜、青菜、萝卜、西蓝花、青椒、芹菜、土豆、芦笋等20余种。为了保障"菜篮子"供应不断档，蔬菜市场全年无休，不少商户每年只歇几天，数年如一日地守着每一个黑夜和清晨。

（《现代快报》2025年1月28日）

采访感言 CAI FANG GAN YAN

2025年1月26日凌晨3点，当我们进入南京农副物流中心时，蔬菜批发商户们有的已经忙完了一轮。冬天降温时，市场仿佛一个大冰箱，不少商户戴着帽子、裹着大衣，我们也感觉到手脚冰凉。正是采购高峰，市场里的通道异常拥挤，雨中的小车子来回穿梭，很多人冒雨忙碌着，身上早已被寒风裹挟的雨水打湿。

有商户说，"我们准备了3000多斤大青菜，26日已经卖了1000多斤，其他的大概可以卖到27日的中午。等全部卖完了，我就可以回句容老家和老婆团聚了。"还有商户说："春节快到了，很多客户要囤货，所以出货量大，要提前把莴苣从货车上卸下来，让客户把这些新鲜的莴苣及时拉回去。"看到商户们忙得热火朝天，我们也想帮点忙，撸起袖子说干就干，谁知一捆40多斤的莴苣，抱起来后人走起路就十分吃力，只坚持搬了几捆。

日复一日，年复一年。无论寒暑，风雨不改。他们在深夜中坚守，在寒风中忙碌，把来自天南海北的新鲜蔬菜第一时间卸下来，装到客户的车上，送到家家户户的餐桌上。

在采访中我们看到，无论是蔬菜批发商户，还是来进货的客户，抑或是市场的工作人员，都在为春节"菜篮子"不断档、做好保供工作而不停地忙碌着。每一个人都在为幸福生活打拼,每一个人都是自己生活的主角,就像顶着寒风前行的光。他们用自己的双手和肩膀撑起了一个个家庭,守护千家万户的"菜篮子",守护人间烟火里的幸福生活。

(卢河燕)

守护千家万户的年夜饭

浙江日报报业集团 ■ 施 雯

红彤彤的番茄，绿油油的辣椒，刚出土还带着泥巴的沙姜……2025年1月26日凌晨4点的余杭良渚，杭州蔬菜批发交易市场里，经营户黄海峰已经拿着清单指挥小工们将各类蔬菜从货车卸下并熟练地摆放到对应区域，准备迎接一波又一波的采购商。

冷空气影响下，杭州气温下跌，白炽灯下，随着呼吸和说话，摊位上每一个人都冒起"蒸汽"。

这让黄海峰想起了以前开饭店在后厨掌勺的经历，或许也预示着来年开春生意蒸蒸日上。

◆ 杭州蔬菜批发交易市场　施雯/摄

在杭州农副物流中心，像黄海峰这样，春节期间坚守岗位的人还有很多。

正是这些黄海峰们，才让我们的"菜篮子"稳稳当当。

25年前在蔬菜市场蹬三轮 如今安家杭州

"我这辈子一直在跟吃的打交道，刚满18岁就跟着大舅在杭州蔬菜市场蹬三轮送货。"

在2025年春节前的倒数两天，44岁的黄海峰想起了25年前刚到杭州卖菜的场景。

"蹬三轮得有10年吧，虽然一穷二白，但那段时间是最开心的日子。后来有了老婆有了小孩，寻思着也不能蹬一辈子三轮送货，就自己开了个小饭店，2015年碰上拆迁，就回到杭州蔬菜市场从事老本行卖菜，也算是接了大舅的班。"现在的黄海峰已经在余杭安了家。

他的档口主要是3个人合伙，他和其中一个搭档分两个班头（时间段）卖货，另一个负责在各个产区收货。

谈笑间，黄海峰接了个采购商的电话，立马脱了外套挽起袖子开始搬货。

"春节期间，大家对蔬菜的需求量大增，而且都想要最新鲜的，我们得赶在天亮前把货整理好，让客户能及时拿到货，这样大家才能吃上新鲜的蔬菜。"他边说边干，手上的动作娴熟干练，很快忙得额头冒汗。刚卸完货，黄海峰就马不停蹄地安排小工，"西红柿120斤，茄子100斤，生姜50斤……送到停车场326"。

黄海峰的档口一直经营山东货，在临沂有多家合作社，量大的时候每天要出20多吨的货。他在浙江嘉兴和山东枣庄还有自己的蔬菜基地。

◆ 埋头记账的黄海峰春节依然值守在摊位　施雯／摄

现在这个时段，他们主要销售的品类稍微少了些。"这阵子主要是西红柿、辣椒和西葫芦等，一天出货量大概在 5 吨。"

蔬菜丰产价格香　这里春节无休

"蔬菜价格总体还算平稳的，过年了价格会起来点，也希望掐着这个点多赚点钱！"岁数大了不比小伙子，出完汗刚坐下来的黄海峰觉得有点冷。

他开始埋头结账："这两天都是这样的节奏，开单子、接电话，入夜后在四面敞开的大棚坐着，会感觉越来越冷的。要注意点，不然就要感冒，这关键时刻可不能倒下。"

黄海峰告诉记者，做蔬菜生意很辛苦。

冬天的冷，也是没办法的事。

"赚钱都是不容易的，现在已经比过去好多了，有小工帮忙，很多事情不用自己干,以前舍不得雇人,搬货送货都是一个人,手上长满冻疮。困的时候也只能去车里将就一下,客户一有需要就得马上起来干活。"

前些日子,黄海峰因为手受伤去了趟医院:"本来以为是小事,结果却因为别的指标异常被要求住院了。"

这个老家山东临沂的汉子已经是家里的顶梁柱。

"等配完货,就回家冲个热水澡,吃个早饭再来。"黄海峰说,他是2019年在仁和买的房,那几年确实赚到钱了,也想把爸妈接到杭州住。可是他们当了一辈子农民,家里的地不想荒着,离不开生活了一辈子的老家,"挺想念老娘包的猪肉大葱馅饺子。"

记者从杭州蔬菜批发交易市场了解到,今年冬天气温普遍较高,蔬菜长势良好,供应量比较充足。春节期间,市场每天的到货量大概在4000吨,因为各地丰产,春节菜价格外平易近人,整体低于去年同期。

市场除除夕当天下午3点至晚上12点有短暂歇业,大年初一零点又开始营业。

春节期间,整个市场24小时3班倒运行,有超过1000人守护着杭城百姓的阖家团圆宴。

农历新年的杭城菜篮子,会满满当当,迎接每一位顾客的到来。

(潮新闻客户端2025年1月26日)

采访感言 CAI FANG GAN YAN

日夜颠倒,终年无休,甚至每年连年夜饭都赶不上。这是5岁的我,从小在老家跟着从事保供工作的家长,在农产品批发市场成长的原生记忆。

我跑了好些年菜篮子新闻,也给自己写稿立下一条规矩:农产品保供相关报道，要重点关注农产品批发市场和生产基地。因为我知道，只有在日夜颠倒的农产品批发市场，还有冬冷夏热的农业基地里，才能挖掘到对市场有指导意义的最新信息。

也是因为职业身份带来的执着与坚守，让我在开始菜篮子报道后，从没有"偷懒"就近去小菜场找过线索，而是不辞辛苦频繁跑去相对偏远的城郊农产品批发市场，还有生产基地做实地调查。

在杭州蔬菜批发市场，我结识了许多背井离乡的蔬菜批发大户，他们大多在全国各地包地种植蔬菜，既是商人也是农民。在和他们的相处中，我被中国农民的勤劳和真诚深深打动，也产生了对这群终年无休守护百姓餐桌的保供人做长期报道的想法。

大伙对我是信任的，信任到可以把每月账本交到我手中。当我提出采访诉求，希望寻找坚守在春节保供岗位上的农产品批发人时，他们为我认真物色合适的人选，重视我每次对他们的采访。

写着农产品批发人的新春夜，其实也写着自己对父辈们的记忆，写着我在杭州和"战友"的情谊。

（施 雯）

悬崖之上的索道测绘师

山东广播电视台 ■ 王雷涛 赵丽娜 贾衍杰

本篇为视频报道，限于篇幅，文字稿从略。作品请扫描二维码观看。

（闪电新闻客户端2025年1月28日）

采访感言 CAI FANG GAN YAN

从事新闻媒体工作8年时间，2025年的"新春走基层"报道是令我印象最深刻的一次。跟随山东省地矿局第一地质大队索道测绘队员，我们一起进深山，穿丛林，爬镶嵌在峭壁之中的镂空木栈道，在百米悬崖边上攀登50余米高的索道支架，为索道线路建设和维护提供精准的测绘数据。对于我来说，这是一场对恐高极限的挑战；对于测绘队员们来说，这只是他们日常工作的平凡一幕。

索道建设，测绘先行。在荒无人烟的深山之中，测绘师们需背负20多斤重的设备，踏遍每一寸未知的土地。他们不仅要应对复杂多变的地形地貌，更要确保测绘数据的精确无误。数公里的索道线路，其测绘数据的误差必须控制在5毫米以内。测绘师们以他们的专业与勇气，让诗与远方的梦想，在毫米级的严谨中得以稳稳落地。

作为记者，这次深入基层的跋涉，不仅是对我职业素养的一次全面检验，更是对脚力、眼力、脑力、笔力的深刻磨砺。在碎石滚落的山谷间，我留下了新闻人的坚实足迹；在云雾缭绕的峰峦之巅，我捕捉到了时代精神的璀璨微光。木栈道上的汗水，最终凝结成了我笔尖下流淌的文字，让我深刻体会到——真正的新闻，永远植根于基层一线的沃土之中；真正的新闻人，永远在路上！

（王雷涛）

我在戏班抡起祖传鼓槌

红网 ■ 陈雅如　龚子杰　汤芸萱

"嗒嗒嗒嗒嗒……"清晨 7 点，湖南省花鼓戏剧院业务楼里，传来节奏鲜明的鼓声。宽敞的练习室里，只有司鼓演奏员隆寄玲一人。2000 年出生的她，正随着手机播放的流行摇滚乐节奏，练习着传统戏曲司鼓，别具一番"反差萌"。

什么是司鼓？在戏曲乐团里，这可不是普通的鼓手。走进乐池，你会发现司鼓的位置居中且略高，等同于指挥的角色。节目单上，会特别注明司鼓的名字，可见其重要性。小小年纪，堪当重任，由她担

◆ 鼓，已经融入隆寄玲的生活　龚子杰 / 摄

任司鼓的《夫子正传》《状元与乞丐》《老表轶事》等剧目，深受戏迷喜爱。

台上一分钟，台下十年功。对隆寄玲而言，早起练习已成习惯："一天不练自己知道，两天不练朋友知道，三天不练，观众就该知道了。咱们吃的就是'业务饭'，演不好，怎么对得起买票的观众？"

学戏，自古便是童子功。别看隆寄玲年纪轻轻，这已是她踏上工作岗位的第六年。

隆寄玲的父亲隆才轩是宁乡颇有名气的民间鼓师。在父亲的耳濡目染下，隆寄玲从小便展现出打鼓的天赋，11岁时便被送入湖南艺术职业技术学院戏曲表演专业，开始了她的学艺之路。

这所学校培养了全省诸多优秀花鼓戏从业人员，内部高手如云。刚入学时，隆寄玲自觉基础薄弱，心理压力不小，夜里偷偷流下不少眼泪。5年大专、2年高职，背后是日复一日地坚持练习。枯燥，但有梦。

毕业后，隆寄玲顺利考进全国花鼓戏最高殿堂——湖南省花鼓戏保护传承中心。多年的坚持和努力，终于迎来硕果。

在抖音上搜索隆寄玲的名字，戏迷们自发拍摄和传播的高流量视频下，不乏"天才""优秀""后继有人"等评论。但其实，更贴合她的词语是"坚持"。

"入学时，器乐班有30多个同学。毕业时，只剩下4个，最终留在剧团演出的只剩两个。"隆寄玲坦言，每个人都有自己的道路，她尊重同学们的选择，"做这行需要十年如一日的坚持，对年轻人来说，非常考验耐性。但只要还在岗位上，我一定会尽力把它做到最好。"

刚加入剧团时，隆寄玲在哥哥姐姐们中还略显稚嫩。如今，越来越多的"00后"加入了剧团，并发自内心地热爱这份工作，凭借出色的表现打破对年轻人的偏见。"我们这代人思想活跃，虽然看上去可能不靠谱，但正是这种跳脱的思维，给传统艺术带来了新鲜灵感。"

◆花鼓戏《火宫殿》 龚子杰/摄

  2025年新春伊始，湖南花鼓戏剧保护传承中心的开年大戏《火宫殿》于大年初五上演。这场戏的司鼓由经验更加丰富的师哥担当，而隆寄玲在小锣的位置上司其职。长达两小时的演出，她丝毫不敢懈怠。

  剧目开始前的30分钟，隆寄玲与我们交谈时说："小时候，我不能理解爸爸为什么要坚守花鼓戏，为什么要传承这些传统。长大后，我越来越能理解他，也希望能通过努力，把属于我们自己的传统艺术发扬光大，讲给更多人听。"

  大戏落幕，掌声雷动，演员们在台上鞠躬谢幕。台下乐池里，隆寄玲放下鼓槌，转身离去，继续走在属于自己的道路上。那一刻，好似一个背负无形剑的侠。

（红网 2025 年 2 月 12 日）

采访感言 CAI FANG GAN YAN

"你们是怎么找到这样的采访对象的?"发稿后,不少同事问我这个问题。

看惯概念宏大、制作精良的大型报道,接触光环闪耀的热点人物,但其实在平凡中蕴藏的真情,往往比那些轰轰烈烈的故事更能打动人心。互联网为普通人插上了翅膀,即便粉丝寥寥,也能在零散的分享中发现一个人的独特光彩。在这里,我注意到了湖南省花鼓戏剧院的司鼓手隆寄玲。

那个头发毛毛躁躁的"00后"小姑娘,在我们的镜头前露出了害羞的表情:"没化妆,不好意思上镜。"可她不知道,在我们眼中,她清晨练鼓时认真的眼神,比任何脂粉都令人动容。

在我看来,做记者最忌短暂采访后,便用一套长篇大论连番轰炸。此次报道,我们从大年初五开始,断断续续跟拍采访两周,力求捕捉到她最自然、最真实的一面,积累大量一手信息后,最终浓缩成1200字的报道和两分多钟的视频。

我们尽可能克制自我表达,把更多空间留给人物本身,让她的故事尽量饱满和鲜活,让读者自己去感受她的认真、她的坚持,以及湖湘非遗代代相传的意义。

这样一篇精心制作的融媒体报道,不仅是文字书写者的初心、纪录片创作者的热忱、艺术设计者的情怀,更是与有理想的音乐人的互相成就。未来,我们会继续带着这份责任感,去捕捉生活中那些美丽的瞬间,用文字与影像温暖更多的心灵,让这些平凡而动人的故事延续下去。

(陈雅如)

沙漠深处守绿人

新疆广播电视台 ■ 马莺歌　努尔买买提·亚生　王中信
麦麦斯迪克·白克热　阿迪力江·米吉提

本篇为视频报道，限于篇幅，文字稿从略。作品请扫描二维码观看。

（新疆广播电视台《今日聚焦》2025年1月25日）

采访感言 CAI FANG GAN YAN

2025年新春，我们走进塔克拉玛干沙漠与库姆塔格沙漠交会处的若羌县，记录了一群特殊的"守绿人"。在乡村振兴与生态文明建设的关键时期，这片土地正经历着从"沙进人退"到"绿进沙退"的历史性转变。带着对治沙人的敬意与好奇，我们开启了这次沙漠深处的探访。

从治沙工艾买尔江熟练扎草方格的身影，到"00后"管护员乃比热巡护胡杨林的坚定脚步；从工友们用五湖四海的方言分享午餐，到管护站里热气腾腾的年夜饺子……每一个镜头都让我们震撼。最难忘的是乃比热指着病愈的胡杨说"看着它状态很好"时眼里的光芒，那是三代治沙人守护绿色的执着传承。

在若羌县的沙漠腹地，我触摸到了最真实的重量——不仅是手中70公斤的芦苇草，更是治沙人肩头沉甸甸的责任。回到编辑部整理素材时，那些画面挥之不去：被芦苇刺扎进手指的瞬间、铁锹柄上冻僵的掌纹、零下十几摄氏度巡护时寒风割面的刺痛，都刻进了记忆。这里的故事，没有豪言壮语，只有一双双皲裂的手和踩进沙地的脚印。记得推摩托车爬坡时，我们和管护员们一起摔倒，沙粒灌进衣领，大家却笑得像个孩子；记得艾买尔江大哥用四川方言说"家里土少多了"时，眼角的皱纹里漾开的欣慰。这些细节，像草方格的经纬线，编织出荒漠中最坚韧的绿色。年轻的乃比热带着爷爷、父亲的嘱托巡护胡杨林的身影，让我看到三代人接力守护的信仰——他们与每一棵树对话，为生病的树落泪，又在饺子升腾的热气中，将寂寞化作歌声。

这片土地教会我，奇迹从来不是偶然。它是5.755万吨芦苇首尾相连绕地球赤道180圈的坚持，是167.49万亩沙化土地上一寸寸推进的屏障。当镜头记录下草方格外渐渐稀疏的风沙，我突然明白：所谓"锁边"，锁住的是人与自然的共生契约。在塔克拉玛干的星空下，这些守绿人用最朴实的行动，书写着比胡杨更不朽的传奇。这让我们更加坚信，好故事永远在基层，记者只有真正"扎下去"，才能把时代的温度"带上来"。

（马莺歌）

致敬！骑兵连

新疆生产建设兵团第六师融媒体中心 ■ 张新慧　孙拥军　罗建华　李梦飞　李伟豪

澄澈的蓝天下，雄鹰振翅翱翔，绵延起伏的北塔山宛如洁白的雪龙，横亘在中蒙边界，雄伟浩瀚、静默庄严。

一声骏马嘶鸣，响彻山谷。寒风凛冽，红旗猎猎，一列骑兵踏雪巡边，渐行渐近。鲜红的旗帜上，"骑兵连"3个大字耀眼夺目，一张张栉风沐雨的面庞坚毅从容……

时值春节，记者走进位于中蒙边境的新疆生产建设兵团第六师北塔山牧场，探寻护边员守边护边的故事，牧场骑兵连就这样以勇猛矫健、英姿飒爽的姿态跃入视野，让人为之精神一振……

热血骑兵　马背上的无畏冲锋

北塔山，有人说它哈萨克语的意思是"牺牲自己的地方"。70多年来，北塔山牧场干部职工和边防官兵共同守护着69.114公里的边境线。其中，有一支英勇矫健的护边队伍，他们就是第六师北塔山牧场骑兵连。

记者初到北塔山牧场时，正巧赶上骑兵连训练。"出刀准备！""出刀！""骑兵连，进攻！"在北塔山牧场民兵训练场地，随着骑兵连班长热合买提·马合买提一声令下，天地间瞬间响起洪亮的喊杀声、马蹄声。

骑兵手中锃亮的战刀折射出一道道寒光，在高速运动中精准地刺向目标，展现出了人马合一的默契和锐不可当的勇气。

北塔山牧场骑兵连是兵团民兵分队中一支"劲旅"，在各种比赛中屡获殊荣，被兵团军事部授予"民兵分队先进集体"。

塔布斯别克·哈得力汗是骑兵连最小的民兵，今年21岁，浓眉大眼，脸上两团"高原红"。回忆起去年参加六师特色民兵分队科目演示的情景，他依然豪情满怀："我表演马背捡物，一连捡了七八个，当时现场观众热烈鼓掌欢呼。这个掌声不仅是给我的，也是给我们骑兵连的。"

"你最擅长哪一科目？"记者问民兵叶尔加恩。

"我嘛，比较擅长马背取物、镫里藏身。"叶尔加恩想了想，认真地回答。

"班长，你呢？"

"我全能！"班长热合买提幽默自信的回答令大家哈哈大笑。

荣誉的背后，是骑兵日复一日的艰苦训练和在急难险重任务面前的担当。

虽说牧民的孩子从小就会骑马，但是在技能训练中，依然要历经成百上千次的磨炼。

"哎呀，小心！"在训练镫里藏身时，民兵哈山·哈衣达尔别克摔了下来，让人揪心。记者赶紧跑上前去，却见哈山·哈衣达尔别克像没事人一样从地上一跃而起，健步如飞地拉住马的缰绳，踩着脚镫，翻身上马。

"刚才马的速度飞快，摔下来一定很疼！"记者问。

"是有些疼。但是我们天天都这样训练，习惯了，为国守边就得有一副好身板，这点苦不算啥！"哈山·哈衣达尔别克淡淡一笑。

在骑兵连，吃苦受伤是常有的事。要想成为一名优秀的骑兵，除了练就"铜裆""铁腿""钢屁股"，还必须具备坚强的勇气和过人的胆识。

"有一天训练，我们连长骑马速度飞快，直接从马上摔了下来，头磕出了血,他还给我们说,'没事没事,继续训练!'后来,他的头上缝了二十几针,这就是我们的民兵,非常勇敢!"塔布斯别克·哈得力汗由衷地赞叹。

随着现代化进程的加快,骑兵似乎有些落伍。有人说,战马再快也跑不过战车,骑兵连还有存在的必要吗?

"战马能去的地方,车不一定过得去,车过不去的地方,人必须骑马过去。我们护边员都要像钉子一样,扎在边境上,守好我们的国土。"热合买提·马合买提说。

走进新时代,北塔山牧场未雨绸缪,骑兵连不但没有削弱,还从各方面得到加强。当祖国和人民需要的时候,他们将义无反顾,冲锋在前。

◆ 2025年1月6日,北塔山牧场骑兵连成员踏雪巡边　孙拥军/摄

无悔坚守　三代人的护边深情

到达北塔山牧场的第二天，我们从场部出发，跟随骑兵连乘车前往执勤点巡边。柏油路在绵延起伏的群山中延伸，路上难得见到过往的车辆和行人，黑褐色的岩石和一丛丛随风摇曳的荒草点缀着茫茫雪野和静静的山岭。为了节省战马的体力，骑兵们让这些无言的战友也搭乘了现代化的快车。

场部距离山上最远的执勤点有 70 多公里，如果冬天遇到暴风雪时就要绕道而行，路程可达 200 多公里。

我们和民兵叶尔肯巴依·帕尔丁乘坐一辆车。他们一家三代都是护边员，父亲帕尔丁·努合曼 1986 年退伍以后开始巡边，多次荣获"优秀护边员"称号。

"我父亲他们那时候巡边太艰苦了，牧场冬季山沟积雪很深，没有像样的路，父亲上山巡边常常一两个月才能下来一趟，比起他们，我们现在巡边条件好多了。"叶尔肯巴依·帕尔丁说。

叶尔肯巴依·帕尔丁的父亲是退伍军人，有 40 年党龄。39 个春秋，他与大山相伴，守护着祖国的边境，预防人、畜越界事件发生。直到 2024 年他才退休。

2025年春节前，他去奇台医院检查身体，这一去竟查出重病，医生当即让他住院手术。

手术前，帕尔丁·努合曼对儿子说，如果手术成功了，出院以后，陪他再到山上转一圈，看一看以前巡边的地方，摸一摸守护过的那些界碑。"你怎么理解父亲的这种愿望？"记者问。叶尔肯巴依·帕尔丁沉吟了一会儿："咋说呢，他对生死看得很淡，他想表达的，就是对家乡的爱吧，离不开，舍不得。"

抵达北塔山边境执勤房后，我们全副武装，跟随骑兵连体验巡边的艰辛。

山越来越高，气温也越来越低，风在耳边呼啸。我们踩着没膝的积雪，沿着陡峭的山崖艰难前行。没多久，我们就已是气喘吁吁。

风雪巡边路上，留下了一代代护边员坚实的足迹。"我是第三代护边员。我现在走的是我爷爷、我爸爸妈妈走过的路。一家三代接力守好边，这也是我爷爷的遗愿。"骑兵连民兵别热叶克·哈拉瓦说。

4年前，别热叶克·哈拉瓦大学毕业后，放弃了在上海工作的机会，回到北塔山牧场当了护边员，由于和男朋友聚少离多，这段初恋成为回忆。

"上山执勤的时候，有些地方没信号，接不上电话，男朋友说，现在都是网络时代了，你说没有信号，谁相信呢？我说，北塔山牧场是六师最偏远的边境牧场，2013年通上了高压电。现在，我们北塔山牧场已经发展成为兵团大型新能源基地。我们谈着谈着，就觉得理念不同，再加上距离遥远，之后就觉得，唉！算了，分手吧。"

"还是有些遗憾吧？"

"哈哈哈……18岁的恋爱，怦然心动的恋爱，肯定会觉得遗憾。不过，回到家乡还是挺开心的。"别热叶克·哈拉瓦爽朗地笑着，眼中有泪。

在骑兵连，像别热叶克·哈拉瓦家这样一家三代守边护边已经成了一种传承。

北塔山全年大风天气近300天，平均气温只有零上2.5摄氏度，年积雪200余天，有不少护边员患上了风湿病。尽管如此，他们却舍不得离开这里。看惯了这里的山，喝惯了这里的水，习惯了和边防官兵一起巡逻，对他们来说，家在边境线上，守好祖国的边境，就是守好自己的家。

草在风中变黄，石头在风中变老，不变的，是一代代护边员对祖国的忠诚，还有那巍然屹立、坚不可摧的界碑。

守护使命　风雪中的紧急救援

对骑兵连的民兵来说，抢险救援，向前冲锋，是平常的事，也是让他们欣慰的时刻。

"热合买提，你终于来了，欢迎欢迎！"新年伊始，北塔山牧场草建连牧民贝散·喀米勒迎来了他的救命恩人——骑兵连班长热合买提·马合买提。贝散·喀米勒快步迎上前去，张开双臂，给了热合买提·马合买提一个热情的拥抱。

贝散·喀米勒的女儿胡安得克·贝散给热合买提斟上热腾腾的奶茶，奶茶的香味氤氲开来。回忆起3年前那场暴风雪，胡安得克·贝散记忆犹新。

2022年1月的一天，一场暴风雪袭击了北塔山牧场。当时贝散·喀米勒在深山里放羊。狂风卷着雪花与沙粒扑面而来，贝散·喀米勒拼命驱赶羊群，不觉中迷失方向，和家人失去联系。

"那天的雪很大，我爸一天都没回来，电话也联系不上。我们害怕爸爸出事，赶紧联系了骑兵连寻找爸爸，他们找了大半夜才找到。要不是他们，我们可能就再也见不到我爸了。那天晚上，他们像雪人一样站在我们面前，脸冻得通红，人冻得都说不出话了。当时我妈跑过去紧紧抱着我爸就哭了……"胡安得克·贝散说到这儿有些哽咽。

这样的救援热合买提·马合买提参加过许多次，因为在他的心中埋藏着一个深深的遗憾。那是多年前的冬天，他第一次参加救援，寻找一个回家途中迷路的男孩，遗憾的是由于天寒地冻，为时太晚，男孩已经离世。

"那个孩子冻死的位置刚好在一个拐弯的地方，再走400米后就能到家了。抱着那个孩子，我当时就号啕大哭。他跟我的弟弟差不多大，一个非常可爱的孩子就那样没了。如果能早点找到，他还有救……"说到这儿，热合买提的声音低沉下来："从那以后，遇到抢险救援，我就积极参加，我要守护好我的兄弟姐妹。我愿意为了我的祖国、我的家乡、我们北塔山的人民付出一切。"

北塔山，一年之中大多数是冬天，暴雪、山洪、冰雹、雪崩、风吹雪都曾给牧民造成威胁和损失，每当此时，骑兵就承担起了抢险救援、抗灾保畜的任务。

"骑兵连急时应急、战时应战。他们就是先锋队，第一时间冲锋，赶到现场救援。"北塔山牧场武装部部长郝立兵说。

2024年春节期间，一场风吹雪袭击牧场，331国道距场部30多公里的位置有长约3公里的上坡路结冰打滑无法通行，导致近百辆车堵塞，上百名乘客滞留在冰天雪地中。

一位货车司机回想起当时的情景依然心有余悸："天冷路滑。我们拉煤的大车全部困在坡下面上不去，车快熄火了。"

时至隆冬，车外温度低至零下30多摄氏度，寒冷、饥饿和恐惧在乘客中蔓延。当地派出所接到报警后，立即联系牧场，骑兵连随即赶往现场救援。撒融雪剂、挥锹铲土铺路，民兵的手指都快冻僵了依然忙个不停。看到乘客又冻又饿，民兵蒸了馍馍，烧了奶茶，赶到现场挨着给乘客发放。

叶尔肯巴依·帕尔丁当时开车拉运物资返回牧场时也被堵在路上："许多乘客领到食物以后激动得连声道谢，有位乘客流着泪说，太暖心了！这么冷的天，真是雪中送炭！道路疏通后，一辆辆车启动前行，司机不约而同地向救援队伍鸣笛致意，乘客纷纷降下车窗挥手再见，民兵也在寒风中向他们敬礼。这一幕，我永远难忘！"

寒来暑往，时光飞逝。北塔山牧场的马匹换了一批又一批，马背上的骑兵走了一茬又一茬，但是骑兵连初心依旧，血性仍存。

离开北塔山执勤房的时候，我们为骑兵连民兵拍摄了一段新春祝福。

一匹匹战马之上，是英姿飒爽、整装待发的骑兵连民兵，脸庞年轻、眼神坚定。他们的身后，雪白的执勤房上高高地矗立着4个鲜红的大字：祖国万岁。房屋背后，群山绵延、晴空万里、边境安定。

"边境有我在，祖国请放心；边境有我在，祖国请放心；边境有我在，祖国请放心！"

骑兵连民兵铿锵有力的祝福在寂静的山谷回荡，群山放大了一切回响，历史的足音清晰震撼。

戍边的前辈已经老去，新时代的戍边人正年轻。

（"五家渠TV"微信公众号2025年2月13日）

采访感言 CAI FANG GAN YAN

2025年1月6日，我们走进位于中蒙边境的新疆生产建设兵团第六师北塔山牧场，探寻护边员守边护边的故事。牧场骑兵连，就这样以勇猛矫健、英姿飒爽的姿态跃入视野，让人为之精神一振……

70多年来，牧场骑兵连和干部职工、边防官兵共同守护着69.114公里的边境线。冰天雪地的训练场上,我们捕捉着骑兵勇猛矫健、英姿飒爽的身影,被他们人马合一的默契和锐不可当的勇气震撼。他们朴实真挚的话语直抵人心:"为国守边,就要禁得起摔打,这点苦不算啥!"

风雪巡边路上,我们不畏严寒,追随着骑兵坚毅的身影,感受着为国戍边的光荣与艰辛。

骑兵叶尔肯巴依·帕尔丁一家三代都是护边员,他的父亲身患重病,手术前的心愿是:出院以后,陪他再到山上转一圈,看一看以前巡边的地方,摸一摸守护过的那些界碑。年轻的女骑兵别热叶克·哈拉瓦为了守边放弃爱情,她说:我现在走的是我爷爷、我爸爸妈妈走过的路,一家三代接力守好边。他们的选择,让我们看到坚守背后的忠诚与奉献。

在天寒地冻的救援现场,骑兵连争分夺秒救助受困群众,疏通道路、雪中送炭、抗灾保畜、排忧解难,他们不只是护边员,更是牧民的守护者。正如骑兵连民兵献给祖国的新春祝福:边境有我在,祖国请放心。这场关于忠诚与责任的双向奔赴,成就了这篇鲜活的"新春走基层"作品。

(张新慧)

温暖进万家

22年坚守,最暖不过"家"味道

新华社 ■ 沈锡权 赖 星 余贤红

2025年1月28日,除夕,中国人辞旧迎新的日子。记者来到南昌市青山湖区这条充满烟火气和人情味的小巷,走进一间特殊的厨房,记录下此间彼此守望相助的故事。

这是一间全年不打烊的厨房,与江西省肿瘤医院仅一墙之隔,是一些患者与家人抗击病魔的"抗癌厨房"。

厨房主人万佐成、熊庚香老两口22年来坚持为患者提供炒菜做饭的便利,无论春夏秋冬,总有炉火为需要帮助的人而留。

◆ 江西南昌,万佐成、熊庚香夫妇在自己的厨房前留影　胡晨欢/摄

除夕的坚守

农历岁末的最后一天，阖家团圆的时刻，已古稀之年的万佐成和熊庚香没有回家。"抗癌厨房"照常营业，春节期间费用全免，这是他们迎接新年的方式。

考虑到春节期间，不少患者因病情无法回家过年，万佐成、熊庚香夫妇每年此时都会坚守在厨房，服务前来做饭的患者和家属。

除夕当天，夫妻俩如往常一样，凌晨四五点便早早起床，为厨房生火、烧水，准备食材和调料。临近中午，爱心志愿者和患者家属陆续到来，厨房显得十分热闹。

"今天过年，志愿者给大家准备了饺子、红烧肉，管饱。"万佐成、熊庚香夫妇热情地招呼众人。他们有的聊起治疗过程中的艰辛，有的回忆起往年家人团聚时的美好。

人间百味，最暖不过"家"的味道。"我老伴在医院已经住了4个月，就盼着尝尝家人做的菜。"来自安徽的患者家属张影说。

"抗癌厨房"由半截狭长小巷改造而成，20多个炉灶整齐排列，砧板刀具、锅碗瓢盆有序摆放，这里免费提供厨具和调料，病人家属只要拎着菜来，就能开炒。

老两口心里清楚，许多患者家庭为治病，早已倾其所有。"治病的钱不好省，但做饭能省一点是一点，哪怕一分钱，对这些家庭来说也是救命钱。"简单的话语，道出了他们坚守的初心。

365天全年无休，早已成为两位老人生活的常态。一年中，他们通常只会在农历新年初一下午回家吃顿团圆饭。但短暂相聚后，他们又匆匆赶回照看炉火，方便家属们随时过来炒菜。

万佐成和熊庚香被网友比作"当代灶王爷"，理由朴素而真挚：他们的炉灶能温暖人心，炊烟可抚慰伤痛。

22 年的坚守

熊庚香怀中抱着 3 本留言簿，她翻开一本，虽不识字却努力辨认字迹，仔细回忆留言之人的容貌和心愿。

"爱人生病这一年来，经历了不少人情冷暖，是你们让我感到家的温暖，在抗癌路上多了一份信心。"

"感谢你们让我们在绝境中见到光明和温暖，在最后的人生旅途享受着人间的美味烟火，吃上可口的饭菜。"

……

一字一句，承载着病友最质朴的情感，也支撑着老两口走过一个个寒来暑往。

22 年的时间足够让青丝成霜，却未改变这对夫妻的生物钟。他们几乎每天都是从凌晨四五点忙到晚上九十点。这样日复一日的坚持并不容易，一年下来要为上万名病友服务。

曾有义工想替他们扛起这副担子，万佐成只提了一个要求，能不能 365 天都待在这里。遗憾的是，对方做不到。

老两口的子女也曾劝说他们放下摊子休息休息，但他们就连荣获"感动中国 2020 年度人物"也没去现场领奖，因为"炉火不能熄，病患等不得"。

22 年的坚守源自一次患者家属"借火"的经历。当年，他们摆早点摊时，一对带着孩子的夫妻小心翼翼地来询问："炉子里剩下的火，可不可以让我们炒个菜？"

原来，孩子患骨癌截肢后嚷着要吃妈妈做的菜。万佐成得知事情原委后，立即架好铁锅："来，我这儿还有余火，你们尽管用。"

这一善举在病友中口口相传，他们纷纷来这里炒菜。起初，老两口分文不收，拗不过病人再三劝说，才象征性收点服务费维持运转。

这间小小的厨房，有太多的故事。

回忆间，老两口又聊到了老张。老张50多岁被查出癌症晚期后，常来厨房和万佐成聊天，聊生活、谈病情。一来二去，两人成了朋友。

随着老张病情恶化，医生善意提醒家属，可以回家了。临走前，躺在救护床上的老张，执意让车子开到"抗癌厨房"："我来这儿，就是为了见你们最后一面。"

万佐成眼眶湿润，两人的手紧紧相握……

"他们离了我们，很困难；我们离了他们，会寂寞。"万佐成常说，他们和患者就像家人，彼此牵挂、互相需要。只要自己还有一丝力气，就会一直把这个厨房经营下去。

亲情的坚守

癌症不仅是对患者的折磨，也是对家属的考验。

55岁的龚述斌来自江西奉新县，4年前妻子被诊断出肝癌，从此生活大变。他带着妻子辗转各地求医问诊。跑运输的车卖了，收入断了，家底日渐掏空，龚述斌一度感觉"天塌了"。

在"抗癌厨房"这个小天地里，烟火升腾，龚述斌找到了片刻慰藉。他站在灶台前，熟练地为妻子做了一碗肉饼汤，再炒了一盘莴苣。从不下厨的他在这里不仅学会了做饭，更学会了面对困境。

"炒这几个菜，经济实惠，够我们吃一天了。"他稍作停顿，又接着说道，"更重要的是，在这儿和其他病友聊聊天，让我觉得自己不是一个人在战斗。"

万佐成、熊庚香夫妇总能敏锐地察觉到患者家属的情绪变化，细心地经营"氛围"：至亲初遭变故，有人一时难以接受，他们就会宽慰鼓励；遇到有人自暴自弃，甚至埋怨患病的家人，他们便会立刻制止，不让那些伤人的话语说出口。

"患者心思敏感，容易被家属情绪影响。我们要做的，就是给家属温暖，这样患者也能感受到。"两位老人说得最多的就是"吃饱饭，活下去"。

简单的几个字，却满是力量。他们认为，吃饭不只是为填饱肚子，更是对希望的坚守。"抗癌厨房"里的每一道菜，虽不是山珍海味，却都寄托着共同的心愿——家人平安。

55岁的黄立顺家住江西横峰县，去年父母先后因病去世，前不久妻子又被诊断出癌症，接二连三的打击让这个硬汉再也"绷不住"了。

在病房面对妻子，黄立顺总是强装镇定，来到"抗癌厨房"没聊上几句，眼泪就止不住地流。听着病友家属们讲述各自的人生经历，那些或悲伤或坚韧的故事让他逐渐"走了出来"。如今，他每天都会到菜市场精心挑选食材，为妻子做几道可口的饭菜。

"再苦再难，也要让她吃好每一餐。"黄立顺语气中满是守护妻子的深情和决心。

良善的坚守

"大姐，真没想到还能在这儿见到你！"郭春妹再次踏入"抗癌厨房"，一眼就看到了正在忙碌的熊庚香。

8年前，来自江西吉安的郭春妹就曾在"抗癌厨房"为患病的丈夫做饭。由于癌细胞转移，她丈夫不久前再次住院。

"抗癌厨房"这些年也有了许多新变化：当地政府在巷道加盖了雨棚，下雨天不用再撑伞做饭；爱心企业捐赠安装了20多个电磁炉，替换了原先一排排的煤炉；还常有志愿者送米送油送菜……

万佐成、熊庚香夫妇将便利与希望带给患者，却把辛劳与疲惫藏在心底。这份坚守，让社会的爱心在这里不断汇聚、传递。

志愿者蔡虞龙是石泉村工作人员，2018年通过媒体报道了解老两口的事迹后深受触动，从那以后每月都会来"抗癌厨房"做义工，帮忙打扫卫生。

多年前，万佐成、熊庚香夫妇为病友悉心照料过一名5岁小女孩，如今已上大学的她也成了一名爱心志愿者。

江西省肿瘤医院也仿效"抗癌厨房"开设了便民厨房。记者看到，厨房里不仅有10余个灶台，还有多功能蒸柜。到了饭点，提着菜篮来这里炒菜的患者家属同样也不少。

"抗癌厨房"内外的变化，让万佐成、熊庚香夫妇深感欣慰："我们最大的心愿，就是往后不管什么时候、不管在哪儿，患者都能吃上可口的饭菜。"

◆ 江西南昌，患者家属、志愿者在"抗癌厨房"内烧饭做菜　胡晨欢／摄

"抗癌厨房"目睹过人生的脆弱与无常，也见证过生命的坚韧与顽强。愿这份坚守，如不熄的炉火，温暖每一个努力生活的人。

（新华社南昌2025年1月31日电）

采访感言 CAI FANG GAN YAN

在南昌市青山湖区那条飘着烟火气的小巷里，我们感受到了最朴素的年味儿，看着厨房主人万佐成、熊庚香夫妇忙碌的身影，听着癌症患者和家属分享着彼此的故事、闻着空气中飘散的饭菜香气，我们不禁被这份平凡中的伟大打动。

他们用22年的坚守，在绝望和希望的缝隙中搭起一座生命的驿站。在这条看似普通的小巷子里，有着太多不为人知的故事，每一次回忆背后都藏着无数泪水与汗水。对于这对老夫妻来说，每一份力所能及的帮助都是对生命的尊重。无论是凌晨四五点生火、烧水的辛劳，还是面对患者及其家属时的热情，都让我们深深感受到人性中最纯粹的美好。

在"抗癌厨房"，我们看到的不只是疾病的残酷，更是生命的坚韧。作为记者，我们有幸记录下这些珍贵的瞬间。希望通过文字和镜头让更多人了解到这样一个充满爱的地方以及那些默默奉献的人。愿这份坚守，如不熄的炉火，温暖每一个努力生活的人。

（沈锡权）

远方的"亲人" 不变的牵挂

新华社 ■ 沈虹冰

◆ 上图：2018年1月，记者抱着4岁的杨梦琪到镇中心幼儿园　李华/摄
◆ 下图：2025年1月，记者与杨梦琪击掌　张博文/摄

从西藏回到陕西工作后，一直牵挂一个孩子，因为当年幼小的她，畏惧而怯弱的眼神让我难以忘怀，不知道这些年她过得怎么样。

2018年元月，我和同事新春走基层去了镇巴县。第一次见到小梦琪时，她只有4岁，刚刚在汉中市做完先天性心脏病手术，大病初愈。

镇巴县地处陕西省最南端、大巴山腹地，那里山大沟深，是当时极少没有通高速公路的深度贫困县。

彼时，脱贫攻坚工作正在全力推进。小梦琪一家得益于国家政策照顾，不仅报销了医疗费，还随着爷爷奶奶搬出了灾害多发的大山，住到了镇上的新居。

身体羸弱，父母离异，爷爷耳背，奶奶不善言辞。采访全程，小梦琪一言不发，低着头不敢看人。

我也在农村成长，从山里走出，十分怜惜这个命途多舛的孩子。

采访结束时，我特意抱起她，步行去到社区新建的幼儿园。一边走，一边逗她。

小梦琪在和老师及小朋友互动中，露出了难得的笑容。

7年后，我们重逢时，一个青春洋溢的女孩蹦蹦跳跳跑到了我面前，给了我一记有力的击掌。

"我1米53，体重77斤。现在的主要任务就是搞好学习！""我的座右铭是'位卑未敢忘忧国'。""梦想是当一名人民教师，在三尺讲台上奉献人生。"小梦琪的乐观和幽默，让屋子里充满了欢声笑语。

"九曲黄河万里沙，浪淘风簸自天涯……"她甚至朗诵起了古诗。

变了，一切都变得更好。我仔细打量着，红扑扑的脸蛋写满了快乐与自信，是这个时代同龄孩子应有的模样。

我们围炉而坐，轻松交谈，心随意动。

离开时，我许诺5年后再来看她，并再次击掌为她加油。

"啪！"我感受到了青春的力量。

车行几十里，再见到卢大刚，已时过6年。

卢大刚20年前回到镇巴县长岭镇碗厂沟村时，内心迷茫而消沉。虽然带着打工攒下的近60万元积蓄，但身上的伤疾，了无生气的山村，让他看不到生活的希望和前景。

年轻时的卢大刚，曾是数万名外出打工"讨生活"的镇巴人中的一员，他南下广东的企业，北上山西的铁矿。他说，那一点积蓄，是摸爬摔打、省吃俭用抠出来的，他并不是什么创业"能人"。

命运的陀螺旋转，变化源自他回村第二年夏天的一场"偶遇"。他在步行回村的山路中，遇到了当时包片帮扶碗厂沟村的乡镇干部简立。

"你还年轻啊，回来不想干一番事业吗？"简立的一句问话触动了卢大刚。

"想啊！但我不知道怎么干……"

"你有外出务工的经历，现在碗厂沟村委会正在改选，何不试一试呢？"

村民们也想改变。586人投票，卢大刚得了400多票。2006年，他递交了入党申请书。2008年，卢大刚当选为村党支部书记。

"我永远记得在入党申请书里写下'鞠躬尽瘁'几个字，和入党誓词里'对党忠诚，积极工作……'的誓言。"卢大刚说。

握着他满是老茧的手，感受流露出的坚毅眼神，我知道这个巴山汉子经过这20年，换了人生，他对这片土地越发爱得深沉。

攀谈间，一位年轻的姑娘在会议室的窗口探出头来。

"过来，来！这是我的'接班人'，在西安上过大学的侯钦玲。"

大学就入了党的小侯说，虽然嫁过来时，也像卢书记一样有过迷茫，但有了领路人，她心里很踏实，干劲十足。

2024年，卢大刚已是省级劳模、县人大常委会委员，村里也焕然一新。他和小侯带领村民办起了3家企业，将村集体的80多万元投到了镇上的现代农业示范园，村集体经济当年为村民分红14万元。

临别时，我看着这一老一小研究起高速公路建成后村里的产业规划。

"我们一定守好这块净土，把绿水青山变成金山银山，带领群众过上更美好的日子。"

人不负青山，青山定不负人。

赶到牟文贵家时，灯光亮起，山间寒意逼人。

"哇！"当车过屋角，看到"文贵商店"的霓虹灯温暖闪烁时，我惊叫出声。

这是一个 6 年前的愿望，它实现了。"他必须还有个孩子！"我大声对车上的同事说。

迎在门口的牟文贵，在记者下车后，激动地撇开拐杖，来了一个结结实实的拥抱。在他脚边，多了个小姑娘。

"这是你孩子吗？"

"嗯嗯，我当爸爸了！"3 岁的女儿牟晓蕊听到呼唤，纵身扑向父亲怀中。"爸——爸！"甜甜的撒娇声，带起一片幸福的欢笑。

这是一个极为特殊的家庭，牟文贵年轻时失去右腿，妻子曹晓霞下肢瘫痪。

33 岁之前，牟文贵的生活愁云惨淡。脱贫攻坚让他的人生迎来拐点：在政策支持下做完了手术、装上了义肢，住上了新居，还通过残疾人互助活动结识了现在的妻子。

"还记得你结婚时许下的愿望吗？"我问道。

"咋不记得？我想早点退出贫困户，开个小卖部，还想有个娃！"牟文贵憨笑着回答。

在这个曾经的深度贫困县和这个特殊的家庭，这份逐一实现的愿望清单，显得弥足珍贵。

巴山夜话暖，幸福清单长。

2025 年，我和同事新春走基层，短短的几天时间，我们走访了一批多年前采访过的乡亲。李耀松、殷光蓉夫妇战胜病魔后快乐的欢笑声，王冬梅从第一书记成长为镇长的成熟与担当，汪显平一家搬迁后过上的幸福新生活，老支书罗显平交班后仍然响亮的热情讲解声……我们重逢着、感动着，努力记录着。

"这些美好的变化，有乡亲们勤奋的美德和坚韧的精神，更有时代给予他们的托举和力量。"一路上，我和同事兴奋地议论着。

"变化最大的是什么？"我问同事。

"是乐观和自信，新时代惠民政策让乡亲们在生活中挥去愁云、满怀信心。"年轻的同事们回答出奇地一致。

我们感怀，新闻记者，传播党的政策主张，记录时代风云，推动社会进步，守望公平正义，看见普通人命运的变迁。

我想起还在西藏工作的时候，2020年也是这个时节接到的一个电话。

出差日喀则，刚进房间，电话响了，显示归属地是福建厦门，我犹豫了一下还是接了。

"是沈记者吗？"

"是的，你是哪位？"

"我终于找到你了，你还记得我是谁吗？"电话那头是位女士，浓重的江西口音。

"你……是不是江西余江的李年红？"我凭记忆回答。

"哇呜……哇呜……"电话那头传来了放声痛哭。

"不哭不哭，请平复一下心情，你有什么事吗？"

"……20年了，20年了，你还记得我……呜呜……"

我脑海里重现这个不幸的妇女，因为宅基地发生邻里纠纷、家庭变故、失去丈夫，牵着孩子走路上访的情形。

新华社的报道，给了她公正和生活的希望。

"沈记者，我找你，是想问你要个卡号，把你当年资助过我的那些钱，还给你。"

"那点儿钱不算什么，不用还。你现在过得怎么样？"我带着期许问。

"我现在过得很好很幸福，托党的政策的福，家里建了新房，大儿子结婚了，小儿子也在沿海地区打工，他们都很孝顺……"

"你过得好我就放心了，这比什么都好！我现在在很远的西藏工作，祝福你们全家越来越好！"

"嗯嗯……没有党和国家的好政策就没有我的今天，我现在经常教育孩子，要懂得感恩，回报社会。"

　　这个只会写自己名字的农村妇女一席话，让数千里之外的我，热泪盈眶。

　　从胆怯到自信，从羸弱到新生，从忧愁到幸福，从忐忑到稳重……这些年，在陕西，在江西，在西藏，走基层，访乡亲，我看到多彩的人生和丰富的情感故事，看到有尊严有变化的新生活，勤劳、淳朴、善良的他们，都在这个新时代拥抱希望和温暖。

　　我和同事听民声、看民生，访一路，聊一路，感慨万千。

　　离开西藏1年半了，临近年关，我又想念雪域高原的父老乡亲，想起翻身农奴达国杰和土丹坚参率真的笑容，想起满口假牙的老县委书记熊川，想起卓嘎、央宗姐妹和守边的群众，想起了两年前在玉麦乡新春走基层后写下的那一句内心感言——人民有信仰，国家有力量。

　　乙巳年将至，愿我牵挂的"亲人"一切安好！

（新华社西安2025年1月19日电）

采访感言 CAI FANG GAN YAN

　　2025年是巩固拓展脱贫攻坚成果同乡村振兴有效衔接5年过渡期的最后一年，在谋划"新春走基层"报道时，我想到了一个词：牵挂。在那场气壮山河的脱贫攻坚战中，我和同事曾在秦巴山区采访过许多可歌可泣的基层干部、勤劳质朴的可爱乡亲。多年过去，他们过得怎么样？带着牵挂与好奇，我们踏上了再访秦巴山区"走亲戚"的旅途。

　　当年羸弱羞涩的小姑娘杨梦琪，已变得青春健康；在政策帮扶下，身患残疾的牟文贵夫妇实现了人生两个愿望；村支书卢大刚成为省劳模。围炉煮茶，我们与乡亲们细数着幸福清单；院坝说事，一桩桩喜事从老乡口中蹦出……

时间无言，见证着改变的力量。变了，一切都变得更好。我们感怀，新闻记者，传播党的政策主张，记录时代风云，推动社会进步，守望公平正义，看见普通人命运的变迁。

我和同事被感染、被鼓舞，一路采、一路写。回到西安后的一个周末，我静静地翻看着采访记录，情感喷涌而出，在总社编辑的精心指导下，推出了这篇走笔。

跋山涉水，践行"四力"。感知穿越时光的精彩人生，努力讲好新时代故事。

（沈虹冰）

温暖板房里迎接新年

中央广播电视总台 ■ 白 央　侯 军　张 萍　柴志先　苗毅萌　史非凡

本篇为视频报道，限于篇幅，文字稿从略。作品请扫描二维码观看。

（中央广播电视总台《新闻联播》2025年2月1日）

采访感言

作为《温暖板房里迎接新年》报道的记者，深入灾区的采访经历，让我更加深刻地理解了只有深入基层，走得深，走得远，践行"四力"，才能让报道更加鲜活、生动、感人。

地处珠穆朗玛峰脚下的嘎旦村，海拔4200米。镜头走近村委会院子正中央，村民们正在用电锯把刚从乡里领来的牛羊肉切割以便分发，随后镜头跟随藏族老阿妈喝上羊肉汤，瞬间把观众带入了灾区的氛围。

该报道以驻村第一书记吴奇洵的采访为主线，讲述了从争分夺秒指挥抢险救灾到和武警官兵一起搭起帐篷再到搬进板房的过程，体现了两个字：温暖。板房上空的缕缕炊烟恰似一幅最美的图画，传递的温情给人留下深刻记忆。

直到告别，驻村书记吴奇洵依然在村委会的仓库一角打着地铺，她的衣服自地震以来就没有换过，满面尘灰。她告诉我们，进藏工作8年，她半年前第一次回到上海和大学同学聚会，突然感觉自己似乎和时代脱节了。但是这段日子里，她和这里的老百姓深深感受到了来自党中央和全国各地兄弟姐妹们的深情厚谊。她觉得，西藏带给她的是滚烫的人生。她的心已实实在在地扎根在这片土地上。

"苟利国家生死以，岂因祸福避趋之"，这是吴奇洵的人生格言。透过灾区这个窗口，我们看到的是一个基层干部的使命感和责任感。这不只是一次简单的"新春走基层"采访，对我而言，更是一次心灵的洗礼。未来的日子里，我将带着这份新春的祝福与感悟，与人民同呼吸、共命运。

（柴志先）

长江上的网红"背篓渡船"

工人日报 ■ 曹 玥 黄仕强

冬日的清晨，临近6时，重庆忠县洋渡镇的洋渡码头一片漆黑，不时传来的只有鸡鸣和长江水拍打岸边的声音。

在宁静而深沉的晨曦中，当地村民陈立举伴着微弱的灯光，背着比人还高的背篓，从远处缓步走向渡口，登上了停靠在渡口的"渝忠客2180"客轮。

"早上5点多从家里出发，背着这40多斤的菜走了40分钟，坐船去忠县卖菜已经10多年喽。"跟随陈立举上船，他一边打理着背篓里的土豆、豌豆尖，一边和记者讲述这条船的故事。

2016年年底重庆沿江高速公路全线通车，相比于单程两小时的客轮，50分钟就能到县城的客车成了大多数村民的第一选择，船舶客运业务逐渐衰退。"渝忠客2180"成为长江忠县段最后的"水上公交"，每天往返洋渡到西山码头。

"对我们菜农而言，还是坐船方便，票价便宜，能挑扁担和背篓，活鸡活鸭也能上船。"在和陈立举交谈的过程中，又上来了10来名菜农，鸡与鹅在甲板上叫个不停。过年了，船舱里除了菜农，还有采买年货、走亲访友的村民。

"一哥来了哦"，临近7点，船长"一哥"秦大益开着车载着热乎的早餐和村民托他售卖的蔬菜来到渡口，村民热情地和他打着招呼。

秦大益祖孙三代都在长江上开船讨生计，18岁起，秦大益开始独立掌舵，至今已经在江上"漂浮"了30多年。"渝忠客2180"客轮是秦大益与合伙人"芳姐"曹利芳一起购买的，秦大益负责开船，曹利芳负责售票。直到2024年，俩人开始一人一天轮流出船。

单程航行的成本需600元左右，但坐船的人越来越少，有时一整天甚至不到20人，是坚持运营还是卖掉船换营生，成为摆在秦大益面前的实际问题。在客船二层的驾驶室里，秦大益望着甲板上的老人和一筐筐蔬菜，向记者感慨道："艰难的时期就想想这些老人，三四点起床赶路坐船卖菜，菜钱收入就是他们生活的希望，如果我们不开船，他们怎么办？"

"嘟，嘟……"朦胧的天光中，秦大益拉响汽笛，起锚出发。

伴随开船，"网红船长@一哥"直播间也同步开播，秦大益的儿子拿着手机拍摄两岸风景、菜农背菜坐船的场景。"儿子拍摄的视频救了我们，很多好心人通过视频了解到我们船上的故事后捐款捐物，有时候会在直播间买菜或是包下当天的全部船票，这也让我们船的收入有了保障。"

从洋渡出发10多分钟，便到达第二个码头渔洞，乘客登船时，秦大益挨个向记者介绍这些老人，时不时还探出头去，提醒老人"踩稳，踩稳"。"坐船的每个老人我都知道。如果老人没来，我还得打电话问问什么情况，菜农大多是留守老人，年纪大了，总怕有个意外。"在秦大益眼中，这些看着他长大的老人早已成为家人。

"寒沙茫茫风打边，劲草低头丘连绵……"早上8时，天色已亮，雾气笼罩在两岸青山之间。伴着江风，秦大益情不自禁唱起了他最喜欢的《凉州词》。"一年四季，我最喜欢这个雾气蒙蒙的时节，春节期间，船舱里比往常热闹，好些曾经坐着我的船外出学习、工作的人，如今都回来陪伴老人，老人们开心了啊。"

"走不脱"，采访中，秦大益总会把这句话挂在嘴边。"很多人坐着我的船去远方，但我却没有离开过这个地方。"秦大益告诉记者，10多年来，他的生活轨迹就是"洋渡—西山—洋渡"，除了生病住院和领取"感动重庆十大人物"奖，他就没离开过忠县。"这些菜是老人们的希望，所以除了除夕和初一，这艘船每年运营363天，哪怕过年，都得在船上守着。"

客船开过4个码头，当记者再次回到船舱，人多得已经挤得走不动道，甲板上也摆满了背篓，刚上船的人正在排队领取免费早餐。船员向记者介绍，根据距离远近，船票价格为5—12元，从2013年到现在都没有涨过价。2022年秦大益直播得到了第一笔收益，从那时起每天给乘客提供早餐。"以前菜农们几乎不吃早餐，许多人下午回家前，也不过是啃一个馒头，水都舍不得买。"

"船长好人呀！"提起秦大益和曹利芳，75岁的冉龙权一个劲儿地夸，"没得他们，这些菜就烂地里了，他帮我们挑扁担、吆喝卖菜"。冉龙权告诉记者，2024年9月，秦大益因为胰腺炎生病住院，得知消息，好几位老人担心到哭。

船舱里，70来岁的彭泽祥守在自己的背篓边，"孙子孙女要回来过年了，卖了菜给他们包压岁钱"；大三学生陈德华正在帮着奶奶整理背篓，趁着寒假回来，他接过奶奶身上沉重的背篓每日去县城卖菜；志愿者雪姐来自北京，因被客船的视频触动，决定这个春节守在客船上帮助船长和菜农……

8时30分左右，当客船行驶到胖子沱码头时，岸上还有7名菜农在等候。可因客船满员，秦大益决定先去终点站再返程。

"一来一去增加了100多元的成本，但哪怕只剩一个人，都得返程去接。"返程时，另一名船长掌舵，秦大益则早早站在甲板上。靠近码头时，他一个箭步冲到岸边帮老人挑起了扁担。"耽误你们卖菜了，今天船票免了。"安顿好乘客，秦大益加足马力驶向终点。

10时，"渝忠客2180"抵达西山码头，比原计划晚了1个小时。船一靠岸，就有人赶来帮老人把菜篓搬下船。100多级码头阶梯上，肩挑的、背扛的、手提的……全是卖菜和帮忙的人。

"渝忠客2180"在直播间里火了，菜农的菜也更好卖了。为了减少老人运菜的辛苦，海事部门开辟专门航线，方便客轮沿路停靠；当地政府在码头附近设置菜农临时直销区，往往船还没到，购买新鲜蔬菜的市民早已在此等候。有爱心网友也会在直播间里出资将滞销蔬菜全部买下，捐给当地敬老院、特殊学校等机构。秦大益在码头边上租了两个门面房，命名为"一哥爱心驿站"，里面配备了空调、沙发、冰箱，给菜农提供遮风挡雨的地方。

下午2时，菜农们背着空背篓陆续登船，等待返程。彭泽祥当天卖出了300多块钱，"再卖一天，几个娃儿的红包就能更鼓一些啦"；陈立举带来的几十斤蔬菜一售而空，"明天就不来了，开始忙年喽"；冉龙权卖完菜，背篓里装上了刚购买的对联、糖果……见到记者，菜农们纷纷讲述着一天的收获。

"每天回去的时候，老人们多开心。"站在西山码头的趸船上，看着三五成群说说笑笑的菜农，秦大益也不禁笑了出来。"女儿曾给我写过一封信，她说'从前您背着我快快跑，以后我陪着您慢慢走，我要带您到全世界走一走、看一看'，不知道这一天什么时候会到来，这条船和菜农们，我走不脱。"

下午2时30分，"渝忠客2180"准时启程返航，不到5分钟，客船便消失在雾气中，江面上只留下一道水痕。

记者了解到，春节期间，秦大益和船员们一刻也没休息，看望老人、分发网友的爱心捐赠、帮助行动不便的老人收菜……离开江面，"渝忠客2180"依旧航行。

（《工人日报》2025年2月8日）

采访感言 CAI FANG GAN YAN

"渝忠客2180"是长江忠县段最后的水上公交，也是一艘网红"背篓渡船"。直播间里，只要开播，便会引起大批网友围观，相关账号已有了200多万粉丝。长江上，这艘看起来有些陈旧的客船，为什么会引起如此多的关注？临近春节，这艘客船又有哪些变化？我带着这些疑惑，开启了2025年的"新春走基层"采访。

跟船出发，站在摆满背篓的甲板上，吹着江风，看着冒着热气的豆腐、沾着露珠的菜叶，还有叫唤的鸡鸭鹅，和坐在客舱里的菜农采访聊天，感受到的是真实和热乎气。到达一线、深入基层，触摸到陈旧客船上的锈迹，直击船长的生活和他助农的实际行动，才能理解这艘船以及船长十多年如一日坚持的不易。

践行"四力"，不仅是要到达一线，更得俯下身子，和采访对象同频共振，有共情才能有理解。在采访菜农的过程中，虽然有些方言听不太懂，但是通过他们的眼神、肢体动作，我也能理解，他们虽然负重前行，但是心中对美好生活充满无限向往。于是我在写稿的时候，原汁原味记录了菜农富有地方特色的语言，让这种沾着露珠和泥土的故事，能被更多人知晓。

（曹　玥）

震后一年，温暖中前行

工人日报 ■ 吴铎思　马安妮

一场大雪后，群山环绕的新疆维吾尔自治区克孜勒苏柯尔克孜自治州阿合奇县迎来了天蓝风清的好天气。

阿旦别克·恰尔先阿力和妻子一大早就将新家里里外外打扫干净，还贴了迎新对联。"趁着天气好，赶紧把家里收拾一下，和家里人一起聚一聚。"阿旦别克·恰尔先阿力说。

"等到3月开春，我就带着媳妇去伊犁打工挣钱，争取今年给家里装个地暖……"2025年1月15日，《工人日报》记者走进阿合奇县苏木塔什乡克孜勒宫拜孜村，在热情的招呼声中，来到了阿旦别克·恰尔先阿力的新家，听他说起新一年的计划。

阿旦别克·恰尔先阿力的新家距离老房子约4公里，两室一厅一厨一卫，还带独立的小院。地震发生后，在各方助力下，阿合奇县重建农村房屋1871户，其中原址重建1139户，集中新建732户。他的新家就是克孜勒宫拜孜村集中新建房之一。

2024年1月23日，一场7.1级地震在凌晨惊醒了阿合奇县，冬牧场、乡镇村等地的居民住房受到了不同程度的损坏。

如今，一年过去，群众担心的房子怎么样了？他们放牧的"冬窝子"又有了什么变化？连日来，在村民的新居里，记者记录下他们在讲述新生活时的幸福笑容和美好憧憬……

住上新房

"这一面墙是用我老房子的砖块砌起来的。"亚森·艾海提指着新房对面的一堵墙介绍道,"之后,计划在房子和墙之间搭上透明亚克力板,收拾出一个能遮风挡雨的院子。"

36 岁的亚森·艾海提是阿合奇县库兰萨日克乡阿克特克提尔村村民,早年间在广东东莞的一家电子厂打工,后来回到村里创业,成了村里致富带头人。如今,他担任该村监督委员会主任。

地震发生当天,亚森·艾海提刚刚从阿克苏接回住院治疗的孩子。"还没到村委会,余震就来了,心里更紧张了,不知道村里各家情况怎么样。"亚森·艾海提说,"余震后,村干部赶紧联系各家各户,清点人数,申请安置点,很快救灾帐篷、火炉、棉衣等物资都到了。"

地震过去,房屋虽未倒塌,但家家户户墙体上的裂缝让村民心有余悸。

经过几轮排查评估,该村 155 户村民的房子需要推倒重建。一时间,全县灾后重建工作一齐动工。从选择施工方到选择户型,新房子的每个环节都有村民参与的身影。

2024 年 3 月房屋旧址被拆除;4 月初正式开工;9 月 15 日开始,新房钥匙陆续交到村民手中。

记者了解到,灾后重建安置房的建筑面积分为 40 平方米、60 平方米和 80 平方米。其中 40 平方米由政府出资免费提供,超出部分则由村民自筹房款,自筹部分也能享受 3 年免息贷款政策。

家里 4 口人,亚森·艾海提选择了 80 平方米的房子。走进家门,宽敞舒适的客厅映入眼帘,地上铺着新买来的毛毯,一张白色长桌放在中间,电热地暖让整个房子暖暖和和的。

亚森·艾海提感慨道,"你看,新家什么都有。更重要的是,新房抗震能力强。"

旧"窝"换新

"来看看我新的'冬窝子'。"在距离库兰萨日克乡阿克特克提尔村40多公里的越冬放牧点上,牧民萨提瓦尔迪·朱马激动地说。这是距离该村最近的一个越冬放牧点。

新的"冬窝子"由两间彩钢房组合而成。打开门,暖流扑面而来,18平方米的空间内,两扇大窗户、干净整洁的榻榻米、餐边柜、太阳能光伏板、对讲机、火炉、一氧化碳报警器、水桶等生活物资一应俱全。

"冬窝子"是阿合奇县牧民放牧越冬的重要居所。曾经由牧民自建而成,房屋结构简单,一般将住所与羊圈紧紧相连。地震发生后,毫无抗力的"冬窝子"也成为该县灾后重建工作的重中之重。

站在萨提瓦尔迪·朱马新的"冬窝子"前,放眼望去,天山脚下,10间崭新的彩钢房排成一排,钢丝相连,地钉加固。而平行相隔不远处,建筑统一的8个羊圈则静静等待着晚归的羊群。

"以前的'冬窝子'根本没法比。"怕自己讲不清,萨提瓦尔迪干脆带着记者前往不远处的"旧窝子"。

不到3分钟,他指着一个荒废的羊圈,"旁边就是我以前住的地方,这个帐篷是当时避难用的"。顺着他手指的方向,扫了两圈,都没有看到"屋子"。

紧接着,跟他绕过羊圈,踏进一处山坡缺口,路由宽变窄,最后只能勉强一人通过,侧面则是暴露出来的锋利岩石。而这条羊肠小道的尽头有一扇木门——那是他曾经的"冬窝子"。

"地震之后,这也是我第一次进来。"两根木头撑起低矮房顶,中间搭着被子，三面是山体，空间狭小闭塞，只有一扇木门和一块用来观察羊圈的"固定窗"，该窗是由一块"田"字木板和透明塑料布组合而成。

"现在的'冬窝子'特别好！"看着眼前的彩钢房，他黝黑的脸上露出幸福的笑容，"过几天去买个窗帘，准备几套新褥子和被子，这个冬天又安心又暖心。"

迎来"新生"

放寒假前的第一场考试刚结束，在库兰萨日克乡中心小学门口，不少家长等着接孩子回家。这是地震发生时，距离震中最近的一所学校。

"地震当天刚好是放寒假，我们第一时间查看了教学楼情况。"库兰萨日克乡中心小学校长刘星告诉记者，"大大小小的裂缝有200多处，上报后不久，施工队就来加固了。"

学校2024年2月24日开学，23日就完成了全校的修缮工作，25日正式迎接新生。然而，教学楼墙体上的裂缝抹平了，孩子们的心灵却被一次次余震考验着。

为了让学生们掌握地震逃生技能，开学后的两个月时间里，学校进行了多次地震演练。望着3层的教学楼，刘星说："从演练最开始的1分钟集合，到现在，能做到20秒就全部撤离。"

不仅如此，学校还组织了主题班会、地震知识讲座、心理辅导等，帮助学生了解地震知识，调整心态。

地震发生时，当时读四年级的努尔森巴提·艾山巴依正跟着父母在越冬放牧点上，剧烈的晃动把住处的木头震了下来，他自己被父亲紧紧护在怀里，额头受了伤。

"地震发生时，千万不能慌，要选择正确的逃生方法……"努尔森巴提·艾山巴依说，"现在我知道了地震形成原因，也掌握了逃生技能，不会再害怕了。"

（《工人日报》2025年1月17日）

采访感言 CAI FANG GAN YAN

行走在雪后初晴的阿合奇县，湛蓝的天空下，一座座崭新的民居与牧民们舒展的笑颜交相辉映。这里曾遭受地震带来的创伤，但如今重建的不仅是房屋，更是人们对美好生活的期待与追求。

在克孜勒宫拜孜村，阿旦别克夫妇将新家收拾得明亮温馨，他们计划开春外出务工，为家中添置电热地暖；亚森·艾海提则用老房砖块砌起院墙，计划打造出一处"村民议事小院"，在他的新居里电热地暖逐渐驱散寒意，他说"抗震房让心更踏实"……这些细节让我看到，灾后重建工作不仅是对物质的重构，更是对情感的延续。特别是在重建过程中，村民们参与房屋设计，见证家园"重生"，那份"做主人"的尊严感，更温暖人心。

令我动容、红了眼眶的是牧民萨提瓦尔迪的"冬窝子"之变。当记者问到"新旧冬窝子的不同"时，从他激动的神情、口中重复着"根本没法比"的言语中，感受到当地群众对政府震后重建工作的高度肯定。

灾难无情，人间有光。阿合奇县的重建之路，不仅书写着基层干部的责任、八方支援的温情，更凝聚着普通人对美好生活的执着追求。这里的新房、新窝、新校园，既是重生的印记，也是希望的注脚。正如天山脚下那一排排彩钢房，风雪中依然挺立，静候春来。

（马安妮）

给困境儿童一个温暖的家

法治日报 ■ 李 雯

"姐姐,你看我扫的这块地干净不?"2025年1月16日下午,《法治日报》记者刚来到河北省石家庄市少年儿童保护教育中心(简称"少保中心")就被一个小男孩拦住,拉着去看他的"打扫成果"。

寒冬时节,树叶早已落尽,太阳的光芒显得格外耀眼,照在正在打扫院子的孩子们身上,为他们的脸颊镀上了一层淡淡的金辉。

石家庄市少保中心成立于2002年3月,是石家庄市委、市政府建立的专门保护教育流浪儿童和服刑罪犯未成年子女等困境儿童的机构,由石家庄市司法局主办,首创"亲情化、家庭化、一体化"综合服务方式,形成了具有石家庄特色的"发展性保护教育模式",先后被评为"全国司法行政系统先进单位""全国青少年维权岗""全国少先队名师工作室"等。

"发展性保护教育为儿童未来全面发展奠定了基础,我们中心通过政府主导、社会参与、专门机构管理的形式,确保了特殊儿童的生存权、发展权、受教育权。"少保中心主任杨程向记者介绍说。

走进少保中心大楼,少先队员室、心理活动室、书法室应有尽有,孩子们有的在追逐打闹玩游戏,有的在活动室里跟老师学剪纸,还有的在自习室里看书……整个中心井井有条,充满欢声笑语。

据杨程介绍,少保中心现有工作人员12人,目前接收少年儿童46人。"来到少保中心的孩子都有着'不幸'的经历,他们或流浪过,或父母服刑，没有感受过家庭的温暖。到了这里，这里就是孩子们的家。"杨程说。

少保中心的建立，不仅促进了流浪儿童和罪犯子女的健康成长，更有效解决了社会和谐稳定、罪犯改造等一系列社会管理难题。一月一封信、一季一探监、一年一联欢，这对罪犯和他们在少保中心的孩子来说，意义非凡。

"听说要去监狱看爸爸，小辉和小亮激动得一个晚上都没睡好觉。"少保中心老师杜文敬说。

小辉和小亮的爸爸马某因罪入狱服刑，妈妈也不知所终，留下他们两兄弟由爷爷照顾。可不久后，爷爷因病去世，两兄弟的抚养问题让马某慌了神。在监狱教育改造科的教育日上，马某了解到了少保中心，便向监区申请，经过共同努力，小辉和小亮顺利来到少保中心。

"到了少保中心后，两个孩子显得很拘谨。听说他们几乎没怎么见过自己的父亲，我们便决定帮助孩子圆梦。"杜文敬说。亲情帮教日当天，马某入狱后第一次见到了孩子们，瞬间泣不成声。此次见面，马某更坚定了改造决心。

凡是送到少保中心的孩子，普遍都有自卑、报复心重等心理问题，甚至出现偷窃、吸烟喝酒、打架斗殴等不良行为。对此，少保中心心理老师制定一人一策矫治方案，并设立"悄悄话信箱"，切实打开孩子们心扉，排解心理压力。此外，还开展丰富多彩的法治教育和文娱活动，为孩子们的成长注入更多的力量和希望。

"小艺同学获得市级科幻小说竞赛一等奖，小涵同学荣获'学习之星'称号……"杨程给记者展示孩子们的奖状时，骄傲之情溢于言表。现如今，少保中心的孩子们都到了社会正规中小学校读书学习，接受义务教育。

"小斌是少保中心培养出来的第一个大学生，小莎现如今在北京工作，小任参军退伍后还经常来少保中心带孩子们玩……"说起少保中心走出去的孩子们，杨程如数家珍。据统计，少保中心已累计救助1902名少年儿童，2024年共救助38人。

在少保中心的保护教育下，从这里走出去的孩子们内心更加坚强、自信和乐观。

(《法治日报》2025年1月22日)

采访感言 CAI FANG GAN YAN

在策划"新春走基层"活动选题时，我一直在思考，法治报道如何既体现专业性，又传递人文关怀。此前有机会了解过石家庄少保中心的情况，但一直没有实地感受采访过。带着对"发展性保护教育模式"的好奇，我来到了这里。

流浪儿童、服刑罪犯未成年子女等困境儿童群体，是法律保护的重点对象，也是社会治理的难点。少保中心以"亲情化、家庭化、一体化"的创新模式，将司法保护与教育发展深度融合，不仅解决了孩子们的生存问题，更赋予他们成长的希望。这样的样本，正是法治中国建设的生动注脚。

之所以选择这里，是因为它代表了法治的另一种表达——不仅是惩恶扬善的利剑，更是守护弱者的盾牌。它让法律条文落地生根，化作孩子们碗里的热饭、身上的冬衣、眼里的光。

走基层不是"走过场"，必须沉下去，捕捉细节，用"脚力"丈量，用"共情"倾听。一个曾流浪街头的男孩，如今在"爸爸老师"的辅导下，数学考了全班第一；一个父母服刑的女孩，在"爱心妈妈"的陪伴下，第一次过了有蛋糕的生日……这些细节，远比任何宏观叙述更有力量。

此行让我更加坚信，新闻人的使命，就是做法治与民生的桥梁。用"脚力"丈量土地，用"眼力"观察细节，用"脑力"思考深意，用"笔力"书写时代。唯有如此，才能让每一次采访，都成为推动社会进步的一缕微光。

（李　雯）

小面馆的温暖一餐

北京广播电视台 ■ 苏 婉 赵明聪

本篇为视频报道，限于篇幅，文字稿从略。作品请扫描二维码观看。

（北京交通广播视频号 2025 年 1 月 30 日）

采访感言 CAI FANG GAN YAN

采访那天是腊月二十六，春节快到了，北京很冷。推开餐馆的门，杨勇正和员工们一起吃早饭。迅速吃完，收拾好碗筷，杨勇钻进后厨，站在灶台前，熟练地开火、颠锅、翻炒。这区别于我们采访之前对于他的"饭馆老板"的想象，于是发出惊讶的疑问："您还会炒菜？"

忙完开店前的准备工作，杨勇终于得闲坐下和我们聊天。1994年，21岁的重庆小伙攥着300块月薪，在京城某个饭馆后厨打杂。头回拿菜刀就切了手，布鞋7天磨穿底，这些细节从他嘴里讲出来时，还带着热乎气。

在杨勇的店里，一张"爱心套餐"的红牌子在暖光灯下格外醒目。杨勇的规矩简单：不问缘由，不要证件，只要说出这4个字，就能吃上热乎的炸酱面。采访中，杨勇反复强调的"体面"二字，恰恰是这个时代最珍贵的善意。当受助者与普通食客共享同一片灯光，当快递员能在寒冬接杯热水，这些细微处的尊重，真的暖人心。"只要店开着，爱心套餐就会做下去。"100多份免费餐食背后，是一个异乡人对城市温度最朴素的诠释。

春节的灶火映红了他的面庞。30载春秋，只回过一次重庆老家的杨勇，把团圆的味道留给了更多不能归家的人。当他说起大年三十的公交车司机、环卫工人时，我们明白，正是千万个"杨勇"的坚守，才让节日的万家灯火有了温度。

采访过程中，饭馆里的客人、取餐的外卖员来来回回，翻炒声、谈笑声、碗筷碰撞声交织成最动人的市井交响。希望每个努力生活的人，永远有一餐温暖的饭。

（苏　婉　赵明聪）

病家为啥把家门钥匙交给他？

新民晚报 ■ 左　妍

静安区彭浦镇社区卫生服务中心的明星家庭医生严正，过完年就要52岁了。人到中年，他还在一线工作，就像刚毕业时那样。

严正来去如风，说话速度快，看着不太"沉稳"；可面对自己的病人，他又事无巨细，每个老人和家属都忍不住夸他："阿拉严医生老好额！"

节前最后一个工作日，记者又与严正相约。这是记者第二次在春节前跟严正出诊，记录申城家庭医生的一天。

两位劳模每周碰面

早晨气温接近0摄氏度，寒风刺骨。上午8时30分，严正已经为"小电驴"充好了电。

"我换车啦，这辆续航久一点。"和上次一样，严正还是穿着那件蓝色的薄款滑雪衫，外面裹着白大褂。和两年前相比，他的头发更少也更白了。用帽子包住头，戴上头盔，出发。

骑电瓶车很冷，但再冷也要上门。第一户人家是住永和路的尤老伯，78岁。尤老伯是全国劳模，严正认识他的时候还是年轻医生。"学习劳模，结对就认识了。"后来，他自己也成了劳模，尤老伯成了他的家床病人。每周，两位劳模都要碰面的。

"尤老伯换过好几位家庭医生，最后兜兜转转又到了我手里，是缘

◆2025年1月27日，严正（右）在为尤老伯做检查　左妍/摄

分。"严正完全掌握了尤老伯的脾气，两个人说说笑笑，既是医患，亦是朋友。这次上门进行胸腺五肽的肌内注射、量血压、听心跳、搭脉搏……

虽然都是老病人，但严正总能发现新问题。"额头怎么破了？"他看到尤老伯额头上有块破皮，关切地问。得知尤老伯只是不慎擦伤，并无大碍，这才放心离开。

老病人家焕然一新

"接下来去的这家，上次你也去了。等会儿你看看有啥不一样！"在万荣小区停好电瓶车，严正给记者卖了个关子。

爬楼，在一扇灰色铁门前，严正从口袋里摸出钥匙，开门进去。

严正有个名字叫"钥匙医生"，因他累计收到过31户人家的共计58

把钥匙,其中51把钥匙如今被国家博物馆展览收藏。

"严医生好啊!左记者,你也来啦?"徐阿姨从床上探出头来,热情打招呼。徐阿姨74岁,老伴丁老伯82岁,都是严正的家床病人,认识严正20多年,家床服务7年。

上一次来,丁老伯因摔跤伤了腰椎,只能卧床;这一次来,他坐在床边,严正给他做常规检查,情况还不错。倒是徐阿姨的一条老烂腿,一直都是严正的心病。

"脚裂开了,疼,严医生你看看。"徐阿姨说。

严正替徐阿姨脱下袜子,把她的两只脚挨个抬起检查。一条老烂腿不好走路,脚不落地发力,脚倒是相对清爽;另一只脚承担了徐阿姨整个身体的重量,已扭曲变形,穿不进鞋,脚底皲裂发炎,一碰就疼。

严正给徐阿姨的脚一层层上药,晾干,再穿上袜子。他认真的模样,就像修复文物一样。

◆2025年1月27日,严正医生在给徐阿姨查体　左妍/摄

两年未见，徐阿姨家变样了。过去昏暗凌乱，如今焕然一新。白色的家具整洁明亮。女儿还在房间里装了几个摄像头，生怕老两口在家摔倒。徐阿姨说："去年重新装修过了，总算有个家的样子了，欢迎你明年再来！"

"钥匙"为啥越来越多了

一上午，记者跟随严正走访了5家人家。孙阿姨骨折手术后下肢深静脉血栓，血栓脱落至脑部形成脑梗，她长期卧床，又是癌症病人。孙阿姨的儿子告诉记者，"我妈最信任严医生。不论严寒酷暑，严医生总是准时上门，换谁能做到这样！"

还有一位杨老伯，是严正临时"接单"的，上门换导尿管。这本不是他的分内事，但快过年了，为了让护士姐妹早点休息，热心肠的严正顺手就把活儿揽下了。

一路上，不断有人跟严正打招呼。"那个阿姨是居委会主任；这个爷叔是我以前的病人家属。他父母都离世了，他自己也要80岁了。"这片区域，严正已经走了上万遍。

"我现在家床病人有20多个，每周至少上门一次。有的病人离世，子女也签约在我手里，我服务的居民有的已经是第四代了！"严正说。

忙完一上午，严正回去把处方录入系统，下午再送药上门。工作30年，他依旧是那个微信名叫"为人民服务"的"钥匙医生"。居民把自家大门钥匙放心交给他，而他则把一颗真心毫无保留地交给居民。

你现在手里有几把钥匙？面对记者的提问，严正笑说："我手里的钥匙越来越少了，但也可以说越来越多了。因为金属钥匙逐步被电子钥匙取代，可以刷脸、扫码、按密码进小区、楼栋和家门，更方便了！"

上海是国内较早进入老龄化的城市，严正的日常工作主要也是服务老人。这些年，他见证建设"老年友好型社区卫生服务中心""五床联动""65岁以上老年人免费体检""老年人流感以及肺炎疫苗接种""延伸处方配送上门"等举措在社区逐步开展、推进。在他看来，不仅是手中的钥匙变了，为居民服务的办法，也因技术的进步、政策的优化，而变得更多样和便捷。

（《新民晚报》2025年1月28日）

采访感言 CAI FANG GAN YAN

我认识严正10年了，采访过他好几次。他没有"升官"，依然还是那个奔波在一线的医生。2025年春节前夕，我在接近0℃的寒风中跟随严正医生上门出诊；2023年的农历新年前夕，我也曾跟随他一起走街串巷。

时隔两年，从我的眼中看去，有变，也有不变：严正的头发更白了，皱纹更深了，小电驴换了，他的一身衣服没换，手里的拎包也没换，甚至连说话的方式，依然保持着10年前的模样。他依然是那个微信名叫"为人民服务"的好医生。

在尤老伯家，两位劳模的谈笑风生里藏着30载的默契；徐阿姨焕然一新的家中，那被严医生捧在手中仔细检查的双足，凝结着超越血缘的牵挂。在采访过程中，我触摸到了基层医疗最本真的模样——在一次次俯身倾听、抬手叩门的细微处，给社区居民最温暖的关怀。

科技进步可以优化服务形式，严正手里的"钥匙"少了，但他能开启的门却更多了。他依然是那个受人尊敬的"钥匙医生"。在老龄化日益严重的上海，严正医生的工作意义非凡。他是社区居民健康的守护者，他的钥匙，不仅是打开居民家门的工具，更是丈量医患信任的标尺，也是一个时代对"医者仁心"最温暖的诠释。

（左　妍）

长江上的免费"公交"

安徽广播电视台 ■ 宣 琦　金 淦
池州广播电视台 ■ 杨海波　杨 峰
铜陵广播电视台 ■ 王齐璟

本篇为视频报道,限于篇幅,文字稿从略。作品请扫描二维码观看。

(安徽广播电视台《安徽新闻联播》2025年1月31日)

采访感言 CAI FANG GAN YAN

小年刚过，腊月里的长江裹着料峭寒意，安徽省铜陵市枞阳县的凤仪洲南洲渡口却蒸腾着人间烟火。作为参与2025年"新春走基层"活动的记者，我在这里蹲守采访，跟着免费渡轮在江心洲与市区之间往返穿梭，终于懂得了什么是"四力"落地生根的答案。

交通的迅速发展，让人们出行日益方便，然而对于生活在江心洲上的群众来说，乘坐渡轮过江，依然是他们的"最优解"。2024年2月，为了做《你好，长江》的直播，我曾经走访过池口港，对这艘来往于江心洲和市区的渡轮有了初步的了解，菜农们挑着新鲜蔬菜排队渡江的场景给我留下了特别深刻的印象，那种冒着热气的现场也很有感染力，所以2025年在做"新春走基层"活动选题的时候，我就想到了这艘长江上的免费"公交"，这趟穿梭于长江两岸的渡船，破解了江心洲百姓出行难题，尤其为依赖渡船通勤、就医、求学的群众减负增效。航线设计贴近需求、班次安排科学灵活、安全服务细致周全，处处体现以人为本的治理理念。它不仅是一条便捷的水上通道，更是一座连心桥，承载着民生温度与发展智慧。

免费渡轮的背后，是地方政府将财政投入向民生短板倾斜的决心。在以温情视角展现公共服务为民解忧的生动实践的同时，我们感觉到群众的出行之路不应该仅仅是一条有形的"水路"，更应该涉及老百姓从闭塞的生活环境里走出来的方方面面。就像采访中群众所说的就近的政务服务、就近的就医，都是把原先不通的"路"给打通了。所以在完成船上的拍摄之后，我们又补拍了一些政务服务中心以及医院的内容。

一江碧水，两岸欢颜。免费渡船的故事，正是"民之所盼，政之所向"的鲜活写照。这次报道也启示我们：惠民政策未必需要宏大叙事，重点在于精准对接群众"关键小事",报道也要在人间烟火里触摸时代脉搏。到一线去,到群众身边去,才能以敏锐的眼光捕捉有价值的鲜活新闻素材,写出有温度的身边故事,记录热气腾腾的美好生活,从而推出有生命、能共情的精品力作。"新春走基层"之路是一路走,一路感动;一路学习,一路收获。

(宣 琦)

无声的外卖

山东广播电视台 ■ 于兴涛　张衍峰　刘少君

本篇为视频报道，限于篇幅，文字稿从略。作品请扫描二维码观看。

（闪电新闻客户端2025年1月31日）

采访感言 CAI FANG GAN YAN

跟拍张宇飞的那天，天气正如老舍笔下的"济南的冬天"，响晴，没有风声。但外卖车一跑起来可就不是了，再和煦的天，寒气也透过护膝往膝盖骨里钻，零摄氏度的街头，唯有他在车流中显得格外安静——因为他听不见。我原以为这是一次关于"特殊群体"的观察记录，却在两天贴身的拍摄中，见证了一个生命如何在静默中迸发出惊人的能量。

起初的拍摄比较困难，宇飞总是一次又一次地消失在我们的视野里，然后在下一个红绿灯处再次会合。我们曾预设"苦难叙事"框架在这里被突破，他异常优秀，地图烂熟于心、驾驶技能卓越、每单准时送达，我们改成"记录真实的听障骑手"，即使上帝为他关上了"声音"这扇门，他也用努力为自己打开了一扇窗。

我们开玩笑说，宇飞和记者一样，工作中也是"四力"，"脚力"快速奔跑、"眼力"观察路况、"脑力"快速判断、"电力"充沛保障护航。在这次拍摄中，我们对践行"四力"做了一次深刻又全面的复习，"脚力"深入基层、"眼力"敏锐观察、"脑力"深刻思考、"笔力"传递真情，发现拍摄中的一个又一个闪光点。

但有些意外往往给拍摄增添一抹亮色，电车坏在路上后的街头疾走，宇飞给我们展现出了生命拔节向上的力量，专注的眼神、冻伤的手掌，构成关于职业尊严的生动注脚。

和女朋友秀恩爱的视频电话、抽时间回家喂猫的暖心时刻，以及春节加班攒钱给母亲换手机的愿望……真正治愈人心的不是苦难叙事，而是让每个认真生活的人都能被看见。在无声处听见生命拔节的声音，在寒冬里触摸到春天的心跳。

（于兴涛　张衍峰）

日行 3 万步　累并快乐着

广州日报 ■ 何　超　黄婉华　陈雅诗　吴　多　何钻莹
　　　　　吴子良　王钰舜　滕惠琦　王文宇　严永镇

　　永庆坊，广州的"顶流"景区之一。刚刚过去的 2025 年春节假期（1月28日至2月4日），永庆坊接待游客 109.85 万人次。高人气贯穿全年，2024 年，永庆坊到访人次多达 2000 万，春节、中秋、国庆节假日日均客流超 13 万人次。

　　每逢节假日，超大人流的涌入让永庆坊的环卫、导赏、安保等服务工作承受巨大压力。环卫工、博物馆讲解员、社区民警、交通疏导员、物业工作者等坚守在岗位，只为让市民游客有更平安、更整洁、更愉悦的游览体验。逛永庆坊时，也许你很少注意到他们，也不曾了解他们的故事，但正是这一群平凡岗位上的小人物，为永庆坊的"大流量"默默贡献着点滴力量。

春节我在岗，人潮中坚守的景区工作者

　　2025 年 1 月 30 日（大年初二）下午 2 时许，广州永庆坊人海如潮。一双穿着绿色旧军鞋的脚显得有些着急，只要人潮稍微松动，就迅速移动。随后，一个小垃圾铲、一把小扫把落地，一个弯腰，垃圾入铲，眼疾手快。

很少有人留意这双平凡的脚。这是广州荔湾区多宝街道环卫站环卫工人宋和平的脚，每天要在永庆坊走上两三万步，只为一个目标：永庆坊是广州的会客厅，路面不能有垃圾。

春节假期，永庆坊迎来游客109.85万人次。人流的涌入给环卫工人们带来不小的压力。今年，54岁的宋和平没有回四川内江老家。2024年宋和平回了老家，今年换同事回家。

大年初二，宋和平像往常一样负责粤剧艺术博物馆门前约100米的道路保洁。他一手拿着小扫把，一手拿着垃圾铲，见缝插针地扫走地上的垃圾，"在我负责的范围内，绝对见不到过夜的烟头"。

粤剧艺术博物馆内，也比平常更喧闹、拥挤。在基本陈列展厅，28岁的讲解员邓志安一次又一次地提高音量，有条不紊地开始他的讲解。

来到粤剧红船文化区域，邓志安停下来，向游客讲解"文戏演员住天艇、武戏演员住地艇"的知识；介绍粤剧名伶区域时，他甚至提气唱起了粤剧，引得游客拍掌赞叹。

邓志安的同龄人、永庆坊社区民警谢伟东则正忙着巡逻。每逢节假日，荔湾区都会启动永庆坊现场联勤指挥部，实时调动现场安保警力，以确保群众安全。当客流达到1.2万人次，实施客流四级管控措施，需简单疏导人流量，到达1.5万人次时管控升级，到1.8万人次，则再升级。

大年初二下午4时许，挂在谢伟东肩上的对讲机传来一条预警信息——永庆坊景区实时人流量达到了1.2万人次。正在巡逻的他闻声赶回指挥部，响应四级管控。

途中出现了一个小插曲。一个男孩站在粤剧艺术博物馆外广场上眼神迷茫、不知所措，谢伟东赶紧跑上前，一问才得知，男孩和他的父母走散了。他一边安抚着，一边询问男孩父母的信息，并带着男孩四处寻找，10余分钟，就和前来寻人的孩子爸爸相遇了。随后，谢伟东继续脚步匆匆往回赶。

这个假期，宋和平、邓志安和谢伟东各自坚守在岗位上，守护着76万平方米的景区。在值岗的间隙，他们也有属于自己的年味儿。年廿八下班后，宋和平特意提前做了椒麻鸡、椒麻鸭两道川菜，年廿九下班下得晚，他拿出前一天做好的菜，热一下，当作年夜饭；在新年前夕，邓志安和同事们一起录制了拜年视频，他穿着汉服用粤语、粤剧在镜头前给广大市民游客拜年；除夕当天，谢伟东抓紧干完当天的工作，晚上快8点时，他赶到家中，和家人一起吃上了一顿年夜饭。

结缘永庆坊，自豪中诠释责任与担当

54岁的宋和平来自四川，操着一口浓郁乡音，但在广州待了30余年、做了20余年环卫工作，他自认是半个广州人。在永庆坊做环卫工作，宋和平对自己的要求是，一年365天都要保持洁净。他说："中外游客来广州，多数都会去永庆坊，这里可以说是广州的门面，我要维护好广州的形象。"

邓志安则是个土生土长的广州仔。让人很难想到的是，如今在博物馆当讲解员的他，两年半前，还是写字楼里的白领。受粤剧资深"票友"奶奶的影响，邓志安从小对粤剧耳濡目染。后来，奶奶生病卧床，8岁的他为了让奶奶不用去剧场就能听戏，开始自学粤剧。从此，粤剧成为邓志安一直没有放下的

◆ 2025年1月30日大年初二，永庆坊社区民警谢伟东正在执勤
吴子良／摄

爱好，与成年后的另一个爱好——历史，拼成了朋友眼中那个"爱唱粤剧、爱逛博物馆"的他。

邓志安大学学的是金融，第一份工作自然从事的也是金融业，枯燥忙碌的工作让邓志安有些厌倦，心中升腾起一个文博梦。两年多前，朋友发来的粤剧艺术博物馆招聘启事，成为那根点燃梦想的引线，有着粤剧特长的邓志安成功转行博物馆讲解员。今年春节假期，粤剧艺术博物馆迎来参观人次高峰，邓志安早已习惯节假日的忙碌："如果我们也休息，大家就不能来博物馆感受粤剧文化了。"

◆ 2025年1月30日大年初二，粤剧艺术博物馆讲解员邓志安正在进行讲解　吴子良/摄

每逢节假日不能休息的还有社区民警谢伟东。他的主要职责是维护社区的治安。但永庆坊是个特别的社区，这里是西关老居民区，也是商业区、旅游区，片区内有约1800名常住居民、约200户商户以及来自世界各地的游客。

"只有真正居住在这里才知道，有很多诉求需要被看到、不少问题需要被解决。"为方便工作，谢伟东在永庆坊租了房子，成为街坊们的邻居。永庆坊商业气息浓厚，噪声扰民问题不可避免；旧城改造施工可能会带来房屋震动、开裂等纠纷及安全隐患；节假日里，丢孩子、丢东西等类似警情多达几十次甚至上百次。

遇到这些情况，工作、生活都在永庆坊的谢伟东更能设身处地想到，群众在求助的时候是多么紧迫，是"等不起、慢不得、坐不住"的，也让他有动力为之奔忙。

忙碌是常态，热爱中收获成长和温情

随着假期结束，他们仨的忙碌有所缓解。不过，承压是常态。数据显示，2024年，国家AAAA级旅游景区广州永庆坊客流超2000万人次，春节、中秋、国庆节假日日均客流超13万人次。

"快的时候，一个果皮箱15分钟就满了。我压实几次后满了，收运车会来收走。有时满得太快，车都跑不过来，我就用垃圾袋收。一天收走的果皮箱排在路边，少则五六十米长，多则七八十米长。"宋和平这样形容永庆坊的人气。

"人流量大的节假日压力会更大，为了保障游客的体验感，我们要付出更多的精力和时间做准备。工作两年半，我讲解了433场，接待游客17218人次。"邓志安翻看了自己的讲解记录。

"一年到头，求助类警情特别多，有700单到800多单，还有巡逻时的群众求助不计其数。在景区内巡逻能日行超过3万步，同事有时还会开玩笑说我是在拼步数。"谢伟东说。

宋和平、邓志安、谢伟东从各自的视角感受着"顶流"景点的压力与责任。

每日凌晨5时，在永庆坊还未迎来喧嚣之时，宋和平会对保洁的路段做一次大扫，大扫用的是大扫把，新买回来的扫把枝条被他用手往两边拨开，看起来像一把伞。接下来是小扫，宋和平只用一面扫，如果两面都用，两面都弄脏，扫把头卷起来，就不好用了。

平日里，宋和平最怕一样东西——落叶。"再过一阵子，广州的三月份该落叶了，小叶榕、大叶榕落满一地的叶子，细细碎碎的，要是碰上下雨天，清扫是难上加难。"如果细碎的叶子被雨水冲到路边的缝隙里，宋和平就会拿出"看门法宝"——一根烧烤穿肉用的"U"形铁叉，斜着撬缝隙，将细碎的叶子撬出来，再清扫干净。他说，希望游客也能爱护环境，一起努力把永庆坊维护得更加整洁美丽。

当了两年半讲解员的邓志安，慢慢摸索出因人而异的讲解方式。遇到粤剧"发烧友"，他会在讲解粤剧名伶时，挑选一两位的代表作唱上几句，讲解搭配唱腔更生动；遇到对粤剧相对陌生的青少年时，他会设计一些互动环节，通过问答来提升对方的兴趣；面对外省游客，他会将粤剧和对方的家乡戏曲联系起来，比如越剧、黄梅戏等；面对对中国文化、粤剧文化兴趣浓厚的外国友人，他则会做一些深入讲解，还会提及粤剧中融合中西文化的部分，如粤剧有时会使用小提琴等西洋乐器伴奏……

"让我印象最深刻的是，有一回接待外宾，当对方在讲解粤剧唱腔的区域参观时，我提醒他可以佩戴耳机听粤剧腔调。对方戴上耳机，不一会儿身体自在地舞动起来。艺术是无国界的，哪怕对方听不懂粤语、粤剧，但他仍然能用自己的方式感受粤剧的美妙。我也从中深深感受到做一名文化传播者，推广粤剧文化是一件非常有成就感的事。"邓志安认为，如果只是为了混口饭吃，做任何工作都会厌倦，但若能在工作中找到成长和价值，就会累并快乐着。

被遴选为社区民警之前，谢伟东是一名特警。相比追凶破案的警察、处置突发的特警，谢伟东形容自己现在的工作更像是"居委会大妈"，要调解家长里短的纠纷、回应群众的急切求助。3年前，他调岗来到永庆坊当社区民警时，师姐叮嘱他"做社区工作，嘴巴要甜"。现在，谢伟东走在路上，习惯热情地和街坊打招呼，喊一声"叔""姨"，拍一拍肩膀，他还会在聊天中告诉他们最近的受骗案例，让街坊边听故事边学防诈方法。

谢伟东分享道："你知道吗？从年初一晚下班到年初二早上班前，我都在回复街坊通过微信发给我的新年祝福，他们会写祝福谢警官……让我挺触动的。"

当下，永庆坊正探索历史文化街区微改造及活化利用的新路径，打造"文、商、旅、创、居"融合的老城市新活力示范街区。而无数平凡人，在日复一日的工作中，积累点滴经验、收获职业价值，成为服务永庆坊"大流量"、推动加快实现老城市新活力的平凡英雄。

"顶流"景区中他们的坚守

2025年春节假期（1月28日至2月4日），永庆坊接待游客109.85万人次。高人气贯穿全年，2024年，永庆坊到访人次多达2000万，春节、中秋、国庆节假日日均客流超13万人次。

永庆坊是广州的会客厅，路面不能有垃圾。在我负责的范围内，绝对见不到过夜的烟头。

——多宝街道环卫站环卫工宋和平

为了保障游客的体验感，我们要付出更多的精力和时间做准备。工作两年半，我讲解了433场，接待游客17218人次。

——粤剧艺术博物馆讲解员邓志安

一年到头，求助类警情特别多，有700单到800多单，还有巡逻时的群众求助不计其数。在景区内巡逻能日行超过3万步，同事有时还会开玩笑说我是在拼步数。

——永庆坊社区民警谢伟东

（《广州日报》2025年2月6日）

采访感言 CAI FANG GAN YAN

人民是历史的创造者，记录一个个平凡英雄，就是记录时代。2025年的"新春走基层"活动采访，我们决定让平凡人站在聚光灯下，将凡人微光放置于镜头前，聚焦在3位坚守岗位的普通人身上。

坚守在节假日的岗位，这个题材并不新，但走近每一个普通人，都有鲜活的故事可挖。围绕"每个人都是主角"内涵，采编团队在大年初二走进广州"顶流"景区永庆坊。

永庆坊，多见于旧城微改造、文商旅活化的叙事之中，媒体惯用"游在景区"的游客视角。但追问"顶流"景区背后的运转秩序、贴近"住在景区""工作在景区"的人，我们发现了汇聚"顶流"魅力的涓涓细流，即服务永庆坊的一群平凡人在平凡岗位上闪现的智慧、付出的努力。如环卫工宋和平扫地有独创的"三大绝招"；社区民警谢伟东和居民打交道有自己的小技巧；讲解员邓志安在传播粤剧文化时有独门讲解方法。

我们还发现，一个个小绝招、小办法，源自这些普通人的人生信条和智慧，源自对这座城市的热爱。这场城与人的双向奔赴，讲述着人民的主体性和"人民城市人民建，人民城市为人民"的生动实践。

采编团队将这些接地气、冒热气的新鲜素材，谱成了一支温暖的"凡人歌"。在这些贴近群众的故事里，读者见人见事甚至见自己，找到了自己，激发起对城市的热爱、对时代的参与感。

（何钻莹）

感恩社区的"老妈妈"

四川广播电视台 ■ 郭雪婷　王茂羽　王　琰　贾晶云　杨　赛

凉山传媒 ■ 沙玛沙勇

越西融媒

本篇为视频报道，限于篇幅，文字稿从略。作品请扫描二维码观看。

（四川广播电视台《四川新闻联播》2025年2月12日）

采访感言 CAI FANG GAN YAN

在四川凉山州越西县城北感恩社区的党群服务中心，看着盛装打扮的彝族孩子嘴角上扬，簇拥在10米长的生日蛋糕前，耳畔响起"快乐成长"的祝福声，我忽然发现，自己找到了易地扶贫搬迁"安居乐业"的一个生动切片。

5年前，这群孩子或许还在高山上遥望云海，如今他们已然能在明亮的社区活动空间里享受生日仪式感。这10米蛋糕，不仅承载着150个家庭的幸福，更丈量着从"生存"到"生活"的跨越。

跟随社区书记莫色伍加木穿梭在楼宇之间，听她讲述从曾经挨家挨户遭遇闭门羹，到如今停车位供不应求的甜蜜烦恼；从20个岗位仅招到两人的窘迫，到2600余人稳定就业的底气。这位自称社区"老妈妈"的28岁姑娘，用满布茧痕的双手，织就着6000多人的安居乐业图景。

在我们的镜头里，她一直都是素面朝天："我都没时间打扮，你们播出时要给我加个美颜哟！"那些沾着晨露奔忙、披着星辉归家的日子，早已为她晕染出世间最美的"妆容"。此次蹲点报道最令人动容的，是我们见证了生命状态的蝶变！在"老妈妈"的帮助下，越来越多的社区居民掌握一技之长，变得越来越自信、开心——呷铁西尔从瑟缩的残疾母亲蜕变为创业带头人，马海阿支的绣花针织出电商新天地，潘阿各的包子铺蒸腾着自立自强的热气。这些何尝不是中国脱贫攻坚成果的缩影？当无数位"伍加木"在社区奔走，当千万"呷铁西尔"在改变中觉醒，乡村振兴的史诗便有了最鲜活的韵脚。

（贾晶云）

一名女村医的蛇年春节

成都商报红星新闻 ■ 张　杨

每天从早晨 7 点多卫生院开门，一直忙到晚上 11 点半，凌晨才上床睡觉……2025 年春节，对四川万源市大竹中心卫生院临河分院的村医冉甦秀来说，是一个忙碌的春节。

因同事家中有事，她从除夕一直值班到正月初十，连续 11 天，几乎每天从早忙到晚。虽然卫生院距自家仅有 3 公里，但因看病群众多，她一直住在卫生院。除夕当天中午，她抽空赶回家和丈夫、儿子吃了一顿团圆饭，前后不到半小时，又有病人打电话找她……

近日，红星新闻记者前往万源市大竹中心卫生院临河分院，刚好目睹了冉甦秀现场救人，并采访了解到一名村医的辛苦不易。在这个乡村卫生院工作多年，冉甦秀已有很深的群众基础，深受群众信任，当地老百姓看病都找她。对于她工作的忙碌，丈夫谢先生也表示理解，因为他也是学医的，知道这个职业几乎没有固定作息，也支持妻子坚守卫生院守护村里老少的健康。

对于自己的选择，冉甦秀说："只有山里人更能懂山里人，农村老人到医院看病不容易，所以农村基层医疗保障很有必要，自己刚好正在做这个工作，要做就做好。"

忙碌的一天　女病人突然休克　她紧急抢救一小时

万源市大竹镇临河村位于两山之间，一条百米宽的大河穿村而过，街道临河而建不到 1 公里长，大竹中心卫生院临河分院正好在街中间。春节期间，前来看病的群众来来往往，村医冉甦秀每天都从早上一直忙到晚上 11 点半……

2025 年 2 月 5 日，正月初八，红星新闻记者来到临河分院时，49 岁的医生冉甦秀正在和一对母女对话，给女孩治病。女孩母亲介绍，女儿头天重感冒不吃不喝，眼睛睁不开只想睡觉，特意来找冉医生看看，结果查出是流感，4 日输液后有所好转，当天来继续输液。

冉甦秀兑好药后为女孩输上液，这时，一对中年夫妻前来问诊。女病人姓陈，丈夫陪她来看病。冉甦秀一看陈女士就说："你脸好白，是不是老毛病又犯了……"陈女士的丈夫称，妻子就是感觉不舒服，想吐又吐不出来，出冷汗，肚子还疼……

冉甦秀问陈女士吃了什么东西？陈女士表示，中午就吃了一些凉菜，没吃其他东西。对症下药后，冉甦秀忙着为陈女士输液，时不时问她："晕不晕，要不要输氧？"

几分钟后，她再次问陈女士，陈女士一边打哈欠一边说不晕，冉甦秀感觉不对。一句话没说完，陈女士突然趴在桌子上，休克了。冉甦秀急忙拉来制氧机为陈女士输氧，在大家帮助下将其扶到旁边沙发上躺下并盖上被子，之后又继续给她输上液……一个小时后，陈女士脸色逐渐好转，冉甦秀又用电饭煲煮了一锅稀饭，盛上一碗给她。

直到这时，冉甦秀心里的石头才落地。她告诉红星新闻记者，2024 年春节期间，陈女士也是这种情况，休克了，幸好她及时赶到陈女士家中，一个人忙了两个小时，才将其抢救过来，晚上 12 点才回家。

因为有了上次的经验，冉甦秀担心她这次休克再导致血管痉挛，先给她输上了液。她表示，山里卫生院条件不比城里大医院，关键时刻只有抢先一步才能挽回人的生命。

之后，冉甦秀对陈女士夫妇说："去年发病后就给你们提过，到城里大医院做个全面检查，看看是哪里不对……"但陈女士后来并没有去检查。这一次，她希望陈女士夫妇引起重视，到大医院检查一下。

当晚，陈女士一直在卫生院待到晚上11点半才离开。冉甦秀打扫完卫生后，忙到凌晨才关门休息。

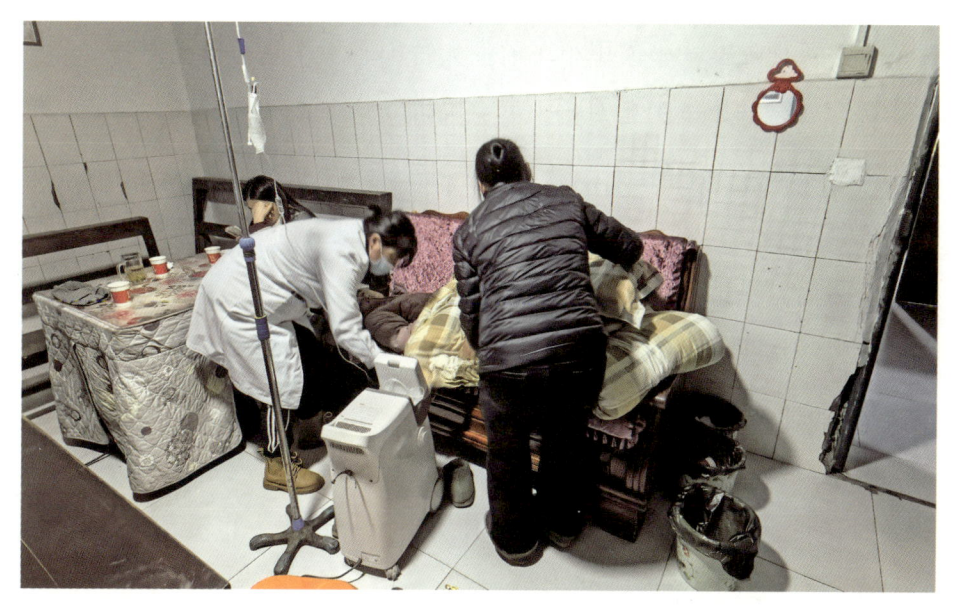

◆ 2025年2月5日晚上6点44分，万源市大竹镇卫生院临河分院，冉甦秀抢救病人　张杨/摄

凌晨接到电话　村民喝下除草剂　救人忙到早晨6点

2025年2月6日早晨，冉甦秀刚开门不久，陈女士又来到卫生院输液。临河村并不大，她在医院休克被抢救的事情很快就传开了。上午9点多，红星新闻记者看见她面色好转，询问她的情况，她笑着回答："好多了。"

除了陈女士的休克事件，抢救喝除草剂的村民陈某华也让冉甦秀紧张了一回。

如今已出院的陈某华称，自己因催账未果想不通，2月3日凌晨吃了头孢喝了酒后，又喝下了除草剂。家人将其找到时已是凌晨4点多。

冉甦秀向红星新闻记者回忆，她是在睡梦中突然接到陈某华妻子的电话，对方说陈某华喝了除草剂，请自己去救人。但临河分院医疗条件不行，只有向大竹中心卫生院转院洗胃。

大竹中心卫生院值班医生李洁介绍，当天刚好救护车出去拉病人还没回来，家属最好尽快将人送来，以免耽误救治。

冉甦秀让陈某华坐家里小车前往大竹中心卫生院，自己则骑着摩托车率先到该院与李洁医生对接，尽量为陈某华争取救治时间，待陈某华一到卫生院就直接洗胃。

陈某华妻子介绍，当天凌晨洗完胃之后，已是5点多。在征求冉甦秀的意见后，陈某华直接转入万源市中医院治疗。

冉甦秀忙完回到临河分院，已是早晨6点多，她稍作休息后，又打开卫生院大门开始一天的工作……

因抢救及时，陈某华挽回了一命，现已出院。他表示，很感谢冉医生及时帮忙。对此，冉甦秀却称，其实自己一路跟去也没帮到什么忙，只是在心理上给了他们一些安慰。

迟来的团聚　值班11天终于回家　安心和家人吃了顿饭

2025年2月7日，同事陈先生到岗，冉甦秀从除夕开始连续值班11天后，终于回到3公里外的家中。

她告诉红星新闻记者，终于可以回家和家里人团聚了。当天中午，她炖了一锅羊杂萝卜，安安心心地和家人吃了一顿午饭。

对于冉甦秀春节值班，丈夫谢先生表示能理解，因为他们是学医时的校友，只是自己现在已转行，他能明白这个职业的辛苦。

20世纪90年代，从达州市中医药学校毕业后，谢先生参军入伍，冉甦秀也去了北京工作。1999年，谢先生退伍回家后当了12年村主任，之后外出打工。2000年，冉甦秀也从北京回到达州万源老家，成为一名村医。后来，相恋多年的两人结婚成家，生育一子。2015年，冉甦秀通过自己的努力考入大竹中心卫生院，后来分配到临河分院工作。

冉甦秀介绍，目前，临河村老人和小孩比较多，中青年都外出务工挣钱，一年到头只有节假日回家。春节期间，外出务工的村民回家，患流感的病人也增多，一天忙得饭都吃不上。有时，一桶方便面就解决一顿午饭，"2月4日，忙到下午4点才吃了口方便面"。

丈夫谢先生称，这个春节，一家人在一起的时间并不多，儿子腊月二十七回家，他腊月二十八回家，一家三口难得团聚，但因务工村民回家，看病的村民也增多，妻子从早忙到晚，只在除夕赶回来吃了个午饭，差不多半小时就有人打电话来看病，她急忙放下碗筷又赶回卫生院。

谢先生向红星新闻记者介绍，他在宜宾一家公司上班，儿子刚大学毕业在昆明工作，由于妻子工作忙，平时是他和父亲在照顾瘫痪的母亲。原本正月初八或初九，他就要回宜宾上班，考虑到夫妻俩聚少离多，想在家里多团聚一下，他已改为正月十六回宜宾上班。

"只有山里人更能懂山里人" 常上门为老人看病 力所能及做好农村医疗保障

相关部门数据显示，临河村户籍人口3662人，常住人口2510人，实际在家的合计2000人左右。其中，65岁以上老人1198人，6岁以下儿童663人，高血压患者155人，糖尿病患者119人。

冉甦秀告诉红星新闻记者，村里老人较多，年轻人在外务工几乎不在家，2024年村里患者开始增多。

临河村距大竹镇约有10公里，因有些老人住在大山里，交通不方便，看病就医只有大竹中心卫生院临河分院最近，这个乡村卫生院也为附近的老人提供了基础医疗保障。

"只有山里人更能懂山里人,农村老人到医院看病不容易,所以农村基层医疗保障很有必要,自己刚好正在做这个工作,要做就做好。"冉甦秀说,临河分院承担了临河村周围山里老人的看病需求,她还常常上门为老人看病。因为有些老人行动不方便,就医确实困难,上山1个多小时,下山1个小时,只有打电话联系医生出诊,她就骑着摩托车上门看病。虽然辛苦,但她表示,只要对病人有帮助,自己就力所能及地做好服务。

(红星新闻客户端 2025 年 2 月 14 日)

采访感言 CAI FANG GAN YAN

四川万源市大竹镇北邻陕西,东邻重庆市城口县。临河村原本是万源市的一个乡,后因撤乡并镇之后并入万源市大竹镇,原来临河乡卫生院改名万源市大竹镇卫生院临河分院。地处偏远山区,农村群众医疗条件受限,作为一线女村医冉甦秀在临河分院工作多年,和当地村民打成一片,每天奔波在基层卫生事业上,深受当地群众信任。

2025年蛇年春节,冉甦秀更是一直住在卫生院,连续值班11天为村民看病,连除夕都没与家人团圆,受到当地许多人的赞扬。记者得知此事后,于正月初八前往大竹镇临河村蹲点采访冉甦秀,现场看到了她为多位村民治病的全过程,并走访其家属,以及多位患者、村民和卫生院工作人员,也现场感受到了一名女村医扎根基层,为人民服务的实际行动与赤诚之心,让人动容。

她的故事,其实也是全国基层村医的一个典型缩影,作为一名党的新闻工作者,就是应该贴近群众,记录真正为人民服务的基层工作者和劳动者。

(张 杨)

装不满的背篓　道不尽的乡情

英大传媒集团 ■ 刘芳芳　李　毅　尹冀娜　单文忠

河北灵寿县，群山苍莽。深山里，有一个"送货电工"，他的故事感动了很多人。2025 年 1 月 16—17 日，记者走进位于太行深山区的木佛塔村，寻访"中国好人"——邢海明。

今年 55 岁的邢海明，是灵寿县供电公司南营服务站台区经理。他 35 年如一日，在工作之余义务为留守老人跑腿送货，用一片赤诚之心温暖了山区群众。

装在小背篓里的乡情

木佛塔村海拔近千米，138 户 380 人分散居住在 9 个自然庄，留守老人居多。这些自然庄距山下的乡中心约 8000 米，镶嵌在蜿蜒、狭窄的盘山路旁，被人们称为"72 拐"，没有小卖部，老人们出趟门很不容易。

35 年，30 余万千米行程，邢海明走遍村庄的每一个角落。一个背篓，一辆摩托，他上山时替村民采购用品，下山时帮忙捎带山货；一个工具包，一双绝缘鞋，他爬山巡线，挨家挨户检查用电情况；一个账本，一部电话，他把乡情记在本上、放在心头……

这些年，邢海明骑坏了两辆机动三轮车、两辆摩托车，自编的背篓用坏了十五六个。他的工具包里，那册卷了角的"服务账本"密密麻麻

◆ 邢海明骑摩托车前往木佛塔村　胡国秋／摄

地记录着村民们的各类需求；他的电话号码成为老人们手机里的一键拨号，只要老人有需要，他随叫随到。

"邢师傅来啦，酱油、醋各4小桶，盐9袋，炖肉调料3份，总共103元，收你100（元）。"知道邢海明是为山里的老人采购，超市老板邢慧芳每次都算最低价还要抹零。

2025年1月16日，天还没亮，邢海明就骑着摩托车出了门，来到南营乡的集市。他先是从粮店买了15斤江米、10斤黄米，连同蒸年糕所需的9斤红枣，一起送到磨坊，并叮嘱磨坊师傅磨细点，下午下班后再来取。木佛塔村的王秀灵老人每年春节都要蒸一大锅年糕，邢海明就在每年春节前帮老人采购物资。

账本里，邢海明这天的任务还有：上水泉溪自然庄，给王梅云大娘送咳喘药；下水泉溪自然庄，给石成林大爷送降压药；阎王鼻子自然庄，给高二贵老人送酱油、醋……看看手表，上班时间要到了，"这些事儿中午抽空再弄，先去上班。"邢海明说完便骑着摩托车驶向南营供电服务站。

清晨，邢海明骑着摩托车，背一个装着野蘑菇、土鸡蛋等土特产的大背篓，送到山下镇子的商店去售卖。傍晚，还是这条山路上，邢海明骑着摩托车，背上的大背篓装着带给老人的油、盐、酱、醋和日常用药。

这"一送一带"，让邢海明成为乡亲们最想见到的"亲人"。2024年，邢海明被评为"助人为乐"类的"中国好人"。

邢海明告诉记者："我第一次帮老人捎带的是火柴。那是在1990年，我帮村里的五保户邢连忙安好灯泡后，他有些不好意思地说，家里没火柴了。于是，我就抽空下山帮老人买了火柴。"邢连忙眼含热泪的道谢深深触动了邢海明，他决心为这些老人做更多事。

从此以后，邢海明便踏上了这条义务"跑腿"路。

点亮山区心灯的真情

扫尘、祭灶、吃饺子……进入腊月后，家家户户忙里忙外，年味儿渐渐浓起来，山下的锦绣大明川景区也正式开启冬日旅游活动。

"半个月前，我们启动了6台造雪机，打造了一个3万平方米的人工雪场。"景区负责人丁凤菊介绍，主题廊灯、花车巡游、年货大集、民俗体验等30多个娱乐项目都需要更可靠的电力保障。

"这几天来冰雪大世界玩的人越来越多，我们的供电服务一定要跟上。"2025年1月17日，邢海明和同事王存槐来到大明川景区，巡检供电线路和配电室。近年来，灵寿县以清洁电力赋能"新文旅"，从交通、餐饮、住宿等方面入手打造全电景区。

"现在还不是旺季，民宿的入住率都能达到80%以上。"王家大院民宿老板王建勇一边经营民宿，一边在景区找了份管家工作，每月工资3200元。和他一样，在景区务工做厨师、园丁、保洁等工作的都是周边村庄的村民。"乡村美了，钱包鼓了。"王建勇很满意现在的生活。

"电源接线不能靠近煤气灶、烧烤炉。""电器设备的接地保护要经常检查。"这几天,邢海明重点检查每一户农家乐的用电情况,讲解安全用电知识,强调电器设备的操作注意事项。

除了服务客户用电,邢海明和同事还负责10千伏654漫山线、644南营线、651五岳寨线三条线路的日常巡检工作。山区线路维护、故障抢修难度大,邢海明经常攀爬在崇山峻岭之间,有时候要借助开山刀才能在丛林中前行。

"电是乡亲们生活生产的基本保障,我苦一点累一点不算啥,绝对不能耽误群众用电。"邢海明说。

记在账本上的亲情

离开大明川景区,记者跟随邢海明来到团泊口村,目标是"小谷支书"。

"我们的农产品不愁销路,直播间高峰时段1小时能卖近2万元的货。""小谷支书"直播间的谷海涛热情地介绍。

"小谷支书"是团泊口村党支部书记谷海涛在抖音、快手等网络平台注册的账号。作为村里的致富带头人,谷海涛又建立了乡村振兴电商直播实训基地和灵寿县太行甄选电子商务公司,培训村里的年轻人组成直播团队,销售山区的腌肉、菊花、核桃、茶叶等农产品,帮助村民提高收入。

"近几天的订单不断突破,全网粉丝已超过30万,咱们这线上生意做得可红火啦!"谷海涛几乎每天都在直播基地推介周边几个村子的土特产。

为助力乡村特色产业发展,确保直播基地"年货节"期间用电安全稳定,邢海明和同事定期到基地巡检线路和设备,及时消除安全隐患。

农村电商是乡村振兴的新引擎，一头连着农民增收，一头连着产业发展。谷海涛拿出木佛塔村的账簿，迅速点击计算器：总共24家，当前货款9.56万元。邢海明用手机对着账簿拍了照，小心将货款收好。

"腊月二十六，年货节结束，你来一趟，把尾款给乡亲们带回去，过个好年。"谷海涛笑着对邢海明说。

(《国家电网》2025年第2期)

采访感言 CAI FANG GAN YAN

年年走基层，岁岁有新事。2025年1月16日，我来到位于太行深山区的河北灵寿县木佛塔村，探访"中国好人"——邢海明。邢海明是灵寿县供电公司南营服务站台区经理。他35年如一日，在工作之余义务为村民跑腿送货。

连续两天的采访，我走进10余位村民家中，采访村民的日常生活以及邢海明背着背篓、骑着摩托车，帮大家带土特产去山下卖，又捎带日用品上山给村民的事迹。我还跟随邢海明到团泊口村，了解村党支部书记直播带货帮助村民致富的案例。

从一名电工的志愿服务故事，我直观地感受到村子的变化：开发全电景区，"新文旅"红红火火，民宿、农家乐等呈现欣欣向荣的发展态势；村党支部书记带头经营直播带货，"小谷支书"带动周边几个村子的土特产畅销……一幅新时代乡村振兴的画卷栩栩如生。

基层是"第一现场"，也是观照社会进步的最佳视角。这些典型人物，他们是平凡的，但他们用实实在在的奉献，让群众感受到温暖和美好。他们的事迹，让我们相信，总有一些人在默默地付出，用自己的力量改变着世界。一路走一路感动，一路写一路收获，"新春走基层"报道讲述着无数普通人的奋斗故事。让我们用深情的笔触勾勒出时代变迁的轮廓，踏遍人间烟火，领略生活百态。

（刘芳芳）

情满春运路

40 秒的团圆　只为多看你一眼

中央广播电视总台 ■ 马丽君　张鹏军　李璟慧　张亚伟　陈逸哲　曲建鹏

本篇为视频报道，限于篇幅，文字稿从略。作品请扫描二维码观看。

（央视新闻客户端 2025 年 1 月 24 日）

采访感言

《40秒的团圆 只为多看你一眼》用不到两分多钟的时长，获取了过亿阅读量。这场特殊的团圆"刷屏"网络，成为"热搜"。在记者看来，其实短视频很"长"。

一是短视频"长"在发现。爆款视频往往具备的首要特性便是选题的稀缺性。如何拿到极致选题，比拼的是记者的发现能力。2024年出差坐火车时，我们被车窗外一群"飞檐走壁"的人吸引。原本计划推出铁路蜘蛛人的岗位奋斗故事，但主人公手机里的一段视频改变了我的想法："看一眼"这样的特殊团圆，夫妻俩婚后已经坚持了8年。他们手机里还有自拍到的透过车窗彼此打招呼的场景。就这样，我们通过挖掘，让极致的故事脱颖而出。

二是短视频"长"在内容浓缩。短视频的短，应该是一种阅读体验，而不是片长限制。《40秒的团圆 只为多看你一眼》其实是一个复杂叙事。其中一条故事线讲的是春运期间铁路桥隧工坚守岗位的故事。另一条故事线是妻子谢丹操劳家务，带孩子回老家过年的故事。两条故事线又通过"站台相聚"汇合在一起，让叙事达到高潮。这样复杂量大的情节、细节，浓缩在不到3分钟的片子里，就需要选取素材中最有冲击力的、情绪最饱满的"浓缩"信息。

三是短视频"长"在现场感强。"飞檐走壁""站台相望""回家过年"……真实生动的现场永远是打动观众的法宝。

（张鹏军 李璟慧）

绿皮车上，守护乡愁与希望

人民日报 ■ 魏哲哲

冬日严寒，挡不住回家的脚步。2025年春节前的乌鲁木齐火车站，人头攒动，春运正酣。

身穿迷彩大袄、拎着随身行李，务工人员张艳富健步如飞，"一年没回去，想家了！"

不远处，推着行李箱，还招呼着两个孩子的张冬冬一家笑容灿烂："回家过年，开心！"

站台扶梯口，乘警马婉钰迎着旅客，不时上前搭把手。车厢内，乘警长周元带着乘警巴图克西克已经完成了列车消防安全检查。

他们都奔向Z180次列车，从乌鲁木齐到北京西，从西北边陲到祖国首都，42个多小时行程，3690公里的跨越，记者跟随列车乘警组，体验春运执勤，感受时代发展，倾听群众期盼。

从一路操心，到一路温馨
变的是环境与硬件，不变的是服务与守护

13时28分，绿色巨龙准时启动……

"注意照顾好小孩！""手机充电不离人！""贵重物品收拾好！"周元带着徒弟、"90后"乘警马婉钰值第一班岗，拨开人群向前逐人逐车厢提醒巡查，双手还不时摸摸行李架，看看行李有没有放牢靠。

干了40年铁路警察，59岁的周元感慨，"现在，比较常见的警情之一，是帮乘客找手机和行李物品。"

早些年，可不是这样。很难想象，眼前个头不高的周元还曾当过人质。刚当乘警那会儿，列车超员严重，很多乘客怕起身挪动不敢多喝水，有的随身带着一年的辛苦钱，心情紧张。拥挤的空间、焦躁的情绪，列车上还曾发生乘客出现幻觉的事件。有一次，一名乘客就因此发生应激反应劫持了他人。

"我上前安抚、说服这名乘客，把被劫持的人替换下来，自己当人质。后来趁其不备，制服了对方。"周元云淡风轻地讲述着。

如今，这样"惊心动魄"的时刻，很少遇见了。

为何？绿皮车里有乾坤：窗户是封闭式的，打不开，早年爬车盗窃的现象没有了；每节车厢都安装了空调，还有了监控设备，舒适又安全。

"以往拥挤的车厢，行李占满过道，空气里都是'焦虑'，现在环境改善了，硬件提升了。"周元带着记者巡查，车厢里乘客虽多，但秩序井然。

一旁，48岁的张艳富和记者搭话，20世纪90年代末就从河南汤阴县农村老家来新疆打工，那时候每到过年回家，他都要买一大堆年货，"怀里还揣着一沓年前结算的工资，一路上捂得严严实实。"

"现在，谁还大兜小兜的！就一箱行李，都是些随身穿的用的。"张艳富告诉记者，现在挣的钱多了，线上给家人转账，很方便。家里啥都不缺，特产年货线上买，"就等着俺回家团圆呢！"张艳富感慨，"过去是一路操心，现在是一路温馨。"

周元也不闲着，每隔一会儿便带着马婉钰巡查。

快到西安站时，马婉钰提前来到6车厢，她惦记着一位特殊乘客：60多岁的王曼正一手抱着3个月大的小孙女，一手牵着8岁的大孙女。到站后，马婉钰把老人送上站台，又交代站台工作人员带老人出站。

一切安排妥当，马婉钰才又上了车，"乘车条件好了，服务群众要更细致、更周到！"

文明执法，群众参与
回家的路，也是和谐的路、温暖的路

"警官，那边路堵了，您过去看看？"

行车途中，有乘客找周元反映问题。

原来，没买到坐票的王铭，坐在了两节车厢连接处，还要看着随身行李，影响了通行。有乘客上前劝说，对方却不买账，"年纪大了，站不住！"

了解情况后，周元和对方讲道理：您坐在过道上，其他乘客怎么办？来，咱俩年纪差不多，我帮您想办法，信不信得过兄弟？

周元带王铭来到了餐车，此刻正是餐后时间段，他协调工作人员挤出一个座位，又帮着对方把行李放在行李架上。

"咱俩同岁，你讲的话我爱听，问题也解决得好！"王铭认理服气。

调解、执法等情况，全程有记录。周元指了指胸前佩戴的执法记录仪，实时拍摄，并同步上传至乌鲁木齐铁路公安处乘警支队"智慧乘务大厅"，这样的功能设置一举两得：能推动文明规范执法，还能接受场外援助。

过去，一个乘警单打独斗。如今，"智慧乘务大厅"指挥长、指挥员、刑侦队员等多名专业人员组成的队伍，实时线上研判，遇到复杂警情，可以通过执法记录仪第一时间固定证据，并向乘警传达应急处置意见。周元感慨，"一个乘警背后，是一支专业队伍24小时在线保障。"

平安和谐，离不开群众参与。上车没一会儿，乘警和列车员便分头向各个车厢发出邀约：有没有人愿意担任车厢治安联防员？

在乌鲁木齐一家商贸公司工作的张冬冬主动报名。虽然是第一次担任联防员，有关职责他记得很清楚：配合乘警关注巡查车厢治安情况；帮助旅客摆放行李；碰到需要救助的，第一时间搭把手；遇到乘客发生争执的，及时联系乘警处置……

谈及为什么主动报名，张冬冬告诉记者：这两年，他所在的商贸公司面临经营压力，但政府对企业的服务在加大，公司的发展也在向好。咱是打工人、乘车人，享受各方帮扶的同时，自己也可以是服务者，做一些力所能及的事儿，"车上环境好了，大家回家的心情都舒畅，利人利己嘛！"

一列车，1000多人，为何3名乘警就能运转有序？周元感慨，因为有群众参与，大家心往一处想、劲往一处使，"每一份微不足道却又弥足珍贵的付出，都可以让回家的路变得很温暖。"

满载乡愁，更满载希望
努力奋斗，就会有回报

这趟车上，还有很多位"张冬冬"。

"每月能挣9000块钱！"58岁的郭东科，来自陕西宝鸡眉县，在新疆库尔勒务工5年多了，虽然挂念家里的老母亲，但为了多攒钱，多数情况下，一年也只返乡一次。返乡路不易，要一大早从库尔勒出发，坐5个多小时绿皮火车，到乌鲁木齐换乘Z180次列车，到宝鸡站后，再坐2个多小时大巴，才能辗转到家。

然而，比乡愁还要多的，是郭东科对生活的乐观。儿子走出农村，在西安扎下根。女儿在新疆工作安家。爱人守在眉县老家，种了3亩多的猕猴桃，每亩年收入1万多元。郭东科说："两个孩子都争气，咱不能给孩子拖后腿，开春还要努力干！"

张艳富在乌鲁木齐一家电厂做技术工，他说，这比他 20 多年前刚到新疆打工时强多了，"那时靠体力，现在靠手艺、靠技术。"

这些年，张艳富跟着老师傅学设备维修，参加产业工人培训，工资也跟着涨，每月能拿到 1 万多元，"努力奋斗，就会有回报。"

……

一路向东，绿皮火车记录下沿途风景，也标注着无数劳动者、建设者的奋斗印迹。许多人都曾面临这样那样的困难，但也都爬坡过坎，信心坚定。

"钱包鼓鼓，还得把辛苦钱平安带回家！"列车上，乘警巴图克西克逐个车厢给乘客提醒："陌生的链接、短信，不要轻易点！""务工的老乡找活时，如果遇到交报名培训费的，一定多加小心。""接到吃不准的电话信息，随时找乘警帮忙！"

绿皮火车上，多是返乡务工者，许多乘客长时间刷手机，提醒不及时，就容易上当。巴图克西克说，为了适应新形势新变化，这两年，他们新增了防电诈、反电诈培训，目的就是守住老百姓的辛苦钱。

对乘警来说，除了苦口婆心，更多的是心细如发。

1 车 14 号上铺，14 岁男孩独自出行，需要多叮嘱；7 车有乘客饮酒，要提醒，适度饮酒，避免"上头"……马婉钰的手账本上，记满了执勤巡查中发现的各个细节，她一路上都在关注。

历时 42 个多小时，列车平安抵达北京。周元、马婉钰、巴图克西克 3 人，提前在各个车厢巡查，与列车员协调，做好老人、小孩等重点人群服务……

"到家了，来年还要使劲奔！"站台上，打工人奔向家的方向，奔向新一年的愿景。

（《人民日报》2025 年 1 月 27 日）

采访感言

登上乌鲁木齐至北京西的 Z180 次列车，42 个多小时的旅程仿佛是一幅流动的画卷，记录着春运归途的乡愁与希望，也见证着守护与温情。

在这辆绿皮车上，我们倾听乘客鲜活的故事，定格下一个个平凡个体奋斗前行的点滴。透过这些瞬间汇聚而成的画面，传递的是团圆的喜悦，映照的是旅途的平安和有序，读出的是流动的、充满活力的中国。

平安是身安，也是心安。从旅客的体验看，绿皮车的硬件升级让出行更加便捷安全；从乘警的感受看，警情减少了，列车更加安宁了……谈论身边的变化、新年的期盼，返乡者心中充满了对美好生活的信心。变的是乘车体验，不变的是平安守护者的初心。他们用专业的技能、敬业的精神，给旅客带来平安的温度，不断擦亮"平安中国"这张名片。

绿皮车上，还浓缩着无数劳动者的奋斗故事。旅客郭东科说，老家有 3 亩多猕猴桃收入不错，在外务工权益也有保障，管吃管住还报销回家往返路费。绿皮车上，像郭东科一样既有乡愁也有奔头的农民工还有很多，他们带着乡愁回家，又怀揣希望启程。绿皮车承载了乡愁和守护，承载了"努力奋斗就会有回报"的信念，彰显着普通人对生活的乐观和热爱。

作为记者，有幸在一线见证和参与，在绿皮车的颠簸中感受中国发展的速度、平安守护的温度。这趟旅程让我坚信：新征程上，平安中国、法治中国建设就如驶向前方的列车，一路向前、行稳致远。

（魏哲哲）

跟着"卡友"送年货

人民日报 ■ 孟祥夫

中等个儿、小麦肤色、戴无框眼镜，来自山东青州的朱文超见到记者腼腆一笑，"跑长途车很累，你要做好准备啊！"

一路上，记者与朱文超同吃同住，历时31个小时，行驶近1200公里，全程体验了大货车司机的工作，亲身感受到他们的"酸甜苦辣"。

"还完贷款，车就完全是我自己的了，以后赚的每一分钱都可以装到自己腰包里了"

"冻肉运费3000元，花灯运费2500元，刨去900多元高速费和1200多元油费，还剩3000元出头。"在南京卸完货，朱文超乐呵呵地说。

临近春节，年货运输忙。这一次，朱文超在一款货运平台App选择了"拼单"。在河北定州市装上冻肉后，又顺路到石家庄藁城区装了一批花灯，6.8米长的封闭车厢所剩空间不多。"快过年了，一些车队老板提前收工，路上车少了。"朱文超说。

2024年11月25日是朱文超难忘的一天。将最后一笔9100元贷款打到指定银行，他顿觉一身轻松，"还完贷款，车就完全是我自己的了，以后赚的每一分钱都可以装到自己腰包里了"。

在路上超过300天、行驶16万多公里、跑了10多个省份、赚了15万多元、还清了车贷、家底儿更厚实了……停车休息时，朱文超掰着指头一个个数着，"去年没白干"。

2022年11月，在朋友劝说下，朱文超拿出8万元积蓄，再贷款20万元买下载荷8吨的冷藏货车，运送瓜果、蔬菜等对保鲜要求高的货物。宁夏银川的葡萄、海南陵水的圣女果、内蒙古通辽的李子、山东青岛的泡菜……天南海北的货物，朱文超都拉过。

走南闯北，朱文超经历不少暖心时刻。2024年4月下旬，从河北高碑店送货到内蒙古乌兰浩特，抵达已是夜里，天下着雪，身穿卫衣的朱文超冻得直打哆嗦。客户见状，立即脱下羽绒服送给他。有时候，见朱文超没吃饭，客户就拉着他下馆子；到田间地头装瓜果，客户热情地招呼他吃，"吃不下了还让打包带走"……一路上遇到的淳朴善良，让出门在外的朱文超倍感暖心。

2025年1月21日14时许，江苏淮安刘老庄服务区，我们直奔"美食广场"。锅盔、盐水鸭、小面等美食一应俱全。朱文超来到"快乐车轮服务站"，点上38元一份的自助餐。炸鸡柳、红烧肉、紫菜汤……"服务区自助餐很好，管饱。"朱文超说，有时候忙起来一天只能吃上一顿饭，吃饱是硬道理。

除了有自助餐，服务区一般还提供热水、车辆维修、加油充电等服务，能基本满足大货车司机的需求。不少服务区还设有"司机之家"，大货车司机能免费享受淋浴休息、洗衣烘干、食品加热等服务。

"安全第一，时间太紧太急的单能不接就不接，我还把微信名改为了'我不赶时间'"

"司机朋友，您即将超时驾驶，请停车休息20分钟。"2025年1月21日凌晨，汽车驶入山东聊城高唐县境内，车里安装的北斗检测仪连续3次发出提示。"按规定，货车司机连续开车4小时要至少休息20分钟，不然，下次你一停车交警就找上门了。"朱文超说。

深夜1时许，我们来到高唐县鱼邱湖街道，路边一处空地停着不少大货车，"咱们就在这儿过夜吧。"朱文超停下车。

夜里气温低，躺在车里，冷风四面涌来，而裹着被子的朱文超很快进入了梦乡。

为了省钱睡车上，在大货车司机中比较普遍。冬天的北方地区有时夜晚气温达零下一二十摄氏度，车里的矿泉水都冻得硬邦邦的。"温度低，水温上不来，车里暖气不暖；功率不够，电褥子也不管用。"朱文超说，唯一的办法是多盖被子，硬扛。

2024年1月下旬，朱文超送货到新疆霍尔果斯，返程时在连霍高速果子沟段遭遇雪崩，道路封闭，进退不得，只能在车里苦等，好在高速路收费站的同志送来了热饭，天虽冷，也能熬下去。那一趟出车，朱文超离家整整两个多月，"赚了钱，也吃了苦"。

听广播，这是朱文超在路上养成的习惯，既驱赶困意，也对抗孤独。

困乏，是大货车司机每天都要对抗的"敌人"。送货有时限，夜里路上车少，多跑多赚钱，一些司机就加班加点，甚至没日没夜地开。"一次，我从山东出发运送鲜花到内蒙古包头，半夜困得不行，实在撑不住了，我到服务区拧开水龙头对着脑袋一顿冲，整个人瞬间清醒了，稍作休整后上车接着开。"朱文超说。

还有一天夜里，从内蒙古乌兰察布到陕西西安的路上，朱文超"开着开着看到前面出现一堵墙，赶紧踩刹车"，这一危险操作让朱文超吓出一身冷汗。从那以后，他尽量不在深夜赶路。"安全第一，时间太紧太急的单能不接就不接，我还把微信名改为了'我不赶时间'。"

朱文超选择早起跑单。这不，21日早上5点多，车已经在路上了。车窗外一片朦胧，灯火微弱。车往前开，越跑越亮堂。一路向南，路两边的绿色渐多，空气温润，人的心情也更加轻松、愉悦了。

"希望多一些关注关心，让'卡友'们安全安心"

"完了，这个服务区不让停大车。"在江苏常州卸完花灯后，我们驶向南京。路上朱文超接到货主电话，"卸货工人已下班，明早7点后卸货"。本想把车开到离市区不远的一处服务区休息，朱文超却发现该服务区不接受大货车停靠。

没办法，只得硬着头皮往前开。越向前，车流明显密集，朱文超有点焦躁。"这个桥限高4米，能过去吧？"左转路口，记者提醒他。看着旁边一辆车身更高的公交车平稳驶过，朱文超跟了上去。

"大概率得交罚款了。"朱文超有点无奈。这不是朱文超第一次遭遇限行的尴尬处境。"不少大城市对大货车限行，白天不让上路，晚上卸完货也无处可去，哪儿都不让停车。"朱文超说，2024年，仅限行罚款就交了近3000元。

限行、停车难，是大货车司机普遍遇到的难题。每到年底，不少大货车司机纷纷"吐槽"，驾照被扣得只剩下1分了，开车到陌生的地方得小心再小心。

有时候，少数货主也让朱文超觉得"不好对付"。有的太着急，"恨不得每隔10分钟就打电话问我到哪了"；有的"太小气"，把价格一压再压；还有的会在交完货后故意找碴儿，借机"扣点钱"。

一次，朱文超运送面包到指定地点，"卸货时漆黑一片，卸完货人家说少了4箱，要扣300元运费作抵押。"朱文超有苦说不出。还有一次运蘑菇，开箱验货时货主没提意见。趁卸货，朱文超到路对面吃了口饭。回来却被告知，蘑菇坏了9箱，40元一箱。"争辩解决不了问题，我直接付了360元给他。"朱文超说，这种时候说不明白，自己就只当少赚点。要是死活不让扣，对方也会找别的理由扣走部分运费。

像朱文超这样的大货车司机靠平台抢单，遭遇过"店大欺客"的无奈，也有被"算法"困住的无力感。在高碑店一处服务区，几名大货车司机就某货运平台向记者吐槽。

"现在跑一单的运费，是平台充分计算好路线后给的，甚至在哪上、下高速都给你算好了，就压到比成本线略高，要是你走错了路，没准儿还要赔钱。"

"有的客户不愿支付高速费、等候费、搬运费等费用，平台也不帮忙争取，得自个儿想办法。"

…………

大家你一言我一语。"希望多一些关注关心，让'卡友'们安全安心。"一名"80后"大货车司机说。

"开大车很辛苦，但能给家人更好的保障，吃点苦也值得"

"感觉天都要塌了。"这是朱文超2023年年初的直观感受。头一年11月买新车，赶上年底钱好赚，但转过年情况就不一样了。

跑车经验不足，别人去哪朱文超就去哪。"他们很多是4.2米长的车，跑江浙沪等地，运费两块钱一公里也有钱赚。但我的车大，能装整车的货少，要是两块钱一公里的话就得赔钱。"

"不能只跟在别人屁股后面跑。"朱文超干了几个月后得出教训。一番琢磨，他开始往车流相对较少的地方去——西北。他接了一个送货到新疆的单子，赚了6000元。送完货，他没急着回去，打算继续在当地接活。困了，住宾馆；饿了，去餐馆。朱文超很快入不敷出。"得省钱过日子"，从此，朱文超以车为家。

朱文超很快摸清了冷链运输的门道：春节前后无论往哪个方向跑都

有钱挣；3月、4月，云南、海南等南方地区的水果陆续成熟；5月、6月，宁夏、内蒙古等地的果蔬接连上市；10月底，北方果蔬货运进入淡季，一是货少了，二是温度低了，不用冷藏车也坏不了……朱文超掌握了不同地区果蔬等货物的"物语"，"哪里有货，什么价格，都心里清楚"，钱自然更好挣了。

对大货车司机们来说，"卡友"们分享信息、互相帮助也很重要。

"你看，这是我朋友的车，他恰好就在附近。"车到南京，朱文超指着地图上一个正移动着的点说，几个老乡在地图上建了群，谁在哪儿，看眼地图就知道。

交流货运行情、聊聊家长里短、分享跑车心得……"大家工作很忙、很拼，一起聊聊天很解压，要是没动力了也会重新振作起来。"朱文超说。

开冷藏货车，就是经由朋友推荐的。跑冷运前，朱文超还干过烧电焊、开渣土车等工作。"虽说离家近，但一年到头剩不下几个钱。"朱文超说，"2019年，老二出生，家里的开销越来越大。"

朱文超原本家在农村，前些年在县城买了房，妻子到城里一家小公司上班，收入不多，挣钱养家的重担落到了朱文超肩上。

开冷藏货车多年的发小劝他"别开渣土车了，换个车开"。"开大车很辛苦，但能给家人更好的保障，吃点苦也值得。"朱文超说。

出一趟门，时间少则一两周，长则一两个月。虽然钱比之前赚得多，但朱文超觉得"愧对家人"。"老大上小学三年级了，成绩一直不好，都怪我们平时没督促他好好学习。"朱文超有点自责。

2025年1月22日上午8点多，我们在南京市江宁区一处冷链市场卸完冻肉，顺利跑完这趟单。

"今天应该能放（假）了吧？"朱文超的妻子打来视频电话问道。年关将近，朱文超想趁着行情"再拉几单"。"还放不了，过两天回来。"朱文超回复妻子。没多久，朱文超通过平台接了下一单：运草莓到陕西西安。

我们在冷链市场门口作别，朱文超去装货，踏上了新的旅程。

（《人民日报》2025年2月11日）

采访感言 CAI FANG GAN YAN

和朱文超同吃同住，最初的感受是"酸爽"。中午出发前，我们在路边摊买份炒饼；夜里，停在服务区吃口拉面。凌晨1点多，我们睡在驾驶室后面狭窄的上下铺上。躺下后，我觉得到处都有冷风在"跑冒滴漏"，一会儿手脚冰凉，怎么都睡不暖和。但5分钟不到，朱文超就开始打呼噜了。睡了4个多小时，外面一片漆黑，朱文超又发动了汽车。不过，车往前开，越跑越亮堂，这种感觉特别好。

沉甸甸的感受是"担当"。包括货车司机在内的新就业群体是"勤劳的小蜜蜂"，是"美好生活的创造者、守护者"。中国式现代化是亿万人民自己的事业，需要最大限度汇集全体人民智慧力量。作为党报记者，既是现代化的记录者，也是建设者，我们要始终坚持"上连党心，下接民心"，不断锤炼"四力"、改进文风，讲好新时代的故事，为以中国式现代化全面推进强国建设、民族复兴伟业贡献力量。

依托报社融媒报道机制，这次报道实现了"一鱼多吃"，不仅在《人民日报》刊发，还同步推出融媒体产品，传播效果很好。这也启示着我，新闻报道要树立"融"的意识，用"融合"扩大影响力，激扬正能量、澎湃大流量、实现高质量。

（孟祥夫）

大秦铁路上的温暖与感动

《求是》杂志 ■ 刘名美

有着"中国重载第一路"美称的大秦铁路，自开通起，就肩负着煤炭保供的重任，一头连着"煤海"，一头通向渤海，将光和热送往千家万户。

2025年春节期间，全国多地出现不同程度的降温和雨雪天气。如何保障煤炭供应，让人民群众过一个温暖的春节？带着这样的疑问，记者来到大秦铁路龙头车站——山西大同湖东站。

凌晨，零下20多摄氏度。猎猎寒风中汽笛长鸣，列车缓缓启动。10多个小时后，这条重2万吨的"巨龙"将抵达河北秦皇岛。

湖东站调度指挥中心，一块巨大电子屏实时显示大秦铁路上所有运行的列车信息，每10多分钟就有一趟火车从这里满载煤炭驶出，湖东站副站长郭进义一脸专注盯着屏幕。

随改革开放而生的大秦铁路于1985年动工，1988年正式开通，1992年年底全线运营。30多年来，累计煤炭运量突破87亿吨，占全国铁路煤运总量的1/5，是目前世界上单条铁路货运量的最高纪录。

就在全线运营那年，郭进义来到大秦铁路，全程见证了它的辉煌。

"都说大秦的煤暖了半个中国，里面也有我贡献的热量，这多光荣。"郭进义的自豪感溢于言表。每当冰雪灾害、迎峰度夏、煤炭供应紧张、电煤告急之时，大秦铁路总是冲在保运输、保供应的最前线。2024年11月冬季电煤保供运输启动以来，大秦铁路全力保障全国多地取暖发电用煤需求，截至 2025 年春节假期结束，累计运煤超过 1 亿吨。

伴着清晨的日出，列车行至河北化稍营。

前方就是大秦线上最危险的两个又长又陡的下坡道：化稍营至涿鹿段和延庆至茶坞段，是两个地处燕山山脉、总长 93 公里的大坡，落差近 1000 米。重载列车惯性大，即使撂闸降速，车速也很难降下来。司机景生启端坐在驾驶位，右手稳稳握住操纵手柄，左手缓缓推动空气制动手柄，眼睛紧紧盯住面前的仪表显示屏，看到风压、速度等参数均在预定范围内，开始制动，一系列动作行云流水。

"这把闸是为下一把闸做准备。两次操作既要间隔短，又必须给列车留足稳定时间。"随着列车平稳驶出危险路段，景师傅告诉记者。

这列 2 万吨重载列车挂载了 210 节车厢，长达 2.6 公里，一眼望不到头，围着列车走一圈都要 1 个小时左右。刚运行这样负载重、长度长、惯性大的列车时，车头主控司机和中部机车司机要拿对讲机，喊着"一二三"同步放闸刹车。经过多部门科研团队开展的 100 多次实验，相关系统网络通信传输技术研发成功，才让列车完美实现"齐步走"。

窗外大风呼啸，驾驶室内显得格外温暖。"这是和谐型电力机车。"景师傅回忆，从直流传动技术的韶山系列，到交流传动技术的和谐系列，他经历了大秦铁路上重载机车的每一次机型更换。如今，大秦铁路锻造了独具特色的"产运需"对接、"集疏运"一体、"速密重"并举的具有自主知识产权的重载运输体系，并应用到瓦日、浩吉等重载铁路的建设和运行中，蹚出了一条适合我国国情的重载运输之路。

"这里就像一个庞大的创新地、试验田，几乎每天都有创新成果。"景师傅感慨道。

上午，列车驶入平原地区。景师傅依然精神高度集中，手指眼看，一丝不苟。

◆ 2025年2月1日，2万吨重载列车行驶在大秦铁路上，把山西、陕西、内蒙古西部的煤炭运往渤海湾，把光和热送往千家万户 中国铁路太原局集团有限公司供图

重载列车重、长、大，驾驶本就不易，再加上大秦铁路横跨桑干峡谷，穿越燕山山脉，沿途地形复杂，桥隧坡道众多，又增加了控制难度。列车有时同时穿越三四个桥梁隧道，甚至摆动出"S"形，车尾的弯还没拐完，车头却又进入下一个弯道。就是在这样的路段上，景师傅也能把2万吨重载列车，开得和高铁客车一样稳当。

至今，景生启已经安全驾驶列车在大秦铁路上往返2000余趟，相当于绕地球赤道跑了60圈。"路上哪里有弯、哪里有坡，闭着眼都知道。"朴实的话语透露着真挚，"驾驶动作要特别细腻，操作要特别严格。列车越重，责任越重。把每一趟都当成第一趟，才能开好每一趟。"

就在景师傅驾驶列车驰骋在大秦铁路的时候，在5T（技术监测系统）指挥中心，动态检车员周佳龙正一手飞快点击鼠标，一手灵活敲击键盘，眼睛注视屏幕，实时监测列车行驶状态。平均每1分钟，周佳龙要浏览约100张由货车故障轨边图像检测系统传回来的图片。"一年怎么也得用坏两个鼠标。"周佳龙笑着说，"眼睛时时刻刻盯着列车，常常一坐就是一天。"

列车一路向东，留下轰隆轰隆的回响，养路工姜晋目送列车穿越隧道安全驶去。在缺日照、蔬菜和饮用水供应困难的黑山寨工区，姜晋已经守了20多年。天天在黑漆漆的隧道里一边走一边打着手电筒弯腰检查、记录，哪里的螺丝容易松动，哪里最容易积水结冰，他都门儿清。冬除冰雪，夏排污涝，护路养路，姜晋沿着脚下的钢轨来来回回走了10多万公里。

傍晚，沐浴在西斜的阳光下，列车顺利抵达秦皇岛。一路上，车务、机务、工务、电务、车辆、供电、通信……每个岗位的大秦人都在用自己的坚守、奉献、创新，保障着一条条钢铁巨龙，昼夜往复、奔驰不息，让大秦铁路在中国重载铁路的线路图上留下一抹鲜亮的印记。

（《求是》2025年第4期）

采访感言 CAI FANG GAN YAN

记者到达山西大同湖东站的那天，是当地入冬以来最冷的一天。虽然寒风凛冽，但载满"乌金"的列车、忙碌的车间、热情的铁路人，让人温暖又感动。运输一线新鲜的人物与故事，充分展现了基层干部群众贯彻落实习近平总书记重要指示精神，全力保障民生、让群众温暖过节的生动实践。

作为能源干线，大秦铁路上涌动的活力，源于祖国大地欣欣向荣的澎湃脉动。尤让人感慨万千的，是一个被称为"历史对话"的画面——在河北张家口怀来县，"中国重载第一路"大秦铁路，与100多年前中国人自主设计和建造的第一条干线铁路京张铁路，世界首条设计时速350公里的智能化高铁、北京冬奥会交通配套工程京张高铁交会。这不正是中国号列车一路飞速疾驰、一路自主创新、一路铸就精神的写照吗？

对一名记者而言，每年的"新春走基层"活动都是对脚力、眼力、脑力、笔力的一次锻炼与检验。只有迎风踏雪，来到现场、深入基层，才能捕捉到党的创新理论落地开花最动人的瞬间、最鲜活的细节，才能用春风化雨的叙事，把鲜活的思想讲鲜活，把彻底的理论讲彻底。这种境界，我虽不能至，但心向往之，要珍惜每次"练兵"的机会，努力让作品有生命、能共情。

（刘名美）

春运背后的故事：动车晚上去哪儿了？

江苏省广播电视总台 ■ 关玮玮　王　从　周　颖

本篇为视频报道，限于篇幅，文字稿从略。作品请扫描二维码观看。

（江苏省广播电视总台《新闻360》2025年1月18日）

采访感言 CAI FANG GAN YAN

当世界惊叹于中国高铁的"中国速度",当春运迁徙的洪流在铁轨上奔涌向前时,很少有人知道,凌晨的动车维保车间里,有着旅客看不见的动人风景:"动车美容师"们,用自己最朴素的坚守,擦亮着中国高铁这张亮丽的名片。

2025年春运期间,我和同事走进了上铁机辆公司南京分公司南京南动车服务部的维保车间,在这里,我们触摸到了中国高铁的另一重肌理,读懂了"中国速度"的另一种写法:它是无数枚红漆标记的螺丝、反复擦拭的绝缘子、冰点下凝固的污水冰碴共同编织的温度。春运的宏大叙事中,"动车美容师"注定是静默的注脚,默默付出的他们用双手为动车描绘出美丽的妆容,用辛勤的汗水守护着旅客的出行之路,在他们脸上,我们看到的是对工作的认真与执着。旅客们看不见软化水在车窗上流淌的轨迹,却能在晨曦中遇见一列列焕然一新的动车组,在旅途中欣赏着车窗外美丽的风景。此刻我们也明白了,风驰电掣的中国高铁,原来是用最缓慢的坚守加速的;震撼世界的春运奇迹,始终生长在那些无人喝彩的细节里。中国高铁之所以能够成为一张亮丽名片,离不开这些目光之外角落里隐匿的平凡与伟大。

这次"新春走基层"采访,是对我们新闻工作者"四力"的一次深度检验。我们不是旁观者,而是与无数"美容师"并肩战斗的守夜人:在夜色下,抵达最真实的现场,洞察细节,解码春运"中国速度"背后的故事,让这群可爱的动车"美容师"从幕后走到观众眼前。今后的工作中,我们会更好地践行"四力",讲更多的好故事,担负起新时代赋予新闻工作者的使命任务。

(关玮玮)

归途微光

——走进河南"最小高铁站"

河南日报 ■ 董 婷 郭北晨 孔 昊

本篇为视频报道，限于篇幅，文字稿从略。作品请扫描二维码观看。

（河南日报客户端2025年1月26日）

采访感言 CAI FANG GAN YAN

2025 年春运以超 90 亿人次的迁徙规模打破纪录，这背后不仅是钢铁巨龙与阖家团圆的交响，更是无数平凡个体的坚守与微光。

每年春运，记者的镜头和笔触通常会聚焦热闹宏大的春运现场，尤其是河南有亚洲最大的铁路编组站郑州北站、全国首个"米"字形高铁枢纽郑州东站，今年如何能找到不一样的"新春走基层"活动现场，用显微镜观察大时代？

经过深入调研，我们寻找到国铁集团郑州局段内的一个"最小高铁站"——拐河北站，这一次，"热闹"换成了"坚守"。小年前后，我们在大山深处的小站，和大家同吃同住了 3 天，时刻感受着呼啸而过的列车声和 4 位铁路工作者长年累月的孤独和守护。

这座"袖珍车站"，像是春运浪潮中的一粒沙，却因守护郑渝高铁咽喉要道而重若千钧。返程途中，我们乘坐的列车再次经过拐河北站，车站那束灯光，恰似深山中的长明烛火。

我们在感动中，尝试在"最大"与"最小"的对比中触摸时代的肌理，并决定用白描手法还原守站人的小年：麻糖、饺子配着工作坚守和热闹的鞭炮声，这种"去滤镜"的平实记录，是我们最深的致敬——他们的故事不需要渲染，因为真实本身就有雷霆万钧之力。

春运 40 余载，中国铁路从"绿皮车的咣当声"走向"高铁时代"，但藏于群山褶皱中的"拐河北站们"，始终以微光点亮归途。作为时代的记录者，我们庆幸没有止步于数据洪流的表面澎湃，而是俯身倾听铁轨与心跳共振的声音。这份坚守，何尝不是中国奋进路上最厚重的底色？

（郭北晨　孔　昊）

一杯水温暖回家路

河南广播电视台 ■ 李　扬　王安琪　薛源源　陈　皓

本篇为视频报道，限于篇幅，文字稿从略。作品请扫描二维码观看。

（大象新闻客户端 2025 年 1 月 22 日）

采访感言

当我站在郑州东站的站台上，看着列车进站时给水员迅速对接水管的身影，突然意识到，那些旅途中习以为常的"日常"，原来都藏着无数人的专注与坚守。

旅途中的一杯温水、一次洗手、一回冲刷，从不是简单的"拧开水龙头"。那些穿梭在199公里地下管道间的时光，那些在水箱旁每两小时一次、重复无数次检测的动作，那些在深夜里巡检设备的脚步声，构成了我们出门在外"用水自由"的底气。

最触动我的，是这些铁路工人说起工作时眼里的光，没有豪言壮语，只是把"让旅客喝上放心水""别让列车缺水"当成再自然不过的责任。这种扎根于平凡岗位的认真，让我看见原来所有"理所当然"的背后，都有人把细节磨成了习惯，把重复做成了使命。

作为记者，我们总在寻找"有温度的新闻"，但当真正站在站台边，看着常师傅在寒风中反复核对水管接口，管道间里张工长用灯光检查管道缝隙时，突然意识到所谓"温度"，从来不是镜头里的刻意煽情，而是这些被镜头捕捉到的"本能"，他们本能地把每个细节做到极致，而我们的本能，应该是让这些"本能"被更多人看见。

离开时望着站台，暮色里列车载着乘客远去，而他们依然在自己的"战场"上忙碌。握着采访机器，我突然想起入行时前辈说的：要带着敬意去记录。此刻终于明白：这份"敬意"，不仅是对受访者的尊重，更是对每个"日常背后的不平凡"的珍视，当我们把镜头对准这些默默托举着生活的人，新闻就有了温度；当我们让这些"沉默的坚守"成为公众的共同记忆时，职业就有了重量！

（李 扬）

夜幕下的海南春运

海南广播电视总台 ■ 吴毓大　秦新波

本篇为视频报道，限于篇幅，文字稿从略。作品请扫描二维码观看。

（海南广播电视总台《直播海南》2025年1月23日）

采访感言 CAI FANG GAN YAN

春运，是温情洋溢的"流动中国"，更有马不停蹄的"基层保障"，报道如何常做常新，又能让群众喜闻乐见呢？经过一番头脑风暴，我决定把主题聚焦在鲜为人知的"夜幕下的春运"。选题通过后，琢磨好采访提纲，接近凌晨的时间，我和同事踏入了闭站后的火车站。

新闻吸引人，首在于"新"。"我在现场"，是记者的专业和优势，也是责任和担当。在万家灯火渐熄的深夜，也就是列车停运检修的"天窗时间"，车站内和铁路上正上演着一场静默而紧张的测验，而记录下这别开生面的现场，我和摄像老师要和时间赛跑。奔走在站台、跳下到铁轨、快跑至大厅，短短凌晨几个小时要体验、采访和拍摄七八个不同岗位，好在我提前做了功课和计划，成功以时间和空间为轴，解构夜幕下的海南春运、铁路人的奋斗图景，那一刻我再次深刻体会到记者脚力和笔力的重要性。

新闻打动人，需要有"情"，这也考验记者的眼力和脑力。当我走近一个个陌生又可敬的铁路人面孔，只想用全部的精力去俯身倾听，调动全身的感官去观察入微。聚焦铁路人鲜为人知的工作之余，我们还畅谈铁路人的个人成长、家庭陪伴和默默奉献。当晨曦染红了琼岛的天空，看着旅客来来往往、交通车水马龙，我忽然读懂了，春运的密码，不是钢筋铁骨的交通工具，不是精密运转的调度系统，而是一个个不舍昼夜在岗奉献的温暖身影。

新闻影响人，还应够"深"，在采写铁路人故事的同时，我还了解到这些年我国铁路设施设备的变化、全国四面八方的交通人才会聚海南建设自贸港等内容。中国式现代化的进步，正是我们每一名旅客春运安全出行的坚实基础，而铁路人提供的周全保障，也是时代发展的一份答卷。记录时代的变化、谱写奋斗者的故事、感受社会进步的动脉，作为一名记者，我何尝不幸甚乐哉。

　　此次的"新春走基层"活动报道让我感受到，记者工作的方式或许在变，新闻作品的表现方式也在推陈出新，但用自己的所见、所闻、所思，用每一篇有分量的稿件、每一个珍贵的镜头，记载社会的发展与进步，是我们记者不变的使命。

（吴毓大）

我在秦岭"推火车"

陕西广播电视台　周　杰　单　琳　贾　舒

本篇为视频报道,限于篇幅,文字稿从略。作品请扫描二维码观看。

(陕西广播电视台《陕西新闻联播》2025年2月4日)

采访感言 CAI FANG GAN YAN

2025年春运，是中国春节申遗成功后首个春运，铁路发送旅客量达到5.13亿人次，创历史新高。如何通过镜头展示这幅热气腾腾的"流动画卷"，又不落俗套地展示普通劳动者的默默付出，尤其是挖掘"流动中国"背后鲜为人知的故事？通过对10多个点位的筛选、20多人次的采访，我们最终锁定了本篇主人公王伟。

王伟所在的宝成铁路，建成于1958年，是连通我国西北与西南的第一条铁路干线。从宝鸡站到秦岭站，虽然只有短短的45公里，却集中了桥涵58座、隧道48座，还有11处长大坡道，坡多弯急，线路复杂程度超乎想象。不同于全国大多数铁路线路，这里有一个专门岗位——"推火车"。春运期间，由于运量大增，加上冰雪影响，宝成铁路宝鸡到秦岭段成为铁路交通线上最具挑战的线路之一。王伟，作为宝秦机车队最年轻的司机，他和家庭"一波三折"的团圆故事吸引了我们。

整个新闻报道以火车司机王伟为主线，虽然首次承担春运任务，但面对恶劣天气和复杂路况，他从容应对，将旅客安全送达，展现了新一代铁路人的责任与担当。在报道中，我们通过大量的细节描写、现场同期声、留白等形式，力求增强新闻的真实感、现场感和代入感。另外，我们通过多角度、多机位的设计，努力增加画面层次，让整篇报道的镜头变得鲜活起来，特别是秦岭漫天大雪与蜿蜒向上的列车画面，冲击力强，让很多观众过目难忘。

在这个充满团圆氛围的春节，王伟这样的铁路人放弃与家人的团聚，坚守岗位，用自己的辛勤付出，保障着铁路运输的安全与顺畅，让"流动中国"在春运期间高效运转。这次采访让我深刻体会到，春运不仅是一场人口的大迁徙，更是中国发展活力的生动展现。日益完善的交通网络背后，是无数建设者和从业者的心血。而像王伟这样在特殊岗位上默默奉献的人，正是"流动中国"蓬勃发展的根基，他们让我们看到了中国力量和中国精神，也让每一位归乡游子的旅途更加温暖、安心。

（周　杰）

寒至极处春可望

中国交通报 ■ 阎 语 李 宁 吴世哲

"今冬是个暖冬！大多数时候只有零下30多摄氏度，往年零下40多摄氏度的时候，才是根河的常态。"这是呼伦贝尔市交通运输事业发展中心根河分中心（简称"根河分中心"）负责人姜裕伟2025年1月15日见到记者后说的第一句话，他确实所言非虚。

在曾监测到零下58摄氏度极端最低气温的内蒙古自治区呼伦贝尔市根河市，"冬季平均最低气温零下41.6摄氏度"保持着全国最低值纪录，因此被国家气候中心授予"中国冷极"的国家气候标志。

2025年春运到来后，根河仍一日冷似一日，姜裕伟和同事们为了归家的游子和路途中的旅人能拥有安全的行车环境，使出浑身解数与极寒、冰雪和狂风斗争。在某种程度上，他们的温度，才是根河的温度。

13位勇士一年清雪150万立方米

除雪工作，往往从走出结霜的大门就开始了。若是晚间刮起了夜半北风，下起雪来，除雪就要紧随其后。向窗外看去，寒山失翠，银絮飞天，四下里白茫茫一片，倒似白日无二。

对于旅人而言，这雪是景，可对姜裕伟来说，这雪是令。

他一个翻身爬起，给根河分中心好里堡道班副班长郭福新打去电话："起床，叫上大伙儿，5辆车全部出动，要除雪了。"郭福新顾不得看一眼窗外的雪景，急忙叫醒同事们，套上一层又一层的棉服，快步闯进极寒冬夜。

除雪铲装载机、雪狮破冰机、雪铲除雪车、滚刷除雪车、安全前导车……10分钟后，几台大型除雪设备和车辆已在车库前集结完毕，姜裕伟一声令下，除雪队伍在当地交通执法部门车辆的护航下，依次驶向国道332线根河至拉布大林段。车队驶过根河标志性建筑——"中国冷极温度计"时，记者看到上面显示：-35摄氏度。

"这条国道是连接内蒙古和黑龙江的重要公路，一旦因为冰雪导致车辆堵塞，不知道多少人就回不了家了。"全副武装的姜裕伟嘴唇仍是冻得发紫，他告诉记者，要在天亮后车流高峰期到来前完成除雪工作。

经过一夜北风大雪，国道332线根河至拉布大林段雪已至齐踝深，人走在松软的积雪上，很容易就陷了进去。"松软的雪是最好除的，经过铲、吹、刷等一系列工作，车道就能清理出来。要是遇到被车辆压实的雪化成冰，就得硬从道路上连敲带铲地掀出来。"到达除雪现场，姜裕伟的语气竟有些庆幸。

说得容易，但除雪工作仍有常人无法想象之难。姜裕伟时不时要和同事下车勘察路况，尽管只有几百米路，在雪地里深一脚浅一脚，记者走起来还是呼哧带喘，几步一停，才能有些许缓解。公路在大兴安岭北端西坡的林区中，沿路而上，海拔渐升，吸进的北风带着利刃直向人肺里刺，腿也开始发软。无论采取何种防护措施，彻骨的寒冷也令人难以抵御，姜裕伟和同事的嘴唇也变成了紫黑色。眼看日头将起，姜裕伟顾不得极寒，连跑带喘勘察完路段，向同事下达了除雪指令。

高铲推雪、低铲掀雪、滚刷扫雪……几台大型机械按照工序排好队形，将车道迅速清理出来。冬日的大兴安岭红日初悬，清冷的阳光下，铲车掀起1米多高的雪浪，涌进公路两旁的白桦林内，场面蔚为壮观。赶在清晨7时前，道班完成了除雪任务，赶回市区吃早饭。

◆ 零下 35 摄氏度的极寒天气下,养护人员操作铲雪设备清除路面积雪　　李宁/摄

"我们道班有 13 位一线养护人员,最大年龄 58 岁,最小年龄也有 34 岁,管养着 127 公里公路,平均每个人就要管养近 10 公里。"姜裕伟吞了一口早饭,说道,"在这里养护公路,不仅要跟恶劣的自然环境战斗、跟突发状况战斗,还要和孤独、恐惧战斗。有时深夜在林区野外公路上除雪,能见度还不到 5 米,什么都看不见,我们吃饭、沟通甚至如厕都只能在清雪车里进行。"

"因为一旦下车了,连车灯都看不清,一定会迷失在风雪中,很可能再也回不到车上了。加上雪打在车窗上噼啪作响,四周还有各类野生动物的嚎叫,这种恐惧别人很难理解。"郭福新补充道。

不仅是大型机械,姜裕伟和一线养护人员还要进行人工铲撒煤灰及清铲桥梁边积雪工作。长时间极寒工作,大家的口罩、帽子乃至眉毛、眼睫毛都结上了冰霜。根河的天黑得早,在落日的余晖下,记者清楚看到,有过往车辆乘客对路旁奋力铲雪的养护人员竖起了大拇指。

这 13 位勇士,2024 年累计清雪量达到 150 万立方米。最令姜裕伟自豪的,是他参加工作 14 年来,他管养的道路从未有旅客因为除雪不及时而滞留。"如果有人因为我们的工作差错而回不了家,我的良心会受到谴责。"姜裕伟眼角含泪,"这里的春运不像大城市人员流动以千万计,对我们来说,哪怕只有一个人回到根河,哪怕只有一名游客来旅游,那就是我们的春运了。"

最热的"一颗心" 极寒中守护南来北往

白音扎拉嘎服务区总占地面积6000多平方米,服务着根河通向拉布大林、海拉尔等城市的众多司乘人员。呼伦贝尔市交通运输事业发展中心根河分中心不仅负责管养公路,也负责管理白音扎拉嘎等两个国道服务区。

2025年春运,根河分中心开展了"情暖旅途 畅享交通"春运主题志愿服务活动,通过提升服务质量,为过往旅客提供整洁、有序、温馨的出行环境。

根河的旧称是"额尔古纳左旗",而"额尔古纳"意为"奉献"。在根河分中心时刻能感受到"奉献"的暖意——由于当地水质较为特殊,根河分中心为白音扎拉嘎服务区引入了专业的净水系统,让来往司乘人员可以在极寒天气下喝到干净卫生的热水。为满足司乘人员需求,白音扎拉嘎服务区增设了充电设备、免费Wi-Fi等设施。根河分中心重新装修、改造了服务区洗手间,还引入了智慧公厕系统,增加保洁人员和清扫频次,让旅客基本的如厕需求得到解决。

看似平常的需求,在极寒的根河却意味着要解决诸多难题。一辆长途客车驶进服务区,乘客纷纷下车走进洗手间。在他们看不到的地方,根河分中心好里堡道班白音扎拉嘎服务区工作人员耿彪正趴在地上,半个身子探入下水管道井内,手持铁钎,用力向下砸。"太冷了,下水道冻出3米深的冰柱,眼看要堵上了,只能这么硬砸开。"耿彪顾不得恶臭,砸得额头冒汗，不一会儿又结了霜。不懈努力下，冰柱终于松动，耿彪爬起来激动大笑，整个人散发出淡淡的白色蒸汽。班里其他人赶紧拉着他进了屋。

"我对家乡服务区的印象还停留在'脏乱差'中，直到看到我们的服务区也变了样，那种感觉……"从黑龙江返乡的大学生陈堇榕顿了顿，问记者，"你明白吗？就是再也不用羡慕别人家的那种感动，这就是回家的感觉。"

"我们的想法很简单，从旅客角度出发，多想想他们需要什么，我们就在哪里发力提升。"姜裕伟憨厚一笑。

"你知道，在我们这个地方，什么最热吗？"姜裕伟突然问记者。"暖气片？空调？"姜裕伟摇摇头，否定了记者的回答。"室内外温差一般在 55 摄氏度左右，但和人的温差有 70 摄氏度。"姜裕伟指了指制服上左胸位置"一条路·一颗心"的标志，"这里最热的，一定是人心。"

（《中国交通报》2025 年 1 月 21 日）

采访感言 CAI FANG GAN YAN

《寒至极处春可望》报道的采访过程，可能是我从业以来，最为"极致"的一次体验。作为记者，当我真正站在根河零下 35 摄氏度的雪地中，"四力"的深刻内涵，在呼啸的北风中有了具象化的诠释。这场采访不仅是对交通人的记录，更是一次对新闻理解的实践叩问。

作为中国交通报的一名记者，在以往春运报道中，我已习惯庞大人流数据交织出的"流动中国"，而坚守在偏远地区的交通人与他们的"春运故事"可能会被淡化，我决心让大家看到他们的故事。

当我走进根河，这里的极寒就像一面镜子，检验着新闻工作者的眼力、脚力。养护人员睫毛上的冰霜、涌进白桦林的雪层、铁钎凿冰时迸溅的碎屑……这些最鲜活的素材都永远蕴藏在基层的"冻土层"中。我这才真正理解，只有将身子扑到冰雪里，把笔头与镜头对准劳动者，才能让新闻报道成为一个时代的记录。

在采访中，当姜裕伟指着胸前的"一条路·一颗心"标志说出"这里最热的，一定是人心"时，我的眼眶也湿润了——这"心"不仅是个人热忱，更是"加快建设交通强国"的具象化。在报道中，我通过"13人守护127公里"的数据对比、"55摄氏度室内外温差与70摄氏度人心温差"的意象反衬，将个体叙事升华为集体精神的火炬传递。

此刻回望这场极寒中的采访，"春运"不再是数据，而是养护人员铁钎下的冰花、除雪车灯光穿透的雪幕、旅客水杯中升腾的热气。作为党的新闻工作者，我愿永远做一根"接地气的笔杆子"——既记录冰雪中绽放的光辉，更书写人民创造的壮阔历史。

（阎　语）